读书文丛精选

[修订版]

麻雀啁啾

文学与社会

陆建德

三联书店

图书在版编目（CIP）数据

麻雀啁啾：文学与社会 / 陆建德著．—修订版．—北京：生活 · 读书 · 新知三联书店，2017.6
（读书文丛精选）
ISBN 978－7－108－05804－1

Ⅰ．①麻…　Ⅱ．①陆…　Ⅲ．①世界文学－文学评论－文集
Ⅳ．① I106-53

中国版本图书馆 CIP 数据核字（2016）第 212598 号

责任编辑　卫　纯
装帧设计　薛　宇
责任校对　张国荣
责任印制　宋　家
出版发行　生活 · 讀書 · 新知 三联书店
（北京市东城区美术馆东街 22 号 100010）
网　　址　www.sdxjpc.com
经　　销　新华书店
印　　刷　北京市松源印刷有限公司
版　　次　2017 年 6 月北京第 1 版
2017 年 6 月北京第 1 次印刷
开　　本　880 毫米 × 1092 毫米　1/32　印张 8.125
字　　数　156 千字
印　　数　0,001－5,000 册
定　　价　36.00 元
（印装查询：01064002715；邮购查询：01084010542）

目录

再版序言

《麻雀啁啾》原是三联书店1996年11月出版的，收入“读书文丛”。交稿后，友人曾好心问我，为销路计，是不是可以换一个书名？比如“玄鹤哀声”[1]，很有寄托啊。我早就意识到，“麻雀啁啾”既无“人文精神”的闪耀，又无欧风美雨的吹拂，还让读者联想到南蛮鴃舌，确实有点幼稚、小气。不过我对常见的麻雀还是有点私心，这种性情活泼的小鸟与人类伴生，好群居，长相一般，平时叽叽喳喳，绝无英雄气概，与“玄鹤”“鲲鹏”“鸿鹄”之类志向远大的俗物相比，真是可爱得多了。1958年，麻雀被列为四害之一。我还记得小时候居委会干部布置围歼麻雀的场景。那天杭州城乡居民都动员起来了，敲锣打鼓放鞭炮，加上乱哄哄的呐喊，为的是轰赶麻雀，使之无处藏身，无处喘息，最后累得坠地而亡。

想到这些就变得固执了——不改书名。

《麻雀啁啾》也是书中文章的题目，那是一篇评《日

[1] 阮籍：“云间有玄鹤，抗志扬哀声。一飞冲青天，旷世不再鸣。”

瓦戈医生》的书评。我在说到小说中的安季波夫时这样写道：“面对被重病折磨得极其虚弱的社会，他敢用药性猛烈的方子；他把暴风雨当成千年盛世的前奏，因此像海燕一样在风雨雷暴中穿飞，毫无惧色。”在特殊的年代，安季波夫受到屈辱，投入革命，他要做是非善恶的绝对仲裁。日瓦戈医生偏好安定和秩序，有点像被高尔基嘲笑过的海鸥、海鸭和愚笨的企鹅。但是他对祖国俄罗斯，却像一只忠贞的、永不远徙的麻雀。这也是作者帕斯捷尔纳克的写照。

我们再看看历史上海燕的变种。雨果《九三年》里那位西穆尔丹原来是一位教士，在法国革命时成了雅各宾党人：“风暴骤起，夹杂着愤怒和崇高。西穆尔丹在风暴中感到自在。这种狂乱、野蛮及壮美的形势很适合他的胸怀。他像海鹰一样，内心深沉平静，外表却喜欢冒险。有些人长着翅膀，暴烈而平静，他们生来就是为了迎接飓风的。喜爱风暴的心灵是存在的。”（桂裕芳译文）

在英国文学里也有喜爱风暴的心灵吗？或许有，比如说雪莱。他也是好与暴风雨搏击的海燕。他的死恐怕也与性格相关。帆船遭遇风暴时必须降帆，这是常识。但是雪莱的“唐璜号”在地中海沉没时居然张着满帆，这是令人不解的。作为摩罗诗派中“猛进而不退转”的斗士，他大概一面拒绝降帆，一面大呼：“让风暴来得更猛烈一些吧！”本书头两篇文章都是关于雪莱的。这位诗人有着“狂人”的美誉，他热爱理念，无暇顾及太多的社会细节，这也就是为什么他的“大空之爱”让普通人生出高处不胜寒的感觉。雪莱曾到爱尔兰煽动民众结社，抗拒英国的殖民统治。他的动机看起来是高尚的，背后却有虚荣心的致命诱惑。难怪他的精神之父葛德文在给他的信上劝他悬崖勒马：“雪莱，你正在筹划一次流血事件！……不要屈服于虚假的羞耻感，收回你的步履吧。”我们说到“猛进而不退转”，都是习惯性地表示褒扬，不能像葛德文那样看到，海燕张扬自我，也是需要一点限制的。

偏喜抽象概念、全无实践经验的赛斯皇帝（《赛斯皇帝和拿来主义》）也有海燕的特性。他号称“自由派”，立基督教为国教，所签发的章程宪法都印成英文法文，是专做给欧洲人看的。这位到牛津镀了金的非洲酋长虚骄自大，无意改造自己国家的“地气”，不能循序渐进地在诸多具体领域做出实绩，陶醉于“政治立场正确”（PC）的口号，结果他的国家沦落为新鲜名词的试验田，外来殖民势力争霸的场所。

本书所收文章大都作于1991年至1996年，主要发表在《读书》和《世界文学》杂志。欣赏麻雀的温和，怀疑雪莱的激进，讽刺赛斯皇帝的“拿来主义”，解说亚里士多德伦理学中的“明智”（或“实践的智慧”，对立于欧克肖特所说的“理性主义”），这些努力好像是有联系的。如果再加上关于伯克的文章，它们大致形成互补的格局。

《伯克的遗产》一文写于1995年，本来是投给《读书》的，后来正逢杂志主编更替，而且《麻雀啁啾》即将付印，结果是收入书中，未在《读书》上与读者见面。我意识到文章里有些对我国读者而言非常异质的内容，不很甘心，于是作了较大的改动与扩充，在《外国文学评论》1996年的第2期发表（即《伯克论自由》一文，收入《破碎思想体系的残编》）。伯克重经验，反教条，以批判法国大革命闻名，但是20世纪的中国学界对他的思维方式却非常陌生。哈佛学者詹姆斯·恩格尔曾说，伯克处于“文学与权力的十字路口”，其思想不属于一党一派，“伯克是一位超越了人们熟悉的意识形态的政治家、作家，最不适合于我们有限的政治词汇里那些简单化的类目，我指的是从那些老一套的标签‘自由’和‘保守’、‘左’和‘右’衍生出来的毫无想象力的翻新花样。如果在我们这个世俗时代还有先知的话，伯克就可以视为一位先知”。

80年代的中国思想界十分活跃，我未能躬逢盛会，深以为憾。有些特色，由远处观察，不一定看得清晰，但由于角度不同，感受与国内的朋友不大一样，更不能忘怀。这里有的文字，是对80年代一点微弱的回应和反思，我想以此向当时的先觉者和探索者致意。不过90年代也有继承80年代的一面，比如盲目崇拜美国神话（即美国诞生于崇高的自由理念）和市场神话（即政府只需做好守夜人的工作，市场自然会达到完善状态）。《神话的见证》和《*OED*·腐败·市场及其他》是唱反调的，麻雀发出那样的声音，有点喧扰了。后面那篇文章（发表于1993年）涉及所谓的“亚当·斯密问题”，并且借世界银行的报告和英国杂志《经济学人》为适当的权力集中和中央计划辩护。回想起来，当时扯破了嗓子才好。

这次再版，抽掉了《谈谈克·考德威尔》，各篇文字有所增补，篇目次序也略做调整。《永久安息之所》原名《雪莱的迷人之死》；书名的副题“文学与社会”是新加的；另外还添了一篇小文章《走向世界与认识自我》。

序

“麻雀啁啾”是这本集子里一篇评论《日瓦戈医生》的文章的题目，用来作书名倒还合适。

这里的文章大多与文学相关。但是，究竟什么是文学？马修·阿诺德说，文学批评归根结底就是对人生的批评。看来文学不仅仅是一种独立自足的精美形式。

可是批评却是一个令人汗颜的行当。阿诺德的脸上常常挂有英国维多利亚时期特有的严肃，他的前辈约翰逊博士要比他风趣得多。

在 1759 年 6 月 9 日的周刊《闲散者》上，约翰逊把文学批评狠狠地挖苦了一番。他说，文学创作只有极少数禀赋异常的人才能胜任，文法、修辞和逻辑之类的学问并不难掌握，但是要下很多功夫。唯独文学批评人人都会。所以，“批评是人们以极小的代价就能显得气度非凡、威风凛凛的一门学科。……天赋不足而又因懒散而无知的人可以用批评家之名满足他的虚荣心”。约翰逊接着写道，“我希望这消息将给世上默默无闻的人们带来慰藉……文学领域的其他女神不是非常腼腆就是十分高傲，要向她们求爱必须持之以恒，最终还可能落空。批评却是一位举止轻佻、容易勾引的仙子。她迁就迟钝者，鼓励胆怯者；她为空洞提供言辞，她为平庸补偿恶毒”。[1]

绝妙。空洞的言辞和平庸的恶毒，这正是无意义的咭咭呱呱的鸟叫，“麻雀啁啾”。

但是这本小册子里也有不那么空洞平庸的地方，应该说明一下。我在撰写《显赫的隐士　静止的走动》一文时，一则是因读了一大堆荒诞派大师贝克特那些模糊生死界线的文字；二则是“因懒散而无知”，未曾留意到贝克特已经在 1989 年年底作古，于是在文章的结尾处闹了把死人当活人的笑话。（贝克特，妙不妙？）文章发表后，汕头大学中文系的林学锦先生和成都无缝钢管厂三分厂的罗涛先生先后来函指出谬误。值此有幸纠错之机，谨向林、罗两位先生致谢。

作者

1995 年 10 月 31 日于北京

[1] 比较曹植《与杨德祖书》：“刘季绪才不逮于作者，而好诋诃文章，掎摭利病。”刘季绪，名修，刘春（东汉末名士，曾为荆州牧）之子。

雪莱的大空之爱

在华兹华斯的叙事诗《迈克尔》里，主人公迈克尔与他所游息于其间的青山翠谷水乳交融，契合无间。自然景物的神奇力量渗透了这位牧羊人的心灵。他爱熟悉的原野和山岭，那爱“几乎是盲目的，/却又是愉快的，是生活本身的欢乐”。爱对迈克尔而言不是可以炫耀的崇高感情，不值得刻意追求或精心营造。这种如同呼吸般自然的爱——“生活本身的欢乐”——常见于华兹华斯的诗作，它的表现形式不是动辄扶摇直上九天的抽象概念，而是实实在在的细微琐屑之事，用诗人在名诗《廷腾寺》里的话来说就是那种具有潜移默化之功、出于善意和爱心的“业已淡忘的无名小事”（杨德豫译）。深受华兹华斯影响并因此生出许多焦虑的雪莱在《关于道德观念的思辨》一文里引用了《廷腾寺》里的这一名句，或许有自警之意。雪莱的爱往往震古烁今，以博大见长。它是一种高度自觉的心境，因能引致不拘泥于物象的哀情的刺激而令人流连忘返；它是虚悬于中天的自足自爱的理念，把生活在可感知的世界当作莫大的贫困。雪莱的爱如圣人之心，旷然大空。[1]然而在具体事物缺席之处，却充塞了诗人的自我。

在著名小诗《给——》的开头，雪莱写道："有一个字常被人滥用，/我不想再滥用它。"读者很快就发现，这被人滥用的字就是爱。（但是在英国文学史上，就使用"爱"字的频繁而论，难有堪与雪莱比肩者。）那超凡脱俗的爱的对象是一位使雪莱心血来潮的姑娘吗？其实，与其说雪莱在诗中为她隐去姓名，毋宁说她本来就是令诗人苦苦思念的乌有之物，象外之象。正如悲惨的尘寰总是倾心于天外极乐园的形影，那爱如"飞蛾向往星天，/暗夜想拥抱天明"。它是绵绵无期的遗憾，其存在条件就是所渴求的对象必须永远缺席。《给——》这一题目本身所标示的虚位为解构主义者留下了创造的空间。[2]爱的本源和文本的终极意义一样，都是在云深不知处闪烁不定的虚象；写作是不关外物的写作，爱是与世绝缘的爱：

我爱过，哦不，不是你们中间的一位，
或者任何下界的凡物，照人之常情
你们当然个个都是可亲可贵；——
我爱过，却不知爱了什么，这尘境

[1] "圣人之心，旷然大空，了无一物。"《朱子语略》，卷二。

[2] 雪莱的诗作常被解构主义者用来阐发解构的要旨。参看杰弗里·哈特曼编《解构和批评》（伦敦，1979）。

以及生息其间的万物，都没你的精髓

……

（《祖卡》，作于1822年）

就像那喀索斯爱恋水中倒影，翱翔于太虚的大空之爱以自身为行为的受体。请看小诗《你难得光临》（1821）的最后一节：

我爱爱神——虽然他有翅翼
会像光一样逃离熄灭，
但是精灵啊，我还是爱你
爱你胜于一切——
你是爱和生命！快来，
再与我的心常在。

雪莱对爱的爱是有其不凡来历的。他在长诗《阿拉斯特》的序言末尾引用了奥古斯丁《忏悔录》中的名言："我还没有爱上什么，但是我渴望爱……我追求爱的对象，我爱上了爱。"在《忏悔录》卷三，我们惊讶地发现，处于"爱上了爱"的心醉神迷状态的奥古斯丁此时还没有"为天国而自阉"：他的周围沸腾着罪恶恋爱的鼎镬，他爱的是肉欲的枷锁。虽然雪莱有的诗作不乏伴有急促喘息声的爱欲的律动，但是他所钟情的爱更多柏拉图主义的成分。在雪莱亲自翻译过的《会饮篇》里，苏格拉底借女巫第俄提玛之口说，一旦一个人看出纯粹的美的理念贯通着一切，他就不会再把爱倾注于某一个别的美的对象上。“这时他凭临美的汪洋大海，凝神观照，心中起无限欣喜。”雪莱爱得胜过一切的，大概就是这凌虚蹈空的纯粹理念。不过在这篇著名的《爱神的颂词》中，柏拉图并没有把共性与个性断然割裂。他不回避这一点，即要参悟爱的深秘教义首先要从人世间的个别事例出发，逐渐循阶上升，撤去支于人世坚实地面的长梯就无法抵达美的本体。对爱的理念之爱尚需发端于对“下界的凡物”之爱。

然而柏拉图确实也把理念的实在对立于表象。在《理想国》里，柏拉图把人们比为洞穴中的囚徒，身后是一团熊熊燃烧的火。由于这些人无法回头，他们错把岩壁上自己的投影当作现实。那些不畏艰难攀上陡峭的石级、来到洞穴口外的幸运者则能一睹光天化日之下理念的真实。在这比喻里，存在于投影与真实之间的不是相互依存的关系，而是强烈无比的反差。这难以调和的对立使雪莱发出沉痛而甜蜜的叹息，人生如梦的感受触发了无法抑制的避世冲动。雪莱在十四行诗《别揭开这画帷》(1818)里巧妙地把上述的比喻转化为对生活的牢骚。希望和恐惧给“幽深的穴”不断编织幻象，生活无非是涂有随意的色彩的画帷，后面是一片虚空：

曾有一个人，我知道，把它揭开过——
　他想找到什么寄托他的爱情，

但却找不到。而世间也没有任何
　真实的物象，能略略使他心动。
于是他漂泊在冷漠的人群中，
　成为暗影中的光，是一点明斑
落上阴郁的景色……

读者注意到这里有一个奇妙的转换。柏拉图用以揭示知识真谛的比喻成了诗人使自己隔绝于社会的工具。涉世尚浅的那“一个人”自以为饱经世事沧桑，操起了“嗟予落魄江湖久，罕遇真僧说空有”式的语言。聊可引以为慰的是世界是黑暗的，而“他”无法为“真实的物象”动心，好在他自己最可爱，是“阴郁的景色”中的“一点明斑”。把这位充满爱情却以不合群自娱的“他”和世人两相比较，究竟谁是冷漠的？雪莱在他一部分诗作里使人联想到席勒在《论素朴的诗和感伤的诗》里所说的感伤诗人。素朴的诗人在自身之外寻得感性对象，他引导我们回到生活中去；感伤诗人“沉溺在自身之中”，他“总是对现实生活感到厌恶。这是因为他的观念的无限性质把我们的心灵扩大到超过它的自然规模，所以现实中所有的任何东西都不能把它充填起来”。

雪莱并非不关心现实。他性不容恶，曾在社会中追求殉道者的事业。[1]他希望有泛爱众生的大心，在《赞精神

[1] 关于“殉道者的事业”可参看本书中《使徒的耶稣，圣人的诱惑》一文。

的美》最后一行自称要“爱全人类”。但是在空灵理念激励下产生的入世愿望却非常容易夭折，他甚至暗示，自己爱得过多而产生悲伤（参看《给云雀》一诗的第十六节）。马修·阿诺德曾套用雪莱长诗《心之灵》中的诗句，称他那高贵的以灵为翼的心，枉然地扑击人间牢笼的无情铁栏。1812 年，雪莱投入了威尔士的特立马多克地方的筑堤拦海工程，当时的他还喜欢用热气球和漂流于海上的瓶子一类浪漫的手段来传布他反对暴政、热爱自由和真理的思想。工程困难重重，不是一时的热情所能补救。翌年 2 月 26 日晚，雪莱有声有色地自编自导自演了一幕受人暗算的戏（伟大的事业需要有虚构的迫害者来配合），然后就离开了那个对他寄予厚望的小镇。他的第一任妻子、对他崇拜得五体投地的哈丽艾特怎么猜得到，诗人演戏为的是体面地逃脱造田工程和一笔债务？雪莱造福人类的壮举时有这类几近滑稽的事件相伴随。究其原因，大概是他的救世精神背后蛰伏着怀疑和避世的情调。1821 年 8 月 15 日，他对第二任妻子玛丽诉说苦衷：“如果能彻底脱离人的社会，我就别无所求了。我将带了你和孩子远避人世，以海岛为家。”雪莱的口气十分恳切，但是玛丽知道不必把这类文字看得过于认真，姑妄听之。早在半年之前，在雪莱献给“高贵而不幸”的意大利姑娘爱米丽·维维安妮的《心之灵》一诗中，他也曾邀请那位被幽禁于比萨修道院的名门少女和他一起驾船驶往“希腊天空下的一个海岛”，驶往“那迢遥的伊甸园，那紫色的东方”。就在这首诗大致完成之际，雪莱结识了爱德华·威廉斯及其妻珍妮。第二年，雪莱在《给珍妮：一个邀请》里对他短暂的生命中最后一位情人说："去吧，离开城市和人群，/去到草原，到清幽的树林。"在那荒寂的地方，心灵可以倾听"自己的乐音"。那是一个没有社会经纬的天地，所谓"普遍的阳光"将招纳万物多象于一。自放于山巅水涯是大空之爱的孪生姐妹。爱的哲学就是"万物由于自然律/都必融汇于一种精神"（见小诗《爱的哲学》），出世入世有何差别？

雪莱曾指出，有的人希望自己的思想不受陈规陋习的污染，但是他们的见解里多的是本人痛加谴责的习俗的排泄物。他对遁世的态度似乎正是这样的一个例子。他的诗灵常来源于遁世的冲动，而遁世又是他试图战而胜之的诱惑。据雪莱在长诗《阿拉斯特》（又名《遁世的精灵》，作于 1815 年）的前记所述，诗中那位情感纯真、才华不羁的主人公（不可避免地又是一位年轻诗人）沉湎于对宇宙的遐想，他企图寓至高生命的形象于一，但是理想的原型难以求得，他因此怀恚而亡。平凡的心灵麻木不仁，自私愚昧。他们对世上的一切都不爱，"凡是不爱同类者，尽其一生必定是贫瘠的，而且到老只有一个凄惨的坟墓在等待着他"。那位诗人并不平凡，但是他"自我中心的遁世倾向"导致了他的毁灭。这听来像是雪莱对自己的规诫。可是在诗中，雪莱不知不觉地把那位踽踽独行的游荡诗人尽情美化，于是他的"自我中心的遁世倾向"反而成了

“崇高而圣洁的心灵”的必然归宿。诗人执迷于自恋式的大空之爱，何以见得比庸众更爱自己的同类？

在雪莱死后出版的诗集中，他的遗孀玛丽在《阿拉斯特》后面作了一条长长的注释。她惋惜地写道，在这首诗里雪莱因受病痛的影响专注于个人的思想感情，缺少对广大同胞的命运的关心。玛丽毕竟是有卓越的判断力的。在长诗的接近结尾处，雪莱称诗人的早逝“像雾霭被裹入金色的朝霞”。那雾霭其实是诗人一己的渺小世界的一片阴云，它神奇地变为一圈镜子，让站在中央的诗人欣赏自己在镜中催人泪下的衰弱形象。自我欣赏有时正是雪莱的大空之爱的切实内容。在悼念济慈的长诗《阿童尼》中，雪莱不忘自鸣不幸。他自称“爱的精灵”，孤寂、美丽而敏捷，“像是离群的鹿，被猎人的箭所中”。他的额际被烙印烫伤，沾有凝血，原来雪莱还把自己比为担荷人类罪恶的基督。这些描述印证了柯勒律治在《席间漫谈》中的一说：挽歌的主角总是诗人自己。

在经典之作《诗辩》里，雪莱论述了推己及人的道德观。“要做一个至善的人，”他写道，“必须有深刻而周密的想象力；他必须设身于旁人和众人的地位上，必须把同胞的苦乐当作自己的苦乐。”善哉斯言。不过此前一句颇费理解：“道德中最大的秘密是爱，亦即暂时舍弃我们自己的本性，而把别人的思想、行为或人格上的美视为自己的美。”雪莱曾强调，道德知识的真正内容是研究人与人的差异之处，这假定了（用当前流行的话来说）他者的他性。把他人之美视为自己之美意味着尊重那异于自己的品质还是把别人贬为自己的影子？1816年夏，雪莱为阿尔卑斯山的宏伟景色所倾倒。他在致友人信上把阿尔卑斯山的美“视为自己的美”：“这一切都像是我们自己，像是我们在别人心上留下壮伟的印象。”天造地设的景观仿佛是为诗人那颗硕大无朋的心灵而存在的。此时的雪莱很有约翰逊博士在1773年9月30日给斯雷尔夫人信上提及的热那亚大公的风度。据传这位大公在访问法国时有人问他对路易十四的辉煌宫殿有何观感，他简洁地答道，他眼中所见正是他自己。

假如世界是诗人的回声而不是反之，雪莱曾热恋过的姑娘也是他心灵的杰作？她们激起雪莱一时的爱情是因为自身特有的品质还是给诗人只应天上有的理念提供了尘世的对应物？雪莱比他的同时代人更同情女权，他历来反对把妇女当作淫欲和仇恨的牺牲品。妇女解放的话题点缀了《伊斯兰的叛乱》和《解放了的普罗米修斯》，在《麦布女王》的终结处，雪莱还呼吁男女两造自由平等地“登上道德的高峰”。这篇意识形态之作的注九简直是一篇关于妇女问题的论文，雪莱作为激进启蒙主义的信徒还提出，婚姻制度是旧风俗的污渍，一旦取消，其后果必定合乎情理。

即使是莎剧《暴风雨》中缥缈的精灵爱丽儿（雪莱自称）也不能免俗。1811年，被牛津大学开除的雪莱以天马行空般的见解征服了他妹妹的同学哈丽艾特，带这位俊俏的16岁少女逃到苏格兰，不久结婚。婚后两年多，雪莱的爱神又振翮高举，他撇下已有一女且又怀孕的哈丽艾特，偕同激进思想家葛德文和女权运动先驱伍伦斯通克拉夫特的女儿玛丽以及她的异父异母妹妹克莱尔[1]私奔。不能不为之感动的是雪莱在这种时候还从法国致函哈丽艾特，约她越过英吉利海峡加入以诗人为主的大家庭。不过，要是哈丽艾特与情人弃家出走，雪莱也会携儿带女地坦然相随？哈丽艾特把雪莱对玛丽之爱归结于玛丽母亲的名气和葛德文的影响。她在1814年11月21日给朋友凯瑟琳·奈京特信上无奈地抱怨："雪莱先生变得耽于声色完全是葛德文的《政治正义论》所致。那本书将贻害无穷，书里谬误的教条毒害了多少年轻有德的心。"至于雪莱，他在短暂的出逃式旅游结束后依然沉浸于欣快之中。他在致老友霍格信（1814年10月3日）上把玛丽说得完美无缺，她"无可争议地拥有人性所能达到的一切优点"，得到这样的尤物，他将"更有成效地爱人类，更加热情地宏扬真理和美德"。既然雪莱和玛丽的结合十全十美，他与哈丽艾特的婚姻就必然一无是处了。在同一封信上，他把自己与妻子的关系比为活人与死尸的拥抱，既可怕又令人作呕。他懊悔当初作出种种牺牲，一心一意要教导哈丽艾特，那努力"实在是粗俗不堪的迷信行为"。哈丽艾特不是曾被雪莱在情诗里称为"我的更纯洁的心灵"吗？为

---

[1] 这位克莱尔后来曾委身于拜伦，生有一女。但也有研究者认为，雪莱是该女生父。

什么她要听由不那么纯洁的心灵来加工、栽培并按照后者的意愿生活、发展？诚如莫洛亚在《雪莱传》（谭立德、郑其行译，上海文艺出版社，1981）中所述，问题的症结在于“哈丽艾特的思想境界是雪莱自己的精心之作，他造就了她，训练了她，启发教育了她。他已习惯于把她看作自己的应声虫，听她鹦鹉学舌”（第109—110页）。两年之后，一度被诗人解放的哈丽艾特投河自尽，她的死使两位高尚的情人终成眷属，尽管照雪莱一贯的观点婚姻只是今日道德的奴隶所遵循的“世俗的通衢”，他们

以疲倦的脚步

直走向死人堆中的家——坟墓，

总曳着一个友伴，甚至是一个仇人，

看呵，这旅途多么漫长，又多么阴沉！

这些诗句出自雪莱献给维维安妮的《心之灵》，此刻的玛丽已是乏味的“友伴”，“冰洁的月亮”，“她的帝国只剩下了名字”。美貌但平庸的维维安妮因她特殊的遭遇使雪莱身上的仗义行侠之心蠢蠢欲动。她为雪莱饥渴的大空之爱展开一张宣纸，供他尽心地泼墨写意。在这位意大利女子身上，雪莱倾倒了一大堆未经经验的智慧点化的抽象概念，她成了“一团丰富的光辉、爱情和神性”。维维安妮被剥夺了自己或美或丑的七情六欲，无非是男性诗人泛泛理想的投射。她失去了鲜活的个性，用女权主义者吉梅

恩·格瑞埃的话来说，她是一个“女阉人”。哈罗德·布鲁姆在《灵视的友伴》一书里称雪莱在政治、宗教上永远是左派，他的道德观的核心就是在任何人类事务中坚持个人作出判断的权利。或许还应加上一句：个性如此强的诗人更应学会敬重其他个人的本来面目，不以自己的理念文配统摄一切。所幸的是随着维维安妮的结婚，雪莱不再把她美化成天庭的使者。1821年秋，他向约翰·吉斯本承认，《心之灵》里的爱不切实际：“《心之灵》是个谜。你知道，我可不做血肉之躯的买卖，——指望我来写人世或俗缘就像到专卖杜松子酒的小店买羊腿一样。”1822年6月18日，此时雪莱的生命还剩三个星期，他又信告吉斯本：“《心之灵》我不能看上一眼；它赞颂的人是一朵云，而不是天后……它是我的生命和感情的理想化了的历史。我想人总是在爱着，爱这或爱那；我承认，受禁于形骸中的人难以避免这一错误，即在终有一死的形象里寻找与永恒约莫相似的东西。”这在雪莱不是什么新鲜的思想，他已经多次在诗作里告诉世人避免这一错误的方法：爱超然物外的爱的理念本身，不要为世上真实的物象略略心动。

雪莱的大空之爱在湛然清明的夜空熠熠生辉，“终有一死”的生灵只恐高处不胜寒。[1]

（原载《读书》杂志1995年第4期）

[1] 本文所引雪莱诗句大都是查良铮先生译文。

永久安息之所
——雪莱与死亡

雪莱钟情于爱，也迷恋死亡。他在少年习作里就称死神为“我的朋友”。打开《雪莱诗全集》(哈钦森编，马修斯校，牛津，1970)，只见第一首诗的开头印着：“死亡是多么神奇，/睡眠是他的兄弟！”死亡曾令一些文人骚客神往。波德莱尔以放浪形骸为能事，称“荒淫和死亡”是一对好姐妹，并希望死亡带他离开这个已经玩腻了的世界，“跳进未知之国的深部去猎获新奇”。对雪莱而言，死亡则能时时引发浪漫感伤的情愫。他在《赞精神的美》一诗中回忆道：“还在小时候，为了寻访幽灵，/我就走过许多幽室、洞穴、荒墟，/和星夜的树林，以敬畏的步履/追求希望——希望和死者谈心。”这样的少年倾向于到阴森恐怖但又多愁的哥特式小说中寻求刺激。雪莱本人在伊顿公学读书时还写过两部这样的小说，死亡与自杀的主题贯穿于作品之中。

这种对死亡的浪漫兴趣到了雪莱近而立之年时依然极其浓厚。1821年，济慈病逝罗马，雪莱作长诗《阿童尼》以示哀悼，同时表现一番他的自怜自爱。他在该诗

《前言》中写道，埋葬济慈的墓地周围是荒凉倾圮的古罗马角斗场，“冬天长满了紫罗兰和雏菊。想到能埋葬在这种幽雅的地方，人们会觉得死也是很值得向往的”。墓地的浪漫环境固然重要，但死亡本身和哀伤、忧郁一样具有更大的、“甜蜜的”魅力。雪莱在小诗《夏日黄昏的墓园》里把死亡比为平静而庄严的夜，它“必是瞒住/甜蜜的故事不使人知道，不然/也必有最美的梦和它相伴”。坟墓——死亡的象征——成了与现实生活对立的美好境界；坟墓里光明以及美和爱的理念永驻，代表了更高形式的存在。雪莱唯恐精神的美离他而去，“否则，坟墓也会/像是生活和恐惧，一片漆黑”。在长诗《心之灵》中，他把死亡之途比为天路历程：“她[1]在坎坷的生之路途上和我邂逅，/并领我向甜蜜的死亡走去，像白日/引导黑夜，春天引导冬天，飞驰的/希望引导忧伤，去找光明、生命/与平静”。

对死的美化和对生的厌倦互为表里——虽然两者往往同属奢侈的心理消费。雪莱的诗作里多悲观宿命之词。他在1818年写道，自己要像疲倦的儿童一样哀哭忧患地生活，“我虽已被它折磨够，却还得/继续忍受，直到死亡，像睡眠/临到了我”(《在那不勒斯附近沮丧而作》)。诗剧《希腊》竟是如此收尾的：“世界已倦于自己的经历，/哦，让它死去或者安息！”生活和世界既然无聊乏味到这地

[1] 即被幽禁于修道院中的意大利女子维维安妮。

步，死亡自然成了求之不得的解脱。济慈确实死了，但是他无非是“从生之迷梦苏醒”，“反而是我们，迷于热狂的幻象，/尽和一些魅影作着无益的纷争”(《阿童尼》)。看来“生之迷梦”实际上是真正的死亡。

在雪莱的天鹅绝唱、未完成的《生命的凯旋》里，那所向披靡的生命的战车就是君临一切的死神的宝辇。也许只有当这低级的死（即生）逝去，高级的生（即死）才能把人引入万物归一、永久幸福的境界。如果在《生命的凯旋》一诗中雪莱已表现得相对地成熟，不再相信人类可以无限改善自身和环境，那么这种怀疑精神有时也会蜕化为虚无的俗套。1820年，他在以描写腐烂丑恶景象而著名的《含羞草》一诗中像个看破尘世的“过来人”似的哀叹：“我们这一生/既然充满了谬误、愚昧、纷争，/无所谓真实，一切都是表象，/而我们只是梦影在游荡”。用一个世纪以后一位年轻中国诗人的话来说，这真是“Disillusion［幻灭］的悲哀哟”(《上海印象》)！既然雪莱屡屡为世事无常伤怀，他会不会信奉“及时行乐，今朝不再”的哲学呢？不。他会提议，趁着天空还蔚蓝，趁着花朵还妩媚，“作你的梦吧”（作于1821年的小诗《无常》)。读到这些诗行，我们不免想到雪莱曾巧用矛盾修辞法，称自己“以虚弱为力量”。与此不无关系的是一个相当有趣的现象：他时而唱慷慨激昂的救世高歌，时而作悲观厌世的咏叹。这种情绪上的大起大落在有些偏激的年轻人中并不鲜见。我国“五四”时期一位“积极”浪漫主义者曾伤感地用艳歌的笔法与死调情："我心爱的死！/我到底要几时才能见你？"在另一首诗中，一把小刀变为女子向诗人呼唤，"你快来亲我的嘴儿"，"你快来入我的怀儿"。死或自杀的诱惑确是迷人的，它几成了淫思的对象。

雪莱对死和自杀也许是过分的关心引起很多人（包括精神分析学家）的注意，他的死因也是一个颇为敏感的话题。人人皆知，雪莱与友泛舟海上时遇风暴而亡，其中的细节已难以查考。1974年，英国学者理查·霍姆斯的《雪莱：追求》问世，著名诗人斯蒂芬·斯彭德（他写过一本论雪莱的小册子，相当不错）称之为众多雪莱传记中的佼佼者。致力于雪莱诗作翻译的江枫先生已将该书最后部分译出（载《世界文学》，1992年第5期）。霍姆斯在各种史料中爬罗剔抉，这样记叙雪莱之死：

1822年7月8日，雪莱、威廉斯（即当时雪莱的恋人珍妮的丈夫）和水手维维安驾"唐璜"号（当然是拜伦为这艘帆船取的名字）由里窝那回勒瑞奇。起航后不久遇风暴。据一位意大利船长说，他在波涛汹涌的海面上驶近在浪中挣扎的"唐璜"号，建议雪莱一行到他那较大的船上去。

他清清楚楚地听到一个尖锐刺耳的声音，据推测是雪莱的声音说，"不！"……使他吃惊的是，那条船还张挂着满帆。"要是不愿上我们的船，看在上帝的分上，快收起你们的帆吧，不收，你们就沉了。"一个水手通过喊话筒这样大声叫喊。只见一位先生（据信是威廉斯）作出了降帆的努力——他的同伴好像很生气，用力抓住了他的臂膀。

这段文字的可靠程度难以保证，但是它解释了为什么“唐璜”号沉没时居然张挂着满帆。霍姆斯引用这早已为人注意的一说，大概还想用它来作为描写雪莱性格的画龙点睛之笔。读者当然可以根据自己对雪莱的作品和生平的了解来判断这极其令人不安的死因是否成立。

雪莱遇难前时而兴高采烈，时而消沉颓唐。他曾写信给海盗朋友特列劳尼，请他捎带点致命的药物。雪莱声称并不打算自杀（他确想自杀过，那是在更早的时候），不过，“能够有一枚开启永久安息之所的金钥匙，对于我将是一种慰藉”。这封信虽然有故作厌世之态的嫌疑，但它使我们猜想，雪莱会不会把沉舟当作这样的“金钥匙”。请看作于一年前的《阿童尼》的最后一节：

　　　我的精神之舟在飘摇
远远离开海岸，离开胆小的人群——
试问：他们的船怎敢去迎受风暴？
我看见庞大的陆地和天空分裂了！
我在暗黑中，恐惧地，远远漂流；
而这时，阿童尼的灵魂，灿烂地
穿射过天庭的内幕，明如星斗，
正从那不朽之灵的居处向我招手。

有的评论家据此认为，雪莱当时已预感到即将到来的死亡。其实更有可能的是，当帆船在风浪上颠簸时，雪莱想到了诗中阿童尼的召唤和那“不朽之灵的居处”，想到了无所畏惧地“迎受风暴”的“我”，于是以拒绝别人的搭救和拒绝降帆来扮演那位远避群小、独守其高行抗志的英雄角色。[1]“精神之舟”在风暴中倾覆与庸众的生老病死有霄壤之别。雪莱在《心之灵》中表示自己渴望辉煌壮烈的结局：“我要往金星落处的天空 / 去求灿烂的死，去找那火的墓陵。”水的墓陵里同样可以求得“灿烂的死”。

雪莱的一生是反抗的一生。他曾自比“狂暴的西风”——“骄傲、轻捷而不驯”(《西风颂》)。他也像与暴风雨搏击的海燕，好在风险中品味存在的真谛与乐趣。当然这样的秉性有时使他一受拂逆就按捺不住性子，并把与自己意见不合者想象得穷凶极恶。他憎恨妥协，偏爱冲突和冲突中迸发的火花，办事常常显得鲁莽操切。他与霍格合作的《无神论的必然性》一文引起的后果（被牛津开除）就是明证。雪莱当时并不是无神论者，那年（1811）年底湖畔诗人之一骚赛指出雪莱信奉的是泛神论，可谓一语中的。雪莱重视的，恐怕并不是那本小册子具有怎样的说服力，而是陈列、散发它时所采用的几近挑衅的方式。蔑视权威和传统有可取的一面，但是

[1] T. S. 艾略特曾说，“没有任何东西比自我高度评价的愿望更难克服”。

为蔑视的蔑视则往往是自大之心的恶性发作。雪莱作为男爵的嗣子反抗上层社会，难能可贵。但是那反抗的形式往往带有贵族青年的特色。他要让自己的意志的急流一泻千里，毫不担心由此引起的后果。1812 年 2 月，他携妻子哈丽艾特前往都柏林，准备在那里干一番顶天立地的事业——虽然无意久留。当雪莱着手组织旨在取消英国和爱尔兰联合法令的慈善家协会时，他的精神之父葛德文（后来不情愿地成了他的第二位岳丈）从他的行为方式中感到不祥的预兆。葛德文觉得雪莱的文章和行动煽动性太强，实际上是在号召爱尔兰人公开对抗英国当局。如果雪莱真正关心的是当地百姓的命运而不是自己在这伟大事业中的作用，他就应该在这场政治游戏中悬崖勒马。[1] 1812 年 3 月 14 日，他在给雪莱的信中直言相告：

雪莱，你正在筹划一次流血事件！如果你的组织影响日益扩大，那将引起可怕的后果，成百的人将以他们的不幸乃至早死来为你的错误作出牺牲。……不要屈服于虚假的羞耻感，收回你的步履吧。你不能像麦克白那样说，“我已经两足深陷于血泊之中，要是不再涉血前进，那么回头的路也同样使人生厌”。

---

[1] 济慈比雪莱小三岁，但是更成熟。他注意到“多数‘造福人类的人’总有些好炫耀的动机来损害他们的伟大——喜好些热闹场面”。

事实很快证明，葛德文的担心仅是杞忧而已。[1] 但是这封信又使我们想到十年后意大利斯佩齐亚海湾上的风暴。假如雪莱当时完全是出于骄傲而不愿接受那位船长的帮助，他是不是“屈服于虚假的羞耻感”了呢？不管他是在追求“灿烂的死”还是与自然的残酷斗争中自我的张扬，他都是受到了诱惑：“永久安息之所”的诱惑和悲剧英雄的诱惑。同船的威廉斯和维维安为雪莱的固执作出了牺牲。最令人痛惜的是水手维维安：他是平民的孩子，没写过什么动人的情诗，没有做过解救世界的美梦，大概不会感到死亡的“甜蜜”。他才十八岁。[2]

（本文原名《迷人而昂贵的诱惑》，载 1993 年 6 月 26 日《文汇读书周报》）

---

[1] 再版补记：雪莱在当月 18 日的回信里认错，准备离开都柏林，并发誓以后再也不向文盲发布宣言。鲁迅在《摩罗诗力说》里以赞赏的口吻称雪莱“猛进而不退转”，有误。但是《摩罗诗力说》中关于雪莱的部分基本上是滨田佳澄的《雪莱》（1900）一书的摘编、归纳，责任不在鲁迅。《雪莱》第 3 章第 3 节中有“彼乃猛进不后退之诗人”之句。据考，滨田这部著作以英国作家西蒙兹的《雪莱传》（1878）为蓝本。详见北冈正子著《摩罗诗力说材源考》，何乃英译，北京师范大学出版社，1983，第 2 章。明治时期的日本学术界也有以译代著的毛病。

[2] 本文中雪莱的诗句大多采用查良铮先生的译文。

格林的藏书和眉批旁注*

英国小说家格雷厄姆·格林（1904—1991）曾多次表示，如果不是屡屡为写作欲所迫援纸握管，他宁愿开个旧书店。格林生前给朋友的印象是喜欢从容的生活，做书店老板颇为合适。但是从他的藏书来看，格林是个孜孜不倦的读书人，真让他经营旧书，生意未必成功。

格林从牛津毕业后到《泰晤士报》工作过四年。早年的编辑生涯使他养成了对文字极高的要求。任何图书一经他浏览就会出现一些文字编辑的标记。可以毫不夸张地说，经过格林之手的书籍，品质必然更高。格林不仅在书上留下了一位敏锐的编辑的改动，还好作眉批旁注。格林逝世后，他的财产管理委员会决定把他的藏书全数出售，价目表不久前已由《格林致报界书信集：1945—1989》一书的编者克里斯多弗·豪特里准备完毕。格林的批注对喜爱他小说的读者而言无疑具有很大的价值。

作为小说家，格林十分注意写作的风格与技巧。他在

---

* 本文根据 1992 年 8 月 14 日《泰晤士报文学增刊》编写。

《日瓦戈医生》里的这两行字下画了线:“他终生追求一种自然天成的风格,但是总发现自己离这个理想还很遥远,他为此感到沮丧。”“自然天成的风格”也许反映了格林本人追求的目标,他大概并没有必要像日瓦戈那样沮丧。格林严于责己,对他不喜欢的作品,他亦不会掩饰自己的反感。在《伊夫林·沃和他的世界》一书中,英国文评家、小说家马尔克姆·布雷德伯里的文章遭到格林的严厉批评。他在书眉上写道:“怎么能相信一个写不好英文的作家?伊夫林·沃看到这样的文风真会不寒而栗!”然后他又标出文中一段,在旁写上“究竟是什么意思?”在当代文学批评界,布雷德伯里行文还算清晰,幸好格林没读另一类论文。不过那类艰涩或故作艰深的批评著作他不会有兴趣收藏。格林20世纪40年代时读了英译《追忆似水年华》。他在小说第二部分的书页上批道:“荒唐无稽之谈和富有诗意的谬论”“糟糕的奇想”。沃曾对普鲁斯特恶语相加,称他为“弱智者”。与沃的刻薄相比,格林对这位法国作家的评语还不算太过分。

格林和他的朋友沃、安东尼·伯吉斯一样嗜酒。他还时时服用鸦片。这不宜公开谈论的习瘾可能表明了他对梦幻境界的兴趣(他的小说却以写实见长),也许这是他向传统价值观念挑战的一种姿态。他这样评论阿莱霞·黑特的《鸦片和浪漫主义想象》一书:“居然一字不提鸦片的气味——就像论葡萄酒的书不提酒味一样。鸦片的气味因产地和生产时间相异。”格林娴于此道,实在令人惊讶。

格林于1927年结婚,后与妻子维芬分居。(分而不离，大概与格林的天主教信仰相关。）人们都知道他有几位女友。在他早年好友卡瑟琳·柴尔德斯赠他的书上，格林提醒自己注意诗人、外交家布伦特[1]的经验之谈：

对一位已婚妇女的爱情是否能够持续，往往取决于能不能与她的丈夫建立友好关系。就连我们时代最杰出的小说家对这些心灵的秘密也一无所知。

格林曾经数次成功地建立起这样的“友好关系”，对分居的妻子也礼尚往来。每逢圣诞节，维芬总会买书相赠。1986年，维芬送了他苏联旅美作家布罗茨基的文集《小于一》。在该书第357页，作者写道：“我唯一的意愿就是使自己不断接近我认为20世纪最伟大的人物：温斯坦·奥登。过去是这样，现在还是这样。”格林在书上打了个惊叹号。在该书尾页中格林作了注：第200页到267页“完全不值一读”；第304页至356页则是“几乎不值一读”。[2]在维芬的圣诞礼物中有一本莫里森编的《牛津美国人史》。格林显然细读了这本书。他长期以来关心美洲历史，甚至打算写一部以哥伦布晚年生活为题材的小说，可惜一直未能动笔。格林对拉美人民反对霸权、争取

[1] 威尔弗雷德·斯甘文·布伦特（1840—1922），英国外交官，能诗，善游，多女友，其妻为拜伦之后。

[2] 布罗茨基（1940—1996），生于列宁格勒，1972年离开苏联，后定居美国，1987年获诺贝尔文学奖。

独立的斗争历来深表同情，他与尼加拉瓜的桑地诺阵线领袖奥特加交情不浅，因此得罪了美国政界。美国的外交政策往往为格林关注，这充分反映在格林的小说和藏书中。在爱德加·约翰逊所作的传记《查尔斯·狄更斯》里格林特别留意狄更斯的这句话："我确实担心，对自由最沉重的打击将来自这个国家（美国）的失败，它向全世界标榜自由。"他还在下面两句句子下画了线：

> 我控诉美国对人类不断犯下的罪行。
>
> （法国小说家亨利·德·蒙特朗《混乱和黑夜》）

> 我们时代最伟大的战争鼓吹者因虔诚地干预了日俄纠纷而被授予诺贝尔和平奖，对斯堪的纳维亚人的智慧实在不能低估。[1]
>
> （美国小说家戈尔·维达尔《善恶的决战？》）

格林与维达尔有着类似的幽默感。正因为对"斯堪的纳维亚人的智慧"有所了解，他并不看重诺贝尔文学奖。

---

[1] 这位"战争鼓吹者"就是于1901年至1909年任美国总统的西奥多·罗斯福。罗斯福任内以奉行帝国扩张政策（"大棒政策"）闻名。他在著名的演讲《赞奋斗不息》（1899）里说中国"对国外的事务毫无兴趣"，"贪图自己疆域内的安宁享乐"，美国"决不能扮演中国的角色"。

伯克的遗产

18 世纪的启蒙思想家喜欢在自己的旗帜上标上“自由”的字样，仿佛那是一个不必深究其意义的驱鬼的符箓，有了它就刀枪不入，攻无不克。英国美学家、政论家埃德蒙·伯克（Edmund Burke，1729—1797）则知道，在所有含义模糊的词语里，自由的意思最不确切。他说，每个社会都有不同的约定俗成的权利，生活中各种各样的自由不是玄奥理论的产物，不像“几何学和形而上学的命题”那样可以超越文化、历史的差异，它们互相纠结，没有分明的疆界，“根据每个社会的特点和具体情况形成无限的多样性”（《致布里斯托尔两位行政长官的信》，1777）。伯克也许不会像辉格派史学观代表人物麦考莱（1800—1859）那样为 19 世纪的进步所陶醉，但是他会欣赏麦考莱的这段文字：

我们的自由既不是希腊式的，也不是罗马式的；它本质上是英国式的。它有特殊的风貌——带有一点仁侠时代情操色彩的风貌。这特色符合我们独有的风俗习惯和岛国的状况。我们的自由有它自己的语言，一套别具风格、独一无二的语言。它对我们富有意味，对外人却几不可解。

看来“外人”要评述伯克的自由观还需下功夫熟悉这“独一无二的语言”和伯克的时代，不能套用“二战”后美国新保守主义意识形态的语言敷演出一个纯粹辉格的伯克，一个意欲保守并宏扬个人自由的伯克。

伯克的辉格党籍其实意义不大。从1715年到1783年，辉格党基本上大权独揽，下院的议席大多是辉格豪门的私产，贵族可以根据自己的利益好恶发放或变卖议院入场券。以19世纪的标准来衡量，当时的制度是腐败悖理的。伯克作为这制度的受益者却把贵族的特权当作天经地义之事，他理解的自由是君主和贵族寡头政治下历史地形成的自由或特许的权利（参看雷蒙·威廉斯《关键词》一书中“Liberty”条）。伯克对贵族统治确实推崇备至，他曾自比香甜一时的季节性瓜果，而把一些声名显赫的贵族比为英国乡间绿叶纷披的古橡树，年复一年地荫庇一方土地（1772年11月17日致理奇蒙公爵信）。英国政坛托利、辉格两党重新对峙的格局到18世纪80年代中期才逐渐呈现，出生于辉格世家的首相小皮特成了新形势下并无党章党规的托利党党魁。法国革命爆发后，伯克与原辉格帮派一刀两断，转而成为托利党强硬派代表。随着法国局势的演变，小皮特政府对国内激进派危及社会稳定的活动采取严厉措施，先后禁止印行煽动性出版物、禁止谋乱的集会、终止人身保护法、颁布叛国罪惩治法，《人权论》一书作者潘恩甚至因煽动性诽谤罪被缺席审判。此时伯克的保守立场已趋于激烈或极端，他鼓吹干涉法国内政，并且威胁道，人权斗士若不甘沉默就缄封其口，让地牢和绞架教会他们如何尊重英国的政体。

伯克从政期间反对诺思政府对美洲殖民地的政策，但是在英国真正同情美国革命的还是那些被排斥在英国政治之外、受到种种歧视的不顺从国教的各新教教派和激进思想家。他们把美国独立战争、法国革命和英国本土的政治改革想象为同一条战线上的斗争。潘恩说："美国的原则打开了巴士底狱。"1789 年 11 月 4 日，在伦敦一个纪念"光荣革命"的集会上，富兰克林的密友、和华盛顿一起荣获耶鲁大学名誉学位的普赖斯博士作名为《论爱国》的布道。这位不信奉国教的牧师提出英国人理应享有的三项基本权利，即选择统治者的权利、统治者渎职时予以撤换的权利和组织政府的权利。普赖斯的言论是伯克撰写《法国革命感想录》的直接起因。伯克说那三项（实际上反映了美国革命原则的）权利英国人闻所未闻，他们将不惜生命和财产坚决抵制。[1]

---

[1]《法国革命感想录》，1790 年，考纳·克鲁兹·奥布莱恩序并注（塘鹅书局，1968），第 99 页。此后该书引文页码置于文中括弧内。补注：伯克这部著作已由何兆武、许振洲、彭刚译出，商务印书馆 1998 年出版，书名为《法国革命论》。

与伯克同为约翰逊博士文学俱乐部成员的小说家哥尔德斯密斯惋惜伯克在六七十年代热衷于辉格党内的宗派斗争，但是伯克政治思想的价值并不因此稍有减损。叶芝在《七贤哲》一诗里说，“伯克是辉格党人”，但是，“无论他们知道与否，/哥尔德斯密斯和伯克、斯威夫特和科隆尼的主教/都痛恨辉格党”。以叶芝的理解，辉格哲学的要旨就是抹杀人与人之间的差异，崇尚超文化的理性，与上述四位爱尔兰杰出人物的思想背道而驰。[1]伯克在法国大革命之前是英国议会里罗金汉辉格帮的一员主将（参看本文附录），但是他的很多见解却与18世纪末和19世纪的辉格党以及后来的自由派哲学针锋相对，难怪自由派史学家阿克顿勋爵（1834—1902）曾戏言，伯克好古守成，应判以绞刑。

要谈托利的伯克或保守的伯克，可以从他和19世纪自由派代表麦考莱的对比着手。麦考莱在成名作《弥尔顿》（1825）一文里提出一个著名论断——要学会游泳必须先下水。他以自信的笔调把那些担心过犹不及的胆小鬼教训了一通：“我们时代的很多政治家习惯于把这当作不言自明的真理，即人民只有在懂得如何运用自由时才能得到自由。这条箴言像是出自那个尽人皆知的故事里的傻瓜之口，他决意学会游泳以后再下水。如果人们要等到在

---

[1] 见《叶芝抒情诗全集》，傅浩译（工人出版社，1994），第422页。“科隆尼的主教”指哲学家贝克莱。

奴役状态下变得有智慧和美德以后再享有自由，那么他们就将永远等候下去了。”正是这一信念使得麦考莱和当时的辉格党致力于伯克在三十多年前竭力阻止的议会选举改革。当然，1832 年的议会选举法修正法案是渐进的，它远没有使一切英国人都下水学游泳。

麦考莱的巧妙比喻中国人十分熟悉。持异议者或许会反驳道，倘若社会自由是人人都能享用的游泳池，政府必须设立一套严格的安全卫生管理规则，同时必须具有实施这些规则的有效手段。如果对下水者的健康状况和操行不作任何规定，游泳池就会沦为病毒和罪恶的温床。而且，初学游泳者应该在浅水区规矩老实地做适应性训练。不识水性的莽汉贸然跳入没颈的深处必然溺水，他在拼命挣扎时还可能死死抱住近旁的善泳者，危害他人性命。此时要救他恐怕只能先把他击昏，然后把他拖到岸上做人工呼吸。不必说，要是一个对国民素质懵然无知、没有任何游泳池管理经验的政府宣扬大风大浪并不可怕并且鼓励全民到江河湖海去游泳，灾难还会远吗？

自由派麦考莱讥讽的愚人之见正好是伯克心目中政治家的远见卓识。麦考莱断言下水游泳是人们天生的权利，伯克则更注重下水游泳的先决条件。就在所谓封建专制主义的象征巴士底狱被巴黎民众攻克后不久，伯克在致查尔蒙勋爵函（1789 年 8 月 9 日）里表示，面对法国争取自由的斗争，他喜忧参半。他钦佩法国普通老百姓摧枯拉朽的力量，但是，这种来势猛烈的热情若是偶然的喷发倒也罢了，如果它所暴露的是法国人身上某种固有的习性，“那么法国人还不配享受自由，必须有一只像他们原先的主人那样强有力的手对他们严加管教。人们必须有比较温和的秉性才有资格享受自由，不然自由不利于己而且有害于人”。伯克是英国式议会制的拥戴者，他当然不会被误解为久与英国为敌的路易十六的仆从。虽然专制主义断断不是他推崇的善，但是他从法国的狂热群众运动得出的结论是，在专制主义源远流长的国度不能没有徐徐引导的权威之手。改革将是一个缓慢艰苦的开民智的过程，随着公民社会“内在的约束力”的形成，外在的权威作用就可以渐次减弱。1791 年 1 月 19 日，伯克在致一位法国国民议会成员的长信里重述了自由的前提。他依然认为，法兰西民族尚欠成熟，缺少自我克制的能力：

人们能够享受自由的程度取决于他们是否愿意对自己的欲望套上道德的枷锁；取决于他们对正义之爱是否胜过他们的贪婪；取决于他们正常周全的判断力是否胜过他们的虚荣和放肆；取决于他们要听取的是智者和仁者的忠告而不是奸佞的谄媚。除非有一种对意志和欲望的约束力，社会就无法存在。内在的约束力越弱，外在的约束力就必须越强。事物命定的性质就是如此，不知克制者不得自由。他们的激情铸就了他们的镣铐。

这种以道德为前提的自由几乎接近中国儒家学说中的“礼”

或“絜矩之道”，与中文“自由”一词的本意（即按照自己的意愿行事）相去千里。[1]克己是公德和自由的保证。一个既无民众自律、又无强制性外在约束的社会必然崩溃，正如戴了沉重的个人激情的镣铐下水游泳者难逃灭顶之灾。伯克说“没有智慧和德行的自由”是“万恶之首”，但往往是这种未经训育、不听管束的自由最有诱惑力和欺骗性，“无能之辈”总是把它挂在嘴上骗取民众的支持与信任。伯克未能信奉“群众是真正的英雄”之说。他惋叹道，在大多数人身上他看不到“有德的自由”，他们直情径行，自命为自由的信徒，实际上处于“暴虐而丢脸的奴役状态”。对大众的失望导致他怀疑民主竞选是否真正造福于人类。他指摘法国国民大会以奉承百姓取代为民立法，它成了“人民的工具，而不是人民的引导者”。这类政府的领袖必然是“民心拍卖会上的竞叫者”。有人提出自由应加以限制并附带条件，他的油滑的竞争对手就会报出易得民心的高价：更多的自由！在诸如此类的场合，“温和被丑化为懦夫的德行；妥协变成了叛徒的审慎”（第373至374页）。

伯克的自由既不是个人主义者的随心所欲，也不是“赤条条、孤零零的形而上抽象”（第90页）。他探究的是具体的社会经纬中的自由的意义。在1789年11月致杜邦

[1] 详见严复《群己权界论》译凡例。严复还在《中俄交谊论》一文主张缓行立宪：“君权之轻重，与民智之深浅成正比例。……以今日民智未开之中国，而欲效泰西君民并主之美治，实大乱之道也。”

先生（即《感想录》前言中提及的“巴黎一位非常年轻的绅士”）的信上，伯克解释道，他指的自由“不是孤立的、互不相干的、个人的、自私的自由”，而是“社会的自由，它是一种事物的状态，在这状态下自由通过同等的克制得到保障。……这种自由实在是正义的另一名称”。这种以社会为重的自由观构成了19世纪新兴的个人自由主义哲学的对立面。伯克在《感想录》中论述人的社会性和社会盟约时指出，个人一出生到世上就受到社会盟约的保护和约束，只有不受盟约约束之人才有完全的个人自主权，可是这类人在任何社会都不存在。为确保社会正义，文明社会有一条基本准则，即“个人不能判断自己的是非”，“不能在事关自己的案例中充当判官”（第150页）。[1] 为了获得有限度的自由，个人让社会组织统辖全部自由。伯克在英国议院里与执政的派系争斗多年，深知政府滥用权力的祸害，但是他不会否认政府的基本职能——权衡各种自由的利弊得失。不像那些趋于极端的理想主义者，伯克不把政府当作人类为自己的幸福理应抛弃的累赘：“政府是人类的智慧为满足人的需要而设立的。……这些需要之

[1] 穆勒在19世纪自由主义经典《论自由》里系统地阐述了与此相对的观点：在与他人无关的事务上个人独立自主。E.M. 福斯特的小说《一个看得见风景的房间》里那位以文化人自居的塞西尔持穆勒的观点，他看不起订婚仪式，说只要不干涉别人，他可以为所欲为。引起争议的是，究竟是怎样的事务称得上绝对的私事。显然，人们对此的看法是因时而异的。以往我们以为父母打孩子纯属私事，《伤逝》中的涓生把小狗阿随扔掉也是无可非议。

一……就是人的激情应该充分抑制。社会不仅要求拘阂个人的激情，也要求时时阻遏群体的倾向爱好，控制他们的意志，羁勒他们的激情。这只能由他们自身之外的力量来完成。这力量在履行其职责时不能屈从于它应当驾驭并使之服从的意志和激情。在这意义上，人们受到的约束和他们得到许可的种种自由都应算作他们的权利。”这些自由和限制没有天下统一的标准，它们“因时势而变，可能变化无穷，不能由任何抽象的规则决定，抽象地讨论这些自由和限制是极其愚蠢的”（第151页）。

和反个人主义的自由观相关联的是伯克的国家观。伯克理解的国家不是一个边沁式的世界，即各自追求私利和乐趣的个人的集合。有关人的生物之需的合约可以凭一时的利害签订或解除，但是，伯克告诫道：“国家不应被当作进行胡椒、咖啡、棉布、烟草或其他类似的低级交易时建立合作的协议。”他试图赋予历史中有机生成的国家一种道德权威和精神实质：“国家应该受到性质不同的尊崇。……它是一切科学的合作，一切艺术的合作，一切美德的合作，一切完美的合作。这合作关系的目标非很多代人不能达到，它不仅仅是生者之间的合作，它是生者、古人和来者之间的合作。”（第194—195页）根据亚里士多德古典政治学，国家是人们为了最美好的道德生活而组成的集团。伯克继承了这一传统，声明国家的形式是人类德行臻于完美的必要手段（第196页）。这种国家观对湖畔派诗人（所谓的“消极浪漫主义者”）产生了深远的影响，如骚赛曾强调，一个政府如放弃德教，国家的健康就无从谈起；[1]它也不同程度地反映在卡莱尔、阿诺德、罗斯金以及哲学家格林和布拉德雷的著作中。广义上的自由派批评家阿诺德为维多利亚时期文化上的失序状态（以后世的标准来衡量并不严重）所震惊，他呼吁国家应该以"光明和权威的中心"的面目出现，防止"为所欲为"的私利哲学恶性蔓延。

伯克的国家观决定了他对剧烈社会变动的保守态度。对法国旧制度的种种不公他不是视而不见，他并不是对有理由予以批判的事物大唱赞歌，他不能容忍的是为追求抽象的自由和陌生的政治模式置社会的秩序和稳定于不顾。法国专制主义固然有不少弊端，但由于宗教、法律等社会中介的作用，它徒有其表，恶中有善。他问道："难道法国政府真已到了无法或不值得改革的地步以致绝对有必要推翻整个制度并在原地矗立起一幢理论实验的大厦？"（第230页）在琴瑟不调的时候不能以毁琴来达到改弦更张的目的。投身法国革命的人没有认识到国家是神圣的（20世纪有的自由派人士称此为"国家的神话"），改革者在探究自己国家的积弊和腐败时应惴惴小心，如履薄冰，"他绝不能企图以颠覆国家来开始改造国家；他应该把国家的毛病当作父亲的创伤，以惶恐不安的孝

[1] 亚里士多德在《政治学》（吴寿彭译）卷三章九写道，"凡订有良法而有志于实行善政的城邦就得操心全邦人民生活中的一切善德和恶行。所以，要不是徒有虚名，真正无愧为一'城邦'者，必须以促进善德为目的。"主张三权分立的启蒙思想家孟德斯鸠也说，道德是共和国的立国之本。

敬之心侍奉在侧。在这明智的偏见的教诲下，我们目睹这一景象时不胜惊恐：一个国家的孩子竟莽撞地把年迈的父亲剁成碎片置于魔锅之中，他们居然指望用带毒的莠草和莫名所以的咒语使……父亲的生命焕发青春”（第194页）。伯克的观点与“积弊不可顿革”的古训相近。他警告说，要想毕其功于一役，效果只会适得其反。我们处置无生命的事物时尚且不能漫不经心，“当我们破与立的对象不是砖木，而是有感觉的生灵时，慎重与细心更成了责任心的一部分。突然改变他们的生存状态、条件和习惯，无数人可能陷入惨境”。一位合格的改革者和立法者应有爱人之心，不能过于自信。处理任何事务都应本着稳妥的原则步步为营，第一步的成败对第二步有所启发，这样持之以恒就能在不断的补救和调和中求得平衡（第280—281页）。伯克偏爱和风细雨、零敲碎打的改革，而当时英国的激进派却盼望全盘改造英国的政治体制，用长老会牧师、激进派领袖普利斯特莱形象的语言来说是要“炸毁建筑在谬误和迷信基础上的老房子”。一提到这些人伯克就失去了耐心，指责他们“对自己这么喜欢搅乱的世界一无所知，对自己信心十足地议论的世界事务毫无经验”（第94页）。他甚至把他们比为牧场上几只不停聒噪的蚱蜢，其喧闹声使人忘记了在安静地吃草的牛群。其实像普赖斯和普利斯特莱那样的思想家真诚地关心社会正义和英国的前途，他们既不是冀幸于大乱然后求庇他人的民族的蟊贼，也不是海外不友好势力雇用的小丑式的枪手。

法国革命爆发于“理性的时代”，很多优秀英国青年在时代精神的影响下倾倒于大革命的共和以及自由的理想，华兹华斯和柯尔律治也不例外。但是，随着人生阅历逐渐丰富，特别是进入 19 世纪以后，这两位伟大诗人都与自己的青年时代决裂，他们对伯克的评价也随之改变。1794 年，伯克从下院退休，领得一笔年金，柯尔律治作诗责难他“渴饮腐败的汤碗”。但是柯尔律治在代表作《文学传记》（1817）里却说，在伯克的作品里找得到差不多一切政治真理的萌芽。华兹华斯在 1832 年修改长诗《序曲》时增补了一些赞颂伯克的诗行。当不祥的突变扬起一团团狂热的黑雾时，老迈但强健的伯克“披着雄文的铠甲”策马应战。但是，

当他辛辣地讽刺、抨击、告诫
人们警惕所有建在抽象
权利上的制度；当他赋予被时间
验证的常规与法律至高无上的
地位，称习俗中结成的社会纽带
具有强劲的生命；当他以蔑视的
眼光否定时髦的理论，强调
人们生来就有的忠顺，有些人——
一大批固执的人们——却同声咕哝着
异见……[1]

---

[1]《序曲》第七卷，第 523—532 行，丁宏为译。华兹华斯在《序曲》里还忠实地记载了他早年对法国大革命的热情。近闻丁宏为先生翻译的《序曲》全诗将于 1996 年出版，不胜欣喜。

华兹华斯笔下的伯克是与18世纪的流行观念分道而行的伯克。“一大批固执的人们”就是当时领导世界新潮流的启蒙思想家和他们的追随者。伯克是时代的落伍者，但是他预示了19世纪思想界的新动向。就此而言，他和维柯不谋而合，他们都担心工具理性的抽象曙光将是导致社会分化瓦解的恶兆。启蒙哲学家相信具有“天赋人权”的“自然人”，伯克则宣告这种普遍性的、与一切社会生活不相关涉的造物（孤岛上的鲁滨逊？）是理论家无聊的虚构；四海为家，但最终死无葬身之地的潘恩宣告“我的国家是世界”，伯克则崇尚根系于一地的政治感情；[1]葛德文以为理智要无畏地遵循真理的指引必须首先摆脱因袭文化的影响，伯克则视与以往的历史一刀两断的“自由思想家”为博物馆里的禽鸟标本，他们竟然愿意对自己开膛剖腹，取出并抛弃父母精血生成的五脏六腑。伯克骄傲地宣称不屑与那些徒有生命外壳的东西为伍，他在汩汩流淌的历史之河里感悟到智慧的本源。20世纪的哲学界不乏对启蒙运动的有力批判和对偏见（或先入之见、前知识）在认识论上的重新评价，但是在18世纪那个“理性的时代”，公然为因袭文化和偏见辩护者确实是逆潮流而动。伯克在《感想录》里论辩道，人们无可避免地对有些事物产生自然而然的感情，“我们非但不会摒弃古老的偏见，而且

[1] 伯克在《关于法兰西事务的思考》里提到“locality of patriotism”和“locality of public affection”。参阅《感想录》第315页。

还将非常珍视它们”。偏见其实就是经受了时间的检验后留传于世的文化遗产。为偏见正名的目的是彰显个人的局限性：“我们不敢让人们靠个人的理性的本钱处世；我们以为个人自己的积累是有限的，个人如果能够利用民族的和历史的总银行里的资储就会有所收益。”（第183页）伯克尊重历史遗产，因而也尊重年长日久的既定秩序。他在弹劾（未成）东印度公司总督华伦·哈斯丁时指控后者轻慢东方最古老的社会的制度和自由。他痛惜法国革命破坏了天主教组织，一方面他借此间接声援信奉天主教的爱尔兰同胞；[1]另一方面，天主教毕竟是保守传统的坚固堡垒。

伯克无意构筑体系，由于种种原因，他的思想未必首尾一贯。在论及自由时，他强调道德的前提、政府的积极功能以及权利和义务的统一，但一旦涉及财产，他就只谈权利不言义务。1795年，他在写给首相小皮特的《关于歉收的详情和感想》一文里力主政府不要干预、调整农工的收入，仿佛市场的安排总是合情合理。即使有天灾人祸，政府也只能袖手旁观，寄希望于富人的恻隐之心。（他说“一切基督徒都应义不容辞地接济穷人”，他自己斥资建造磨坊，以成本价出售面包。）伯克把经济领域的个人自由奉为一条神圣不可侵犯的原则，他在这方面的见解与当今经济学家追捧的哈耶克、弗里德曼等人的学说遥相呼应。但是正如自由派政治学家麦克弗森所说，西方目前实行福利

[1] 伯克的母亲和夫人的家庭都有天主教的背景。

资本主义，要回到伯克式的纯粹放任自由的市场经济是极其不现实的。[1]著名思想史家阿尔弗雷德·柯本指出，伯克的经济观是18世纪洛克式辉格主义的顶点，预示了19世纪古典经济最恶劣的一面。[2]但是作为一位精明的政治家，伯克对国家利益极其敏感。他主张贸易自由，但条件是必须在外交和战略上有利于英国；削弱竞争对手的实力应该是贸易协议的远期目标。弱国无外交，这种伯克式的“贸易自由”的权利，弱国也是难以争取得到的。

“冷战”初期的美国突然冒出了一批伯克的崇拜者，他们用特殊的美国模子铸就了伯克的标准铜像，把它请到新保守主义的先贤祠里供奉起来。我们大可不必从端坐在那神龛里的伯克来认识他的遗产。伯克逝世已近两百周年，纪念他的最好方式莫过于直接阅读他的著作。也许在寂静的夜晚我们还会听到远处他那夹有爱尔兰口音的有关自由、改革和国家的滔滔雄辩，那是曾经回响在叶芝耳畔的反辉格哲学的“伟大旋律”。

---

[1]《伯克》(牛津，1980)，第71页。

[2]《埃德蒙·伯克和对十八世纪的反抗》，第二版(伦敦，1960)，第196页。19世纪的中国领教过这“最恶劣的一面”。多年任职于东印度公司的穆勒在《论自由》第五章称中国政府干涉鸦片贸易是侵犯了吸食鸦片者的自由。18世纪下半叶，东印度公司总督哈斯丁明白大英帝国急需印度精壮的劳动力，如允许当地农民收用鸦片，印度将沦为病夫之国，他坚持鸦片出口中国。这是不是侵犯了印度人吸食鸦片的自由？

附　录：

“证券批发商的政治”
——伯克与18世纪英国政治

曾有这样一种看法：英国的托利党拥戴王室，维护特权，在18世纪的英国政坛势力强大；辉格党代表民主进步的力量，对立于托利党和王室，始终扮演着争取自由的角色。事实不是这样简单，先要从两党的诞生谈起。

在1679年至1681年间，英国议院就查理二世的弟弟詹姆士（即约克公爵，后来的詹姆士二世）是否有权继承王位展开激烈辩论。有一批议员提出“排斥法案”，主张将天主教教徒詹姆士排斥在继承权之外，他们被议院里的政敌戏称为“辉格派”（Whigs，盖尔语，意为“盗马贼”）。与这批议员对立的一派绰号为“托利派”（Tories，爱尔兰语，意为“歹徒”），他们挫败了“排斥法案”，使约克公爵在1685年查理二世去世后得以继承王位，成为詹姆士二世。

詹姆士二世登基后颁布“赦免令”，给予各教派信仰自由，并且不顾1673年的“宣誓条例”中禁止天主教徒担任公职的规定委任天主教徒到政府部门、军队和大学任职。从现在的角度来看，詹姆士二世的政策保证信仰不同的公民享有平等权利，似有可圈可点之处，但在当时政教（英国国教）几乎合一的英国，这种政策却使很多政界人物疾首蹙额。1688年的“光荣革命”废黜了詹姆士二世，信奉新教的詹姆士之女玛丽和奥兰治的女婿威廉从荷兰赶到伦敦，应议院之请联合统治英国。辉格派和多数托利派共同发起了这场政变，在威廉即位后，两党依然存在，但是它们不是现代意义上的政党，没有党纲党章，没有纪律严明的组织。它们以并不固定的集团、派别出现，在一些具体问题上形成两种不同的政治倾向，很难说两派之间存在水火不容的原则差别。

但是在托利党中确实有人同情蒙尘于外（法国）的詹姆士二世。1714年安妮女王逝世后，英国历史上开始了汉诺威王朝。1715年，詹姆士之子“老僭王”在苏格兰起事遭到失败，辉格党乘机指责托利党同情斯图亚特王朝，勾结海外不法宫廷，从此托利党失权失位，辉格党大权独揽。沃波尔任首相期间（1721—1742）得到汉诺威王室鼎力支持，议院完全听由内阁摆布，也就是说，行政部门把立法机构置于自己的控制之下，英国政坛两党对立相持的局面不复存在。当时大致可称为托利党人的议员由不大识时务的乡绅和牧师组成，在下院只占五分之一，他们毫无执政的希望。往昔的两党之争此时演变为辉格党内部的派系斗争。在情趣上接近托利党的约翰逊博士把18世纪中叶由辉格党一手操纵的政治称作“证券批发商的政治，不信教者的宗教”。

英国当时的权贵基本上都是辉格党人，不少下院的议席是他们的私产，可以发放或变卖。当然，议席也可以像产业一样继承，因此以门楣而崇显的例子不在少数。没有显赫身世但想施展抱负的青年往往托身私门为仕宦。1765年7月，当奉诏组阁的辉格派实力人物罗金汉勋爵请已有文名的埃德蒙·伯克为自己的幕僚时，伯克在官场上的前景一片光明，同年年底，他就当上了议员。罗金汉内阁执政只有一年，功业鼎盛期已过的老皮特接替罗金汉再次出任首相时，伯克已在下院展露了辩才，成了罗金汉帮的利益与观点的代言人。

1768年，伯克在白金汉郡比肯斯菲尔德地方购置了一个面积达六百英亩、价值为2.2万英镑的庄园，用他自己的话来说就是要在英格兰扎下根来。伯克既无大笔遗产，又无可观收入，他怎么付得出那八千英镑的定金和维持庄园必需的浩繁费用？[1] 伯克如何使收支相抵是困惑他的传记作者的问题。罗金汉勋爵在逝世（1782年）前夕吩咐他的遗嘱执行人一笔勾销伯克所欠债务，据估计达三万英镑之多。罗金汉接济伯克，还不得不有所藏掖。这段史实反映了18世纪英国政治的一个侧面。

伯克初进下院是作为白金汉郡温多佛地方的代表，那温多佛是一位同样来自爱尔兰的弗内勋爵的“口袋选区”(pocket borough)。1774年下院选举前，弗内勋爵向伯克收回他数年前的慷慨馈赠，拟待价而沽。罗金汉勋爵闻讯后为沮丧的伯克安排了约克郡摩尔顿地方的议席，就在伯

[1] 庄园的欠款一直未能付清。1812年，伯克的遗孀不堪债务的负担，不得不把那争脸的产业卖掉。

克准备北上亲善“选民”时，他得知港市布里斯托尔还有一个可供竞争的议席，于是掉头西进，在布里斯托尔参选并获胜。在1780年的下院竞选中伯克落选，此时他接受了罗金汉勋爵的赏赐，作为摩尔顿地方的代表进入下院，直至1794年退休。伯克本人从政的经历不失为一份当时代议制的写照。

乔治三世于1760年登上御座后，英国政治确实出现了变化。乔治一世和二世以外国人的身份入主英国，而乔治三世却是地地道道的英国人，他很快就使王室确立了宪法所许可的威信。但是正如大史学家刘易斯·奈米亚在一系列著作（如《乔治三世登基时的政治结构》和《美国革命时期的英格兰》）中所揭示的那样，1760年后日趋激烈复杂的权力斗争仍以没有政治纲领的家族、派系间的互相倾轧为特点，在频繁更迭的内阁中担任要职的还是各辉格帮派中的人物，即使是在美洲殖民地问题上与乔治三世配合密切的首相诺斯勋爵也不例外。辉格派与托利派两相对峙的格局出现于80年代中期，法国革命爆发后，两党对立的旗帜愈加鲜明。伯克反对革命的立场极其坚决，成了新形势下渐渐形成的托利党里的一员大将，如把此时的伯克还称为辉格党人就有强词夺理之嫌了。自此之后，以福克斯为首的辉格派是处于少数的反对派，它确实扮演了从托利党争自由的角色。英国19世纪的自由党由18世纪末的辉格党演变而来，但是自由党提倡的不问宗教信仰的政治自由从某种程度上说却是“光荣革命”时期的辉格党全力抵制的。在我国知识界拥有不少信徒的哈耶克曾把自由党及其前身辉格党说成是拥护和争取自由的党，这缺乏历史的根据。如果当今的英国公民合法享有的权利被理解为自由的话，那么它是由英国普通百姓、托利党、辉格党、宪章派、社会民主党、自由党、工党、英国王室和英国各社会机构长期以来共同创造并维护的。

人们一般认为辉格党限制王权和王室特权，但是从18世纪的英国政治来看对此还难作结论。罗金汉辉格帮在罗金汉死后有了一位新的领袖福克斯。福克斯担任国务大臣时（1783）向议院提议，每年拨给威尔士亲王十万英镑的津贴。这位王储荒淫恣睢，挥霍无度，相比之下乔治三世倒是显得克己奉公。福克斯此举的目的是扶植王储对抗国王。他和其他一些贵族辉格派一样，所反对的未必是王权本身，而是于己不利的王权，对与己利益一致的王权就尽量利用之，扩大之。1788年10月乔治三世旧病（痛风）复发，引起神经紊乱，在野的福克斯和伯克密谋让威尔士亲王摄政。想不到乔治三世不久病愈，重理朝政。如果福克斯和伯克如愿以偿，他们必将利用摄政王的权威击溃小皮特的托利党内阁。

英法七年战争后，英国与北美殖民地的利害冲突渐渐演进到难以调和的地步。（史学界对美国独立战争的起因还没有一致意见，我们不必乖乖地复诵美国教科书或美国新闻署宣传资料上的观点。）诺斯勋爵任首相期间（1770—1782），罗金汉集团和其他辉格派系猛烈抨击政府，主张对殖民地实行怀柔政策。（殖民地的革命者在《独立宣言》里把火力集中在乔治三世身上，他们不想得罪自己在英国下院的朋友。）但是，他们的立场是出于坚信殖民者造反有理还是出于因失势而产生的嫉恨？如系后者，那么华盛顿的部队就是伦敦辉格党内部的反对派（当然还有法国的路易十六）手里一杆火力强大的枪。这或许可以用来解释英国下院有人希望看到英军败则喜、胜则忧的反常现象。

有一史实可资参考。康瓦利斯率领的驻美英军在约克敦向华盛顿和法军的投降标志了英国政府美洲政策的彻底失败。1782 年 3 月，诺斯内阁倒台，罗金汉帮终于东山再起。伯克虽然未能入阁，但是担任了不可小觑的主计长之职，年俸达四千英镑。同年 7 月 1 日罗金汉逝世，乔治三世任命内务大臣谢尔本勋爵组阁。[1]外交大臣、罗金汉帮的新首领福克斯（据说在伯克的怂恿下）不甘屈居人下，拒绝入阁。当时辉格党内势力强大的有两翼，一翼以谢尔本为代表，来源于老皮特，罗金汉那一翼可追溯到 18 世纪上、中叶权重一时的纽卡斯尔。福克斯全力支持罗金汉的主要原因是他父亲是老皮特在议院里的对手，谢尔本既然是老皮特的人，和他就有世仇了。其实谢尔本在政治见解上非常开明，福克斯与他没有重大分歧。这种纯因个人意气不投或家族历史原因引起的分裂招来了众多

[1] 亚当·斯密在罗金汉逝世的那天致函伯克，希望他支持谢尔本。

史学家的批评。为了尽快打垮谢尔本内阁，福克斯竟在1783年2月与已在野的宿敌诺斯勋爵结成同盟。谢尔本不堪一击，福克斯和诺斯很快就双双出任国务大臣，伯克则重获主计长之职。福克斯/诺斯内阁在当年年底就因关于东印度公司的法案未获通过而被乔治三世解散，但是这“有史以来最不讲原则的结盟”（乔治三世语）却是18世纪下半叶英国政治里令人深思的一章。当初福克斯和伯克在美洲殖民地问题上与诺斯政府斗得不可开交，但是到了同利之时他们却“暂相党以为朋”。我们难免要问：福克斯和伯克在对美政策上取反对派的姿态是不是一种策略？对此很难作出简单的回答。反正，他们为美洲英裔殖民者的权利摇旗呐喊，也是出于权力和帮派斗争的需要。

显赫的隐士　静止的走动

乔治·奥威尔[1]的《我为什么写作》一文非常值得一读。在列举自己的创作动机时，奥威尔首先坦诚地提到他得以此谋生。作家要鬻文，必须通过作家与读者之间的中间人——出版商。近年来常有人研究作家与读者的关系，其实作家和出版商的关系也十分复杂、微妙。研究这一题目的难度不言而喻，因为内中的细节双方恐怕都不大愿意披露。20 世纪 30 年代初，一位年轻的英国女学者 Q. D. 李维斯出版了一本名为《小说与读者大众》的著作，评述出版界和廉价小说作家如何联手开发市场，生产精神鸦片供读者消费。目前在这领域令人耳目一新的作品似不多见。

萨缪尔·贝克特是当代西方文学中的荦荦大者，他的剧本《等待戈多》早已译成中文，在我国评论创作界还引起几声荒诞有趣的回响。贝克特和他的几个出版商交谊甚笃，在文坛传为佳话。这位当今蜚声四海的语言、戏剧大师早年为自己的作品难以发表深感苦恼。他的第一部长篇

[1] 乔治·奥威尔（1903—1950），英国散文家、小说家。

小说《莫尔菲》先后被四十二家出版社拒之门外；《瓦特》的付梓同样历尽磨难。这些往事足以说明，当初贝克特为追求社会的承认像凡夫俗子般百折不挠，或许这是可嘉可羡的精神？也许正是因为这段经历，他把自己几位大致固定的出版商视为知音、搭档。1969 年，瑞典文学院认为贝克特“具有新奇形式的小说和戏剧作品使现代人从精神贫困中得到振奋”，决定授予他当年诺贝尔文学奖。这评语一定使贝克特对世界的荒谬性有了新的认识。他多年来特立独行，深居简出，盛名对他不啻无妄之灾。于是他托病不出，请自己的法国出版商杰罗姆·林东前往斯德哥尔摩代他出席颁奖仪式。林东一时成了众目睽睽的人物，他从瑞典国王手中接过奖状和巨额支票，还在宴会上与国王同桌而坐。一个出版商蒙如此殊荣，恐怕是没有先例的。贝克特以恬淡之心对待名誉，真是廓然隐士风度。由此我们想到他的同胞萧伯纳。这位关心社会问题的戏剧家历来看不惯装腔作势，他称诺贝尔奖为“系在脖子上的金铃”，以奖金设英瑞文化基金会奖掖后进。隐士贝克特对此将作何评论？

与贝克特交厚的还有他在美英两国的出版商巴尼·罗赛特和约翰·考尔德。在罗赛特经营下的纽约树丛出版社颇像吉罗蒂亚主持的法国奥林匹亚书局，其出版方针也是先锋派文学和黄色文学两头并举，招来众多物议，但在生意上倒时有斩获。1970 年，罗赛特挟诺贝尔奖之威隆重推出贝克特作品集，洋洋十六卷。考尔德出版贝克特著作经年，在经验谋略上似胜罗赛特一筹。1983年，他把贝克特《每况愈下》一书的稿子遗留在巴黎一家酒店，稿子被侍者扔到荒诞派作品逻辑上最理想的去处——垃圾箱。幸亏考尔德酒醒后赶回酒店，置臭脏于不顾，奋力救回原稿，立即印行出版，以免再出差错。此后考尔德屡屡登门索稿，贝克特称早已在酝酿一篇文章，但只写了一句就难以为继。1986年春，正当评论界庆贺贝克特八十大寿时，着力宣传、推销他作品的罗赛特却被树丛出版社解聘。罗赛特一时断了生计，只得求贝克特再挥大笔，以解燃眉之急。贝克特慷慨应允，把那篇一句文加以扩充变动，敷衍成章后交他的那两位已在翘首以待的契友，在大西洋两边也同时出版。

这篇为朋友排忧解难而作的文章共一八零一个词。贝克特晚期这类作品不少，很难被纳入某种文学类型。作者称它们为“文本”（textes），笔者以为称超袖珍式新小说亦无不可。这篇文字与贝克特的早期作品如《徒劳无益》或《莫尔菲》已大为不同。在那些作品里，文字符合语法规范，读者还能感到有个无所不在的叙事者把故事娓娓道来，还能通过文字感到文字以外世界的切实存在，即使是人物的内心独白或“意识流”，仍受到秩序的制约。但是这个新“文本”乍看下甚至不像贝克特后期一些断然决然绝圣弃智的作品。《怎么回事》全书一百多页竟没有一个标点，段落往往任意分成；超短剧《呼吸》只有三十秒钟，台上只见一堆垃圾，然后传来一声呼吸，一声叫喊;《不是我》一剧只有一个性别不明的演员，一切皆在黑暗之中，唯有演员的嘴部被灯光照明，嘴与人的分离直接呈现了意识、主体、语言和现实的解体。在这类作品里贝克特不屑于“振奋”精神贫困的现代人，他致力于宣判“人”和“自我”的死刑。哀不在心死，哀莫大于心不死。

贝克特的新作似乎介于这两类作品之间。作者在遣词造句和标点上用意良苦，“文本”有一种贝克特式的桀骜不驯。在介绍“文本”之前，笔者必须说明这简述、摘译的过程无可避免地包含了笔者以自己的时空观、逻辑和理解对“文本”的干涉和加工。

“文本”的标题十分醒目:《静止的走动》。古人或曰“动静有常，刚柔断矣”(《易经·系辞》); 或曰“行止，非人所能也”(《孟子·梁惠王》)。对常人来说，既静又动，既行又止，不免玄乎。贝克特并不是从天体运动的角度发出“坐地日行八万里”的感叹。他的主人公独处房内，四周一片荒凉落寞。“他”在孤寂中审察自己的存在，但又在扑朔迷离的思绪中忘却自我和万物。文中出现过两个名字，但他们是谁，与“他”有何关系，没有任何交代。也许那两个人仅仅是没有指涉对象、任意的词罢了。只有那不知从何处飞来的钟声在隐隐约约地提请读者意识到文本外的世界。文章的起首就值得细细推敲分析:

“一个夜晚当他双手支着头坐在桌边的时候他看到自己站起来。”这个“他”并不是主观意识上要站起来从事某事，“他看到自己站起来”暗示的是意志的消亡以及意识和行为的分离，“站起来”完全是不自觉的行动。行动是没有目的的行动，意识是没有主体的意识，是独立于“他”、对立于“他”、使“他”不成为“他”的意识。“文本”的主题在第一句的寥寥数字里已经点出。紧接其后的一句是：“一个夜晚或者白天。”这是对前一句的修正乃至否定，又是典型的贝克特手法。意识与主体的关系已经模糊不清，时间也变得飘忽不定。

第一个句子稍加变动后引出第二段文字。“他”似乎欲止不能，欲行还休，行行止止，都无所适从。“他”紧挨着桌子；站起来又坐下。经过沉重的犹豫，“他”艰巨地迈出步子，“以看不见的脚走动。慢得只有位置的移动才看得出他在走。他消失了，只是在另一处重新出现。消失了又在另一处出现”。继时间感后，方位感也不确定了。只见“他”抱头思索；是不是该再出现呢？——就是为了再消失？再出现和不再出现，两难之间无从选择，更何况“他”身不由己。

一会儿“他”鬼使神差地“在一个陌生的地方在夜晚或白天的漆黑中盲目寻找出路”。也许“他”寸步未移？“在同样的地方，看不出不一样。”桌椅也不见了，也许它们根本就不存在？连墙壁也化作一片烟雾消散。随着这些实物化为子虚，方向变得毫无意义。进非进，退非退，行非行，止非止。“同样的地方在墙间踱步一切地方都一样。或者在另一个地方。看不出不是另一个地方。没任何地方。永远在同一个地方站起来行走。在另一个乌有之乡消失又出现。看不出不是乌有之乡。”

“他”在这一片虚无缥缈之中仿佛抖擞起精神，离开了那没有任何界限和特色、因此也不应称为房间的地方，来到一片茫茫草地。青草长高变灰，有的地方还泛出白色。“他”凑足了残留的一星半点理智，自问关于室内室外的记忆是否出了差错，但脑海里一片空白。“他”迟疑再三后坐了下来，听任自己把原来记得的一切都忘却。“不知道他在哪里或者怎么会上那里去的或者怎么去的或者上哪儿去或者怎么回到那个他不知怎么会离开的地方。”此时万念俱灰。“文本”的标点随之渐渐稀少，对文字再加以组织就像奄奄一息的病人举手移足一样艰难。但是“文本”的最后四句就像是回光返照，由繁返约：“诸如这般的喧闹在他所谓的心智里直至什么都不留渐渐稀淡哦直至终结。无论如何无论在哪里。所谓的时间和悲哀和自我。哦一切都归于终结。”“文本”自身在句子的安排上获得了生命，但这是临终时那微微的一颤。

“文本”就此结束了。读者眼前留下的是一幅文字组成的图景，没有焦点，没有透视，没有画框，那是自我消解的图景。透过这些文字是令人目眩的无底深渊，脚下坚实的土地似乎已开始崩溃，随着一股强劲的离心力而来的是无法忍受的失重。是“他”被世界遗忘在牢笼似的一角茕茕孑立？还是贝克特通过不成为“他”的“他”，被剥夺了意识的“他”，把我们凭经验和感官认知和把握的现实生活放逐到虚无中去？

有论者认为，一个作家的不同作品构成一个整体，个别的作品仅是整体中的部分而已。如果说贝克特浩繁的作品里有着统一的、井然有序的结构，作者本人必然认为荒唐之至。但是他的各种体裁的创作互文性较强，有几条基本的脉络可循，这一点恐怕不难达成共识。不妨再从题目《静止的走动》谈起。

贝克特第一部作品《徒劳无益》是短篇小说集，几乎每篇都有个叫贝拉加的主人公。贝拉加是个历史人物，与但丁相熟，向以懒惰著称。他出现在《神曲·炼狱篇》里，“抱着他的双膝，把头低低地垂在那双膝之间”。在短篇《丁冬》里，贝拉加也陷于怠惰不能自拔。俄国作家冈察洛夫通过奥勃洛莫夫这个人物研究过怠惰与意志麻木（丧失）的关系。但是在贝克特的作品里，懒散好像被赋予了丰富的哲学内涵。贝拉加一度感到必须有所行动，“但是他发现他就和布里丹的驴子一样不能动弹，往左往右，往前往后都不行”。布里丹是 14 世纪上半叶的法国哲学家，据说他提出过这样似是而非的论点：如果一匹驴子身处两个完全相同的草堆中间，它必然饿死。道理十分简单，它永远不知道该先吃哪一堆草。[1] 这条哲学命题旨

[1] 再版补记：布里丹出生于 1300 年左右，1328 年至 1340 年任教巴黎大学。他也是科学家，对达·芬奇颇有影响。其实但丁（1265—1321）在布里丹之前就提出与“布里丹的驴子”相似的命题。“在两种放在同等距离，发出同等香味的食物之间，一个人纵然自由，也会因吃不上食物活活饿死。”见《神曲·天堂篇》，第四歌第一段。（田德望译文）

在说明，当人们面临两个具有同样吸引力和同样可达到的选择对象时，人们反而失却了选择的自由。幸好贝拉加仅是略有布里丹的驴子的症状而已。他自认养身有道，用他自己的话来说，他把生活的节奏控制在一种“贝多芬式的停顿”，一种“移动的停顿”中。在此贝克特写道，贝拉加酷爱（a strong weakness for）矛盾修辞法（oxymoron），“移动的停顿”即是一例：一对不调和甚至互相矛盾的词搭配在一起造成强烈的修辞效果。贝拉加好喝奎宁水，因此以为他滴酒不沾就大错特错了——他还是个贪杯之徒。贝拉加的存在本身就是矛盾修辞法的绝妙体现。

睽隔半个世纪以后，“静止的走动”与“移动的停顿”遥相呼应。甚至可以说，文章本身就是对矛盾修辞法的一条长长的、不无解构性的注释。在这五十年的中间是贝克特的《等待戈多》。剧中弗拉基米尔和爱斯特拉冈一次次提问“咱们走不走？”；一次次建议“咱们走吧”。但是台下的观众看到他们永远站着不动。这走与不走形成鲜明的对比，是“移动的停顿”还是“静止的走动”？既然世界上的差别都由欺骗性极强的语言造成，既然所谓的价值、意义（包括时空观）都是传统文化在我们眼上蒙的白翳，布里丹的驴子才代表真正的令人羡慕的智慧。通过驴子的眼睛，我们看到世界上林林总总的事、物都是一模一样的草堆，不作任何选择、驻足不前就成了必然的选择。在《静止的走动》中，墙非墙，桌非桌，草非草，意识非意识，一切皆在虚虚实实之间变幻不定。在这无序的混沌中，动静、行止的差别又何在？矛盾修辞法变得和其他陈词滥调一样苍白无力。

谈到贝克特对修辞学和语言形式的浓厚兴趣，还得一提他早年在法国的经历。贝克特于20年代在都柏林赫赫有名的三一学院攻读法文和意大利文，毕业不久应聘为巴黎高等师范学院英文讲师。当时荟萃巴黎的各路文化艺术“精英”正在激荡起一阵阵潮流，鱼目就此嬗变为珍珠的实例也屡见不鲜。贝克特的同胞乔伊斯在大战后定居巴黎，1922年《尤利西斯》的出版使他一举成了现代派的高僧。贝克特到了巴黎自然不放过这识荆的良机。两人后来常有来往，与其说是忘年交，毋宁说是关系半冷半热的师徒[1]。乔伊斯当时正在从事一场“文字革命”。他在《为芬尼根守灵》里不时拼凑捏塑新词，把语言的社会内容抽空代之以一己的奇思怪想。他一边创作这部世上只有几位以教它为生的英文系教授能卒读的鸿篇巨制，一边把已写就的交杂志发表，取名为《进行中作品》。由于评论界反应冷淡，乔伊斯组织并督导十二门徒撰写文章为自己捧场，贝克特也在被邀之列。年轻的贝克特在文章《但丁……布鲁诺。维柯……乔伊斯》里对自己的导师推崇备

[1] 贝克特为乔伊斯干了不少秘书性质的工作。据他自述，乔伊斯曾对他口授《为芬尼根守灵》书稿。为大师效力，贝克特不敢有所懈怠。一天贝克特正在全神贯注地做记录，有人敲门，乔伊斯说了声“进来”。贝克特没听到敲门，将“进来”两字记入书稿。参阅理查·埃尔曼著《詹姆斯·乔伊斯》（牛津，1959）第四部分。

至，先是教训一通他的批评者，然后庄严宣告“形式就是内容，内容就是形式”。把这篇谈不上超然无执的文字说成邀宠之作大概有欠公允。贝克特在文中提到对立面的转化和一致：“最高的速度处于静止的状态。”援引相对论或许意在指出文字、文学作品没有恒定不变的形式与意义，事物没有什么确定性，动静行止都是相对而言。他对矛盾修辞法经久不衰的爱好和这种相对主义观点恐怕不无关系。牛顿的物理世界是他最害怕、最厌恶的。《莫尔菲》的主人公和贝拉加、《静止的走动》中的“他”一样缺乏能动性。在他看来外界一切皆不可靠，唯有躲进自己的小天地，自成一统。他把心智和意识分为三个区域：光明、半光明、黑暗。在那黑暗的部分他找到了自己的归宿和幸福。那里没有方向，没有界限，没有时间，他是一片各种形态生生不息消长变化的混沌中“一粒绝对自由的尘埃”；他纹丝不动，但是却被卷入在令他心旷神怡的“非牛顿式高速运动里”——没有来源出处，没有终极目标，没有任何意念。

如果贝克特把莫尔菲这种比阿米巴还少一个细胞的存在写得出神入化，暗含欣赏，他在其他作品中又为这样的存在黯然神伤。一旦《静止的走动》中的“他”失却记忆，失却时空感，袭来的是一阵凄楚。在只有非牛顿式运动的世界里不必作出选择，不必因此承担责任，无所谓方向与生死。但如果时间倒流，回到混沌未开的境地，世界又成了哀伤的源泉。这也许是贝克特一些作品里时有反映的双重性。他一方面以过来人的姿态揭露世界上的一切虚妄，一方面又痛感时空观丧失、自我意识解体的可悲。比如《静止的走动》里那时而清晰时而遥远的钟声。它的节奏似乎带了一种君临一切的威严，每一次敲打都意味着末日的逼近。但是照贝克特的观点，时间是人类强加在本无意义、秩序的世界上的，倘若时间并不存在，死亡、末日也只是假象而已，所谓的“终结”也就不成其为“终结”。一方面揭示时间的虚假，一方面把钟声表现为死亡之旅的象征，这本身是不是构成一个矛盾、一个不可解结？

莫尔菲作为一粒尘埃的无可名状的欢乐在《无可名状的人》（1953）里已消失得无影无踪。“我要干什么，我将干什么，我该干什么，就我目前的情形，怎么开始呢？就凭了纯粹简单的不可解结？……我说不可解结却不知道它是什么意思。人什么时候不是自然而然地迟疑不决？”这“不可解结”的原文是“aporia”，也是个修辞学上的专门名词，指不知说什么、不知如何说起（“一时语塞”），又指引起系统怀疑、令人束手无策的难题，不可解决的矛盾。《静止的走动》里“他”一举手一移足都再三迟疑，在这充满不可解结的世界里无路可循，动与不动差别又何在？即使有“我们称作路的东西，不过是彷徨而已”（卡夫卡语）。布里丹驴子坐以待毙的选择、矛盾修辞法和不可解结原来密不可分。“所谓的时间和悲哀和自我。哦一切都归于终结。”

麦克白在弑君后恻然感悟到“从这一刻起，人生已失去了严肃的意义”。他恸悉夫人死讯时的台词尤其有名：

人生不过是一个行走的影子，
一个在舞台上指手画脚的拙劣的伶人。
登场片刻，就在无声无臭中悄然退下；
它是一个愚人所讲的故事，充满着
喧哗和骚动，却找不到一点意义。

（朱生豪译文）

现在文学、批评和哲学界出现了一些弑了君后的麦克白，他们的虚无思想比莎士比亚的麦克白要激进得多。后者尚能审察自己的行为，尚能以结构严谨的句子陈述人生如梦、万事皆空的思想，这照晚近的麦克白来看实在肤浅。世界上只有混乱，何来秩序？20世纪60年代初，贝克特在接受采访时以完全规范的语言说，混乱就在我们四周，应该张开眼来看看这混乱，文学作品则应该以新的形式直接呈现这种纷乱的状态。贝克特也许是在背诵几十年前乔伊斯对他的教诲吧。难怪美国大诗人罗伯特·罗威尔在1965年指出，艺术必须呈现混乱，这成了当今的新教条。其实，混乱是相对秩序而言。把混乱看成绝对的常数是否包含了对混乱本身的否定？有趣的是，贝克特所言的混乱并没有自然而然地溢出他的笔端。《静止的走动》呈现给读者的是一个矛盾修辞法，一个不可解结：它是以高度的理性井井有条组织起来的混乱。也许是贝克特独钟混乱？也许是呈现混乱在一定的历史背景下已成了值得炫耀的姿态、“高明”的同义词、市场上昂贵的“名牌产品”？

还是再回到《静止的走动》的生产过程。我们不妨看一看产品的最后一道工序。贝克特交稿后，罗赛特和考尔德为如何包装推销这位荒谬派大师的新作煞费苦心。他们决定用超大号字体把这一千八百个词印成单行本。为了使装帧尽善尽美，他们请了法国艺术家路易·勒勃罗盖为“文本”作插图。“物以稀为贵。”《静止的走动》一共只印了两百本，装订完毕后贝克特在每本的扉页上都签上了大名。如此这般精心制作出来的《静止的走动》每本售价一千英镑。1989年，书甫出就成了“文物”。希望这件事本身给某种文学流派或运动画上一个圆满的句号。

贝克特以造反派的姿态把“我思故我在”的立论推翻，在乌有之乡立“无我无思无在”之论。但是在“我消费故我在”的社会里，他成了保守又积极的一员。愿以一千英镑买他大作的人有福了。他们可以一边盼望多少年后那豪华版能在纽约或伦敦的拍卖行里讨个好价钱，一边细细品味咀嚼作者在书中表露的无可缓解的悲哀。又得请高手用一次矛盾修辞法。

今年（1991）3月29日是贝克特诞生八十五周年。“烈士暮年，壮心不已。”听说继《静止的走动》后他又在巴黎发表了两个“文本”：《怎么说》和《痉挛》。笔者未能拜读，深以为憾，但从题目冒昧推测，它们大概是贝克特主题的变奏。1989年12月22日，贝克特在巴黎一家医院病逝，遗体安葬在巴黎蒙帕尔纳斯墓地。[1]老先生晚年过着隐士般的生活，虽然当时他的声名已十分显赫。孔子曾经说过："之归乎！君子隐而显。"（《礼记·表记》）这"隐而显"是否包含了贝克特喜用的矛盾修辞法？孔子的"君子"不以"洗耳拭目"之类戏剧性举动把隐逸作为求显达的手段。相反，他身虽幽隐，却能以出世的精神做入世的事情。谨以"君子隐而显"五字赠萨缪尔·贝克特的在天之灵。

（原载《世界文学》杂志1991年第4期）

---

[1] 本文第一次发表时给读者的印象是贝克特还在人间，此处根据林学锦、罗涛两位先生的批评意见作了修改。参看《序》。

赛斯皇帝和拿来主义

英国作家伊夫林·沃（1903—1966）生前与他的牛津同学格雷厄姆·格林齐名，但是他的作品在国内难见译本。[1]这两位小说家都是善游之士。1936年，格林在《不带地图的旅行》一书中记载了自己在非洲利比里亚不无冒险色彩的游历，而沃则在20世纪30年代写了四部有关非洲的小说和游记。沃叙述在南美英属圭亚那（即现在的圭亚那）[2]的见闻时写道，他特别爱去“遥远蛮荒的地方，尤其是相互冲突的、处于不同发展阶段的文化的交汇处”，在那里他可以看到“思想观念从自身的传统连根拔起，移植他乡，竟变得难以辨认”。沃在此所述即是“橘逾淮而北为枳”的主题。据传橘枳两者叶虽相似，实味不同，系“地气”使然。基于沃第一次阿比西尼亚（今埃塞俄比亚和厄立特里亚）之行的经历写就的小说《黑祸》（*Black*

[1] 再版补记：南京译林出版社已出沃多种小说，如《旧地重游》《独家新闻》《荣誉之剑》等。

[2] 南美洲东北部国家，1831年成为英国殖民地，1966年独立，改称圭亚那。

Mischief，1932）就是这一主题的形象发挥。

故事发生在虚拟的岛国阿扎尼亚帝国，与东非之角索马里隔海相望。帝国的开创者阿莫拉幼年受教于今伊拉克南部巴士拉地方的景教修士，后到阿扎尼亚宫廷效力，官至苏丹军队统领后，擅自宣布成立阿扎尼亚帝国，建都台布拉—多瓦。阿莫拉大帝励精图治，不惜以重金聘请法国承包商在岛国修筑铁路，于是这文明与进步的象征缓慢地向瘴雨蛮烟之地推进。阿莫拉以开明自称，立基督教为国教，赢得欧美列强好感，传教士代表了不同的利益纷纷赶来占领地盘。振奋人心的改革中最值得一提的是废除蓄奴制。京都处处张贴了废奴文告，在西方观察家看来格外醒目，因为它们就像一些发展中国家起因复杂的游行、集会上的标语，是用英、法等欧洲文字写成的，专门讨好发达国家媒体受众的“正义感”。这律令是否有当地语言的文本就和它是否真正付诸实施一样得暂时存疑。

阿莫拉驾崩后公主继位，由于统治不力，国库匮乏，民生凋敝。女皇不久谢世，正从牛津大学毕业的公子赛斯日夜兼程赶回台布拉—多瓦，驾坐阿扎尼亚帝国。新登基的皇帝甫从欧洲回来，踌躇满志，准备把故国作为海外新思想的试验场。作为阿莫拉的后嗣，他也为各种文告忙得不亦乐乎。小说的起首就是一段喜剧性的文字：“我赛斯，阿扎尼亚皇帝，萨库由万酋之酋，旺达的君主，四海的霸王，牛津大学文学士……”赛斯好收集头衔，但是在那一串令人肃然起敬、王霸之气十足的称呼后突然出现牛津的学衔，具有修辞上的突降（bathos）效果，在小说读者看来无疑显得荒唐可笑。但是对文告本土读者而言，牛津大学或许真有新奇的法力，足可以给赛斯增添几分威望。然而对称号一丝不苟的“四海的霸王”在关节处却出了纰漏。他在“文学士”（Bachelor of Arts）的“文”（Arts）前加了定冠词“the”：是他自以为对人文学科无所不通，有意立异，还是他根本不懂如何正确拼写这一学衔？这一字之差似乎已勾勒出这位留过洋的皇帝不够勤谨笃实的性格。

就在赛斯沉迷于文学之趣的时候，他的军队正在爱尔兰人康诺利指挥下镇压他那位觊觎王位的父亲赛义德的叛乱。各式文本给赛斯带来莫大的惬意，但是康诺利的捷报迟迟不到，这不由得使他感到文字之外的世界咄咄逼人的存在。正是这隐忧使他有必要强调自己的信心与优越：

我到过欧洲。我明白。我们有坦克。这不是赛斯对赛义德的战争，这是进步对野蛮的战争。进步必须胜利。我见过阿尔德肖特军营的夜间列队表演，见过巴黎博览会和牛津学生会，我念过时新的书——萧，阿伦，普里斯特利。在集市上散布流言之徒见过这些世面吗？进化论是我坚强的后盾，妇女选举权、种痘和动物活体解剖使我脚下生风。我是新时代。我是未来。

战争的胜负尚在未卜之间，赛斯皇帝已在设计日后颁发给有功之臣的勋章。勋章正面是他戴礼帽、着礼服的头像，后面则是一手握飞机、一手执电话的进步女神。在他为这些细节劳神之际，战事吃紧，他的助手竟偷盗了皇冠节杖外逃。出人意料的是在危机的紧锣密鼓中赛斯听到了凯旋的号角。赛斯见康诺利率色彩斑斓的军队得胜回朝，更相信自己顺应了不可抗拒的历史潮流：

赛义德和他的乌合之众属于过去。黑暗的野蛮势力。阁楼里的蜘蛛网。朽木。暗无天日的洞穴里细弱的回声。我们是光明，速度，力量，钢铁，蒸汽，青春，今天和明天。

兴奋之余，赛斯对此却大惑不解：胜利原来与他寄予厚望的坦克无关。克敌制胜的还是两件古老的法宝——谣言和长矛。叛军首领赛义德深谙当地习俗，以一张赛斯在牛津拍的照片大做文章，称他头冠方帽身披黑袍，已背叛基督，皈依了英国伊斯兰教。于是康诺利营中大乱，笃信基督教的士兵纷纷倒戈。想不到康诺利的招数更高，他把赛斯说成阿莫拉大帝灵魂转世，于是大批叛军前来降附，胜利的基础就此奠定。至于那辆坦克，在赤道的烈日下开不多久就热得像烤箱，只有惩罚玩忽职守的兵士的功用。

赛斯皇帝未能从此有所感悟。战事一过他便以充沛的精力投入自己为之激动不已的事业。他的文字犹如一堆断线风筝，在虚无缥缈处组成一系列怪诞、超现实的图案。他谈到进步与未来时出了神：“他眼里闪着光；头微微后仰；完全被文字迷了心窍。”他一直以为欧洲列国的繁荣昌盛可以简单地归结为一个道理；把握这个道理不啻给自己的国度找到一帖包治百病的良方，阿扎尼亚朝夕之间就能变成他心中仰慕的英国。赛斯皇帝要使枳实有橘味，不失为美好的愿望，但他对淮北淮南“地气”不同这一不争的事实却无暇顾及，从不深入民间细致耐心地研究阿扎尼亚的实情。如果他能实实在在、循序渐进地改良“地气”，阿扎尼亚的枳实或许能产生出有其自身特点、异于橘味但又不输于橘味的新味。他的规划，不可谓不宏大。他要废除一切陋习：废死刑，废图腾崇拜，废不人道的牲畜屠宰方式，废居高不下的婴儿死亡率——仿佛这也和当地其他习俗一样有禁即止。他甚至要废民族意识的载体——本土语言，以世界语取而代之。[1]他最为关心的是欧洲流行的术语，时髦本身就是他信奉的上帝。问世不久的胚胎体外培育、裸体文化和集体唱歌做操，这一切他都要全盘引进。至于国脉所系的经济和金融问题，在他看来只是到欧洲的印刷厂印制一摞摞的纸币而已，通货膨胀和因此引起的社会动荡不安

[1] 再版补记：早在20世纪初，一些旅法无政府主义者就提出废除汉语，改用世界语。从新文化运动到80年代，中国知识界不少代表人物都痴迷于世界语。这种怪象，在各国是难以见到的。

不在他担心之列。沃在小说中把赛斯皇帝的想象力比喻为火山湖，一旦他神驰八极，火山就开始爆发：“湖水突然变黑，翻滚沸腾，地下的潜流变为火热的岩浆漫出湖岸，化为千百条支流向外流淌。此刻这位认真但又不知所措的年轻人变得不可捉摸，反复无常。各种观念在他脑海里涌现，浮到表面的是一层残渣，那是他似懂非懂的混杂的词语和理论，以及一些零零碎碎的学问。”

阿扎尼亚帝国的经济已濒临崩溃，赛斯仍在欣赏滥发的纸币上自己神气的肖像。当他在崇尚生殖力的阿扎尼亚推行计划生育并为此举行盛典时，早日被他得罪了的部落首领在唯恐天下不乱的外国势力（法国）和教会的挑拨怂恿下发动政变。赛斯半生不熟的理论在岛国的实验结果是他自己的溃败和死亡，百姓则饱受离乱之苦。他的两位助手倒是各有所得。往日在牛津与他有一面之交的英国世家子弟巴兹尔·希尔在一出惊心动魄的现实生活戏剧里扮演了一个不可或缺的角色，自己感到幸运之至；无时无刻不在谋私利的亚美尼亚商人尤柯明发了一笔不小的国难财。小说结尾，阿扎尼亚处于无政府状态。英法两国相互间不容对方把岛国纳入自己的势力范围，以保护国自居联手出兵进驻阿扎尼亚。

赛斯皇帝好大喜功、茫无头绪的变法，在中国读者看来，似乎应验了范仲淹之子范纯仁对当时政事趋势的警告，“道远者理当驯致，事大者不可速成，人材不可急求，积弊不可顿革。倘欲事功亟就，必为憸佞所乘”（《宋史·卷三百十四》)。[1] 从阿扎尼亚的利益考虑，称急求而得的“人材”希尔和尤柯明为“憸佞”并不为过。身为阿扎尼亚现代化部部长的希尔是小说中呼之欲出的人物，他曾数次出现在沃的其他小说里，是沃笔下一系列“聪明的年轻人”[2] 的代表。他一时心血来潮离开乏味的伦敦到非洲闯荡，巧遇往日不在他眼中的赛斯，竟被委以重任。他实际上比赛斯更了解阿扎尼亚的实情，但是尼采式的生活美学原则和种族歧视使他不顾一切地追求在稳定的英国难以得到的强烈刺激，包括体验自己积极参与酿成的一个弱小国家的悲剧（用他自己的话来说是“看热闹”)。

不过赛斯有一点与希尔十分相像。他出于浮浅的进步观把故土的一切都视为愚昧落后，他对阿扎尼亚实际上有一种外人的冷漠。他是出生在非洲的黑人，这一事实大概是命运对他的嘲弄。虽然他自以为那张牛津的文凭就是西化的标记，但他全然不属于自己迫不及待想认同的西方文化。在西方读者的眼中，赛斯对本土文化那种简单的虚无态度正好说明他对西方文明史的无知。他更像无可奈何地在空间飘荡的游丝或无聊、自卑但又狂妄的奴才。从某种

[1] 浙江大学电机系教授王懋鋆先生（1915—1995）平素兴趣广泛，博闻强记，他在 1990 年嘱笔者多多关注王安石变法的利弊。谨作此注以寄托对王先生的哀思。

[2] 英国作家斯蒂芬·斯彭德（1909—1995）曾指出，海明威笔下的人物严肃地过着不严肃的生活，自以为可悲，而英国版本的“聪明的年轻人”断然拒绝任何悲剧色彩，他们啸傲纵逸，无所畏惧，嘴角挂着一丝不恭的微笑，不在任何场合露出半点自怜。

程度上说，他是昂首“走向世界”的先锋，奉行大胆“拿来”的楷模。但是这“走向”和“拿来”，由于没有立足点可言，更像病急乱投医的盲动或好名之徒以社会为代价的奢侈之举。

按照鲁迅先生的观点，赛斯皇帝还配不上“‘拿来’英雄”的称号。“拿来”得“运用脑髓，放出眼光”，不然就是“孱头，昏蛋和废物”。鲁迅心目中放手“拿来”的“新人”有着“沉着，勇猛，有辨别，不自私”等先决条件，赛斯皇帝欲做这种“新人”，显然只有四分之一的资格——他确实“勇猛”异常。在此我们可以把注意力从阿扎尼亚的变革转到近十几年来常常引起讨论的“拿来主义”。首先，鲁迅似乎忽略了问题的关键所在，即“新人”在奉行“拿来主义”之前已具有的“沉着”等美德从何而来？如果这些品性先于“拿来”，那么显而易见它们不是“拿来”的，必然与本土的、亦即中国的文化有着千丝万缕的关系。若是一时兴起，以革命者的姿态把自己从中吸收基本养料的母体文化骂得一无是处，视同“吃人”怪兽，那么“脑髓”“眼光”和“沉着”等美德就失却了赖以生存的环境，变成了几个自命不凡的幸运儿（孤独的勇士）的天赋。倘使鲁迅对“拿来主义”说里如此之大的疏漏或矛盾稍加注意，他的立论以及对母体文化的评价或许会多几分中和冲淡，而他推崇的诸种美德才有渐次培养的可能。其次，“拿来主义”这四个字容易使阅历不深的青年对外部世界产生不切实际的幻想。别人家里美妙的东西不全像难民救济摊上那些一字排开的剩余军用食物，可以任意“拿来”。文字著作有版权，工艺制品有专利，就是救人性命的药品也不能无偿仿制。这一切都得凑足银子去购买，而不是两手空空地去“拿来”。至于那些最能富国强兵的高精尖产品，更是欲买无门。就连加入国际贸易组织也难保不被文明的强盗狠狠敲竹杠。当然可以免费（而且是最容易）拿取的并非没有：抽象名词。赛斯皇帝把它们当作美酒豪饮，以致一醉不醒。

上世纪西学随枪炮东渐，在读书人中间，对一些极为复杂难解的问题很有一种以一时的情绪兴致取代审慎的批评与考察的趋向，其为害之烈令人扼腕。个别好走极端的激进先锋，颇有赛斯皇帝的轻信、幼稚和自负。他们为自己的祖国未能早早附丽于某种高级的文化大声呐喊。他们一则戏剧性地夸大了脱胎换骨的必要；二则把它想象得过于轻便。[1] 其实在任何变革前，都必须有一个可能是不短的前奏，即一个像学徒一样谦虚耐心地学习了解本国文化的过程，唯其如此，我们才有鲁迅所谓的“脑髓”和“眼光”。了解本国的文化又要求我们深入自己身处的社会，成为其普通一员。著名哲学家阿莱斯泰·麦金泰尔在他的重要著作《尚德》（*After Virtue*，1982）[2] 中评述到尼采对

---

［1］“五四”时有的青年诗人在太阳当顶的时候跃入“浴海”，大呼“我有生以来的尘垢秕糠，早已全盘洗掉！”

［2］这部全面批判西方个人自由主义的著作已由中国社会科学出版社出版（1995年1月），可惜译名“德行之后”不够准确。

亚里士多德的反叛时指出，集体（community，或曰共同体）的存在全赖对美德和善的共同认识，而要发现什么是美德又首先得进入到组成集体的各种具体关系中去。脱离集体的活动就不能在自身之外找到任何善——除非成为唯我的狂人。《黑祸》中无所依着的赛斯确有与嫩拙相随的虚骄自大的一面，我们如果不愿步他的后尘，还是应该想到（感谢麦金泰尔的提醒！）自己作为生活在中国社会的中国人的立足点。

（原载《读书》杂志 1992 年第 12 期）

使徒的耶稣，圣人的诱惑

一些具有深邃神学思想的基督教徒认为怀疑是信仰的动力与精髓。他们对宗教的理解当然不同于在市井上传布福音或大呼世界末日来临的人们。西班牙作家乌纳穆诺说，真正的圣徒因无法相信上帝而深感痛苦；英国诗人、耶稣会教士霍普金斯在自称“以血写成”的一首十四行诗里则表述了这样的思想：只有彻底绝望才会慑于神迹的权威，心安理得地接受教义，但这无异于啖食自己灵魂的腐尸以求得慰藉，他宁可独自在漫漫长夜中与上帝苦苦争斗。希腊作家尼可斯·卡赞扎基斯（1883—1957）在他著名小说《基督的最后诱惑》[1]的序言里写道：“这本书不是一部传记，它是每一个痛苦挣扎的人的自白。”“痛苦挣扎”这四个字不仅可指小说中在耶稣身上展开的那近乎残酷的灵魂和肉体的斗争，还令人想到乌纳穆诺笔下的圣徒伊曼纽尔和为信仰辗转反侧的霍普金斯，未尝不可理解为

---

[1]《基督的最后诱惑》，尼可斯·卡赞扎基斯著，董乐山、傅惟慈译，作家出版社，1991年。

小说作者本人因怀疑耶稣和上帝而生的痛苦。当然，大疑未必大悟。

卡赞扎基斯以《新约》中福音书上的记载为骨骼，有血有肉地描绘了耶稣短暂的一生。小说叙述耶稣如何战胜“人世间各种点缀着鲜花的陷阱”，如何放弃尘世大大小小的欢乐，斩断人间形形色色的束缚，最终一步步升高，“一直走到殉道者的顶峰——十字架”。耶稣的精神胜利与殉道究竟具有什么意义？这是福音书上的耶稣还是小说作者独创的耶稣？两者有无直接抵牾之处？

卡赞扎基斯对《圣经》了如指掌，引用典故“史实”轻松自如。他对围绕福音书的一些疑难问题也相当敏感，不意识到这一点就难免误读小说和那篇非常值得玩味、为希腊正教徒写的序言。如所周知，圣经学是一个令人望而生畏的学术领域。本经成书的过程很长，且多口碑传说的成分。如果对《圣经》所言的一切坚信不疑，那就像孟子所说“尽信《书》，则不如无《书》”。现在的圣经学者公认，福音书中最早的《马可福音》的结尾关于耶稣死后向众人显现的那些文字（第十六章九至二十节）未见于手稿，系后人伪托。看来福音书的撰写者为数众多，他们不自觉地“杜撰”历史，这或许反映了当时的希伯来文化中历史、宗教、神话、文学还是浑然一体。虽然我们可以像维柯那样把神话也视为历史，即反映先民集体意识的历史，以19世纪学者勒南、施特劳斯和鲍尔等人的历史观来检查福音书，确实不难发现不少以讹传讹的例子。

我们还应注意到，犹太民族自古有米德拉西（midrash）的惯例，人们可以围绕某些神圣的主题即兴发挥。福音书中的耶稣驱邪治病，施行奇迹。这些记录所反映的，与其说是耶稣的真实言行，毋宁说是生活在苦难之中的芸芸众生一厢情愿的希冀。再者，早期基督徒相信耶稣作为人们等待已久的救世主会在生活中应验《旧约》里先知们的预言，于是福音书作者在记述耶稣生平时特别留意如何使关于他的"事实"与先知预言吻合。卡赞扎基斯在小说中不时暗示，耶稣其人是使徒和福音书作者的文字创造。要塑造耶稣这一人物，卡赞扎基斯不得不以福音书为蓝本，但是在小说的叙述中他或诘问蓝本是否可靠，或直指其虚构的性质。他甚至让读者感到困惑：历史在被创作的过程中掺杂了作者的意图，那真实面目简直是渺不可求。

小说中积极编写历史的是马太和保罗。因为《旧约》中的以赛亚说过"必有童女，怀孕生子"，马太就称耶稣生母玛利亚是童贞女；耶稣生于拿撒勒，但先知弥迦曾言伯利恒将出一位王者统治以色列，马太就把拿撒勒改为伯利恒。《马太福音》中不乏诸如此类的例子，早就为《圣经》研究者注意。小说里的马太知道自己所记与事实不符，但他以为这一切都是天使的口授，秉笔直书与人的真理断然不同的上帝的真理才是他的职责。如果马太的动机尚能为人理解，在耶稣死后热心传播基督教的保罗对拉撒路师傅（即在诱惑的幻影里的耶稣）的一席话真正令人震惊。他骄傲地声称，真理可以直接创造，不必花费力气上下求索："我要按我的想法塑造你，你的生活，你的教导，你的钉死在十字架上和你的复活。"面对"恶魔"般但又自称是他虔诚使徒的保罗，耶稣颓唐地坐下，把头抵在膝间呜咽起来。在保罗的眼里真实的耶稣无足轻重，但是保罗却要以他的名义传道，以基督教征服全世界。可能正是马太和保罗这样的人物使当前一些文学理论家认为作家可以凭借文字的力量变虚构为实有，地位仅次于上帝。

耶稣在小说中披览了《马太福音》，大惊失色。他无可奈何地陷入沉思：如果马太记述的都是凿凿有据，我们称为真理的岂不是会被上帝斥为谎言？耶稣的疑惑，标明了上帝之道与人道扞格不入的主题。小说作者一次次借用人物之口大声疾呼，人的标准，而不是神的标准，才适用于人间的生活，即使是上帝，也应该到与寺院相对立的家庭中寻找。小说的这一主旨实际上反映了20世纪基督教从极权宗教向人本宗教缓慢转变的过程。霍普金斯在19世纪就写道（大意），基督在人的脸庞和肢体里嬉戏，这一说法已渐渐为人接受。

卡赞扎基斯对犹大的处理是小说的精华，也容易引起争议。其实一百多年前勒南、施特劳斯和伏克马尔等《圣经》学者就指出，福音书中关于犹大的全部记述及其出卖耶稣的行径可能是一种带有倾向性的虚构。《马太福音》上记载，犹大为三十块钱背叛耶稣；《约翰福音》又称犹大在以耶稣为首的团体中掌管财务，他常常偷窃公共钱财。如果犹大真是财迷，他为区区三十小数断绝财源岂不是做了蚀本生意？这样看来，他叛节的动机难以成立。在《基督的最后诱惑》里作者是这样解释犹大的行为的：耶稣本人渴望受迫害，要求犹大出卖他，犹大勉强从命。这出人意表的情节有助于读者了解耶稣性格的复杂性和他不可抑制的殉道的冲动。耶稣在去耶路撒冷的路上忽生一念：救世界于危难的重任落在他和犹大身上，犹大必须为完成这救赎的任务背叛他，而他则以殉道之举促使天国的到来。殉道与背叛孰难孰易耶稣心中明白，他承认："上帝可怜我，给了我这个比较容易的任务：被钉上十字架。"正因如此，在最后的晚餐上耶稣当了众使徒的面称犹大为"能承受最苦的滋味"的"勇敢战士"。犹大成全了耶稣要当殉道者、救世主的愿望，自己背上了叛徒的恶名，千百年来遭人唾弃。英国诗人多恩在作于17世纪初的《伪殉道者》一文里说，不为殉道者才有真正殉道的意义，这用于小说中作出如此牺牲的犹大倒比较妥帖。相比之下，耶稣似乎炫于自己头上殉道者的荣光，他如羔羊般的温顺此时已荡然无存。耶稣性格中的这一侧面在《约翰福音》中已充分表露，他自称"世界之光"，他的意志不容违逆。他真正关切的，不像是世人的福祉，而是他自己的威严与权势。

小说里的"最后诱惑"发生在耶稣被钉上十字架后因疼痛而昏迷的刹那间。在一系列幻觉中耶稣退隐到人间，成为社会中普通一员。他在温馨的小家庭和具体的社会关系里感悟到要“生活在人间意味着要剪除翅膀”。此时的他仁慈、安宁，自然而然地散发出谦卑的精神，与偏执狂妄的使徒保罗（“如果世界要得到拯救，它就得听我的——我！”）恰成对照。就在他享受天伦之乐的时候，他的使徒追踪而来，大骂他“胆小鬼！逃兵！叛徒！”于是那安居乐业的图景全化为过眼烟云，耶稣又感到被钉在十字架上的阵阵痛楚。有人将蘸了醋的海绒绑在带子上润浸他的嘴唇，他醒过来，大呼“我的上帝，我的上帝，为什么离弃我”。耶稣溘然而去，这凄厉的呼声表示他终于征服了诱惑，成为救世的圣人。小说中的这一细节援引自被作者目为虚构的《马太福音》，我们不能忽略个中奥妙的寓意。

法国剧作家阿努伊在描写12世纪英国坎特伯雷大主教托马斯·贝克特的剧本（《贝克特或上帝的荣耀》，1959）中写道：“要做圣人也是一种诱惑。”贝克特故意冲撞国王，寻找受迫害的机会，他的杀身之祸恰是获取精神王国无上荣光与权力的资本。在卡赞扎基斯笔下，做圣人的诱惑显然比人间生活的诱惑更危险，更难以抵御。确实，还有什么特权和幸福堪与为圣人的荣耀相比？耶稣在“最后诱惑”的幻觉中深知做圣人解救世界的魅力：“谁年轻的时候不梦想拯救世界呢？”要完成救世的伟业必须高人一等，还要给人强派“迫害者”的角色，于是产生三闾大夫“众人皆浊我独清，众人皆醉我独醒”的心态亦就十分自然。自视如此之高的人物一旦真的以救世的名义“高驰而不顾”，众人大概还是劝说他们剪掉自己的翅膀为好。作为读者，我们感谢卡赞扎基斯和他的出色的中文译者，因为他们以诗一般的语言丰富了我们对信仰和理想的见解。当然，在读完小说再读那篇奇怪但可以理解的《原作者序》时，我们由衷地感到还是戴·赫·劳伦斯说得对：“不要相信艺术家，相信他笔下的故事。批评家的作用在于从创作故事的艺术家手中拯救故事。”

（原载《世界文学》杂志 1993 年第 2 期）

百年怨愤

加西亚·马尔克斯在与哥伦比亚作家、记者门多萨的谈话录《番石榴飘香》（1982）里承认，《百年孤独》[1]中老布恩迪亚的妻子乌苏拉是保证小说连贯性的关键人物。小说中的内战结束前她已经年近百岁，但是没有她故事就难以为继，于是作者让她享眉寿之福，等到全书行将结束、情节无足轻重时才安排她以一百二三十岁的高龄仙逝。评论家们在分析介绍《百年孤独》时往往在老布恩迪亚和奥雷良诺上校等男性角色身上落墨，对乌苏拉仅仅是一笔带过。其实，只有取乌苏拉的视角来认识她的世界，我们才能大致理解为什么加西亚·马尔克斯说妇女能支撑整个世界，使它免遭破坏。

小说一开始，身材娇小、勤快笃实的乌苏拉就数次作为她丈夫老布恩迪亚的对立面出现。老布恩迪亚年轻有为，没有他就没有马孔多。据说当地还没出过像他那样富

---

[1]《百年孤独》，加西亚·马尔克斯著，吴健恒译，云南人民出版社，1993年。

有事业心的人物，但是他看到外来的吉卜赛人的一点小玩意儿就会做出许多驾驭自然的美梦来。他的想象力丰富得超过了魔法和奇迹，而他又是一个好以大手笔来书写历史的人，没有头脑清醒的乌苏拉在他身旁，他恐怕会像一艘拉了满帆但没有铁锚和压载的船，一阵风来就疾驰而去，顷刻间倾覆于生活的海上。他妄想用吉卜赛人梅尔加德斯的磁铁去开采地下的黄金，以“金子铺房间的地面”，于是拿下一个大赌徒的决心，不听妻子的劝阻，用一头骡子和几只山羊换了磁铁条，而那些牲口是乌苏拉准备用来振兴家业的。老布恩迪亚的黄金梦没有做成，不过他倒是发掘到一副15世纪的盔甲，里面是“一具钙化了的骷髅，它的脖颈上挂着个小铜盒子，里边装着一绺女人的卷发”。这阴森恐怖的场面准确无误地把读者引到一个特定的历史阶段——工业革命的源头，以狂妄和贪婪为特征的文艺复兴时期，当时一种史无前例的巨人般的精力和欲望使盔甲的主人远离欧洲的故乡到“新大陆”烧杀掳掠。[1]老布恩迪亚是生在拉美的西班牙人后裔（克里奥约人），虽然他不存害人之心，在他的开拓进取的精神和黄金梦里我们不是可以发现他祖辈的影子吗？可怜的老布恩迪亚未能像读者那样在那副盔甲中读出历史对他的警示，他的灵魂仿佛

[1]《百年孤独》中的很多细节在历史上有迹可循。加西亚・马尔克斯自称“社会现实主义者”，并说“看上去是魔幻的东西，实际上是拉美现实的特征”，但是这“现实”不能根据西方人的图表来表现。见加西亚・马尔克斯1982年12月8日在诺贝尔授奖仪式上的讲话。

飞回到 15 世纪末的欧洲。经过漫漫长夜的冥思苦想，他终于发现了一条惊人的真理："大地是圆的，像只橙子似的。"历史在重复自己。

每当老布恩迪亚口吐这类科学真理时，乌苏拉总要搬出一番家常的道理泼他冷水，老布恩迪亚不免会把她的劝说理解为妇道人家的鼠目寸光。对远离日常生活的大自然的奥秘，乌苏拉不抱无法无天的好奇心，尊重自然的创造是她坚定不移的信条。她把丈夫对奇技淫巧的兴趣当作发疯："你要是非发疯不可，那就独个儿发得啦。"正是那类兴趣使老布恩迪亚惧怕所谓的落后和闭塞，他不情愿一辈子待在马孔多（"在这儿烂下去"），只想带妻儿到先进的地方享受科学技术新发明的好处。在那理想舒适的世界里，"只要在地里喷洒些奇妙的药水，作物就会按人的意愿结出果实来"。乌苏拉对丈夫的千里眼看到的事物毫不动心，不客气地教训他，"你别发了疯似的尽想新奇玩意儿啦"。居于以"先进世界"的标准来衡量显得贫穷的马孔多，老布恩迪亚不堪其忧，乌苏拉却是不改其乐。在要不要举村迁徙的问题上夫妻观点相左，这后来演变为全村男女两个营垒之争，最终女性务实保守的声音占了上风，不久马孔多成了一个人人安居乐业的地方。

老布恩迪亚对科学发明的狂热也受到小说叙事者的调侃。他对科学实验室的哲学如此佩服，以至生出用照相机摄下上帝的形象从而证明其存在的念头来。还有一个类似粤犬吠雪的情节：吉卜赛人把一大块冰运到地处赤道附近的马孔多，老布恩迪亚付了可观的参观费后见到那块神奇的玻璃里有无数细针，光线照在针上碎成五彩缤纷的星星，于是他“把手像作证时搁在《圣经》上宣誓一般搁在冰块上，感情激动地说：‘这是我们时代伟大的发明’”[1]。

如果说老布恩迪亚崇尚新奇和变化，一心要凌驾于自然之上，乌苏拉则是勤劳坚忍，乐天知命，愿与自然和睦相处。这位小农经济里的实干家把家里“夯实的地面、未加粉刷的土墙和简单的自制木器家具”收拾得干干净净，还让旧衣橱里发出淡淡的植物的芬芳。后来她用多年卖糖制动物和面点积攒起来的钱建造了当地最凉爽宜人的屋子，还订购了一些漂亮的家什，但是她从来不把这些身外之物看得太重，或把它们当作自我的延伸。她认为热衷于发明创造的老布恩迪亚神经出了毛病，屡屡把布恩迪亚家族的大院称为“疯人院”。不过她又充满了自信，“只要老天爷保佑我长寿，这所疯人院就不会缺钱用”；只要由她当家，世上就不会“有比这所疯人院更美好、更好客的人家了”。

乌苏拉说布恩迪亚们“疯”的一个主要原因是他们不能记取历史的教训。布恩迪亚家族的男子们好把历史看成一条由低往高发展的直线，而在乌苏拉的世界里，历史循环不已，周而复始，人们不能用此一时之“进步”来看彼

[1] 小说首句：“许多年之后，面对行刑队，奥雷良诺·布恩迪亚上校将会回想起，他父亲带他去见识冰块的那个遥远的下午。”

一时之“落后”。她似乎偏爱马孔多的具有简单商业行为、自给自足的小农经济，总是忐忑不安地关注着自己的男性晚辈为奔向资本的天堂急匆匆地改造世界。何塞·阿卡迪奥第二像他的曾祖父一样醉心于宏伟的工程，他卖掉心爱的斗鸡，招来工人开辟河道。乌苏拉一眼看出这是她丈夫的疯狂想法再世，不满地叫道：“时间就好像在转圈儿似的，咱们又回到了开始的时候。”河道开通后，只见一只由树干扎成的木筏载了一些法国妓女驶入了马孔多，她们以出色的技巧革新了小镇里爱的艺术。从根本上改变了小镇生活方式的是奥雷良诺·特里斯特，他是奥雷良诺上校带兵打仗时在十七位姑娘身上播下的血种之一。他不仅在马孔多建了一家现代化的冰厂，还要让隆隆的火车声给小镇带来工业文明的福音。乌苏拉一看就明白，他那修建铁路的草图是他祖父当年那张聚光镜军事用途说明图的“嫡亲后代”，于是她更加相信“时间在转圈儿”。马尔克斯提前百年写下的布恩迪亚家族史从创作形式上印证了乌苏拉的历史循环论。在这部被破译的巨著里他没按一般惯用的编年史体例排列事件，而是把整个世纪里每一天的事都集中起来，使它们同时并存于一瞬之间。也就是说，它们都是圆圈中的一点，没有时间上的先后次序之分。

这种与众不同的时间观带有宿命色彩，但是它绝不会演变为“是非成败转头空”的虚无主义。乌苏拉的世界是庄敬自强、具有强烈责任感的世界。这位历来安分守己的小女人有一颗布恩迪亚男子汉所不具备的大心。美国香蕉公司带来的一场浩劫使马孔多处处呈现衰败的景象，此时乌苏拉已经数年卧床不起。由于终生未嫁的女儿阿玛兰塔的去世，乌苏拉聚集了顽强的生命里最后一点力量，不用旁人搀扶就离开病榻，以令人惊叹不已的意志重新投入家庭生活。白内障早就彻底遮没了她的视力，但是她多年来居然凭了听觉、嗅觉和丰富的人生经验在众人面前成功地掩盖了自己的失明。她那默默无言的黑暗中的骄傲和毅力是布恩迪亚家族中的男子在战场上的一时之勇或是在荒淫的床上翻江倒海的超人能力无法比拟的。

在公共事务上，乌苏拉也以咬钉嚼铁的风格表现出道德律令的绝对权威。奥雷良诺上校率起义军攻打下自己的家乡马孔多，为摧毁保守党政府，他推行大刀阔斧的改革，甚至要处死几年来治理马孔多颇有政绩的保守党将军蒙卡达。乌苏拉已经发觉，自己的儿子与军阀周旋多年后“像个什么事都干得出的人了”。（比较蒙卡达对上校的评论。）她发动了镇上的祖母大娘到军事法庭为蒙卡达求情，她向法官们慷慨陈词：“不管你们有多革命，只要不尊重我们，我们就有权褪下你们的裤子，抽你们一顿屁股。”乌苏拉断断想不到法庭竟维持原判。后来奥雷良诺上校陶醉于权势，将与自己意见不合的密友赫里内尔多·马尔克斯上校判处死刑，乌苏拉身穿黑衣，在临刑前赶到军营正告儿子：她凭天发誓，要是他胆敢枪毙赫里内尔多，她就要亲手杀了他，“就像你出生时要是长了猪尾巴，我会把你弄死一样”。奥雷良诺被老母的震怒警醒，他主动结束了内战，回到自己那已被闲置多年的作坊，继续打制小金鱼首饰。

乌苏拉确实有女族长般的威仪。奥雷良诺第二用纸币糊墙，镇上的人都来为这浪费的豪举助兴，乌苏拉喝令揭去钞票，正在兴头上的奥雷良诺第二不敢不从命。但是在整个家族里她又是最通情达理、善解人意的。曾孙媳菲尔达和法利赛人一样标榜恪守宗教礼仪，她假作正经，把繁文缛节当作宗教的精髓。乌苏拉笃信天主则是出于自然形成的习惯，她的宗教观表现在生活上是一种具有勃勃生机的爱人之心。菲尔达对乌苏拉在敬神形式上的散漫不以为然，乌苏拉却毫不计较。阿玛兰塔素来不喜欢菲尔达，她临终时乌苏拉劝她与菲尔达告别，说道，“一分钟的言归于好，要比一辈子的友谊还珍贵哩”。可是持身严正而又待人宽厚的乌苏拉很少得到她后人的同情。奥雷良诺上校心里明白，乌苏拉是世上唯一理解他的不幸的人，而他自己对半个多世纪来含辛茹苦、身心上留下了无数创伤的母亲没有怜惜之情。乌苏拉本人也痛苦地意识到，儿子起义打仗不是为了理想，而是为了满足“货真价实的罪恶的虚荣心”；她愿意为他牺牲一切，他却生来不懂爱别人，甚至不爱自己的母亲。

布恩迪亚家族在走向灭亡，子孙后代中没人能够继承乌苏拉的坚定信仰和沉稳厚重的道德力量。请看：

内战末期有三个陌生男子把一尊真人大小的圣约瑟[1]

---

[1] 圣约瑟是耶稣名义上的父亲，在此也许与《旧约·创世记》里那位忠诚可靠、经得住一切诱惑的约瑟有关。

石膏像交给阿玛兰塔代为保管，约好雨季后来取。乌苏拉曾一次次在像前点燃蜡烛供奉它。一天，这尊放在墙旮旯里的塑像被人不慎打破了，只见里面藏有近两百公斤重的金币。乌苏拉想到自己多年来无意间拜了财神，心里悔恨交加。她朝那堆金币吐了口唾沫后就把它们装到三只帆布袋里，偷偷埋在地下。从此之后，打探石膏像主人的消息成了她日常生活里的重要内容。在她神志不清的时候，一心要发笔横财的奥雷良诺第二一次次向她打听金币下落，不料乌苏拉设防严密，不肯透露一点消息。乌苏拉在这大家庭里是孤独的，她的后人无一能赢得她的信任。她把秘密带入坟墓，坚信物主来的时候上帝必然会指点迷津。乌苏拉一死，奥雷良诺第二就像他曾祖父迷上了新发明那样勘探宅院里的黄金，祖辈早年幼稚狂热的献身精神如今在他身上蜕变为无耻的贪欲。奥雷良诺第二为探宝甚至钻空了宅子的地基。小说里这一细节形象地表明，不劳而获的心态已经像白蚁一样蛀空了乌苏拉打下的基业。奥雷良诺第二没有成功，但是命运已准备好对乌苏拉进行更为残酷的报复。她对奥雷良诺第二的长子何塞·阿卡迪奥寄予厚望，企盼他长大做教皇。这愿望里不能说没有借他光宗耀祖的想法，但是也可以理解为乌苏拉要通过自己带大的未来的教皇重振家风，重振世风。乌苏拉百年之后，这位罗马神学院的学生回到故里，他虚构了自己在海外的荣耀，整日和四个男少年纵欲狂欢。上帝似乎有意嘲笑乌苏拉的虔诚，那三袋金币突然从地下射出一道耀眼的金光，何塞·阿卡迪奥毫不费力地得到了这非分之财，他首先想到的是把简朴实用的家装修成一个颓废派的乐园。但是好景不长，那四个娈童谋杀了他，然后劫走金币，逃之夭夭。马孔多离自己的毁灭已经不远了。布恩迪亚家族的最后一个人——长猪尾巴的婴儿——被蚂蚁拖到了蚁巢中去，一阵飓风把马孔多一扫而光。

对马孔多荒诞又惨烈的结局，乌苏拉大概是早就有所意识了。美国香蕉公司出现后，她只感到在这急速变化、人情薄如纸的年代，她作为家族的栋梁已经独木难支。她的手脚不再灵便了，她把自己的衰老当作世风日下、今不如昔的表征。在这位拉美的“九斤老太”身上，作者倾注了他的同情和敬意。乌苏拉不懂，她卖了无数精心制作的糖兽糖鸟，好不容易积攒了一点资金，建了自己的房子，为什么这地方竟成了藏垢纳污的处所？她像《旧约·约伯记》中的约伯那样禁不住要问问上帝，人不是铁打的，怎么能忍受这样的悲伤和痛苦？约伯听到了神发出的轰轰雷声，从而认罪自责，乌苏拉却没有这样的福气：

她问呀问的，问得自己也越来越糊涂了，终于感到有一种难以克制的愿望，想要像外地佬那样肆无忌惮，口吐粗言；想要放任片刻来造一次反，而这样的时刻是她渴望过多次、又多次推迟了的。她再也不愿逆来顺受，想要横冲直撞，把一大堆骂人的话从心底吐出来，一泄她忍气吞声、强压在心头的百年怨愤。

“王八蛋！”她终于骂开了。

（第 222 页）

这是一位孤独的百岁老人对自己晚年所处的以贪婪为进步驱动力的时代的诅咒。如果乌苏拉是《百年孤独》的中心人物，那么这个百年怨愤猛烈喷发的场景无疑是小说的高潮。如果再也不肯逆来顺受的乌苏拉依然年富力强，她会怎样向男性社会顶礼膜拜的资本文明奋力挑战？

乌苏拉，骂得好！

（原载《名作欣赏》杂志 1996 年第 5 期）

麻雀啁啾
——评《日瓦戈医生》

日瓦戈医生不是一个精神完美的形象。

他在苏联新经济政策实行不久后回到莫斯科时蓬头垢面，心力交瘁。使他牵肠挂肚的妻儿正流亡巴黎，使他不得不爱的拉拉则跟随了她少年时的引诱者、流氓律师科马罗夫斯基逃到远东，重新为情欲的噩梦所侵扰。全靠原来在他岳丈格罗梅科教授家扫院子的仆人马克尔的帮助，日瓦戈终于有了栖身之处。出人意料的是马克尔的小女儿马林娜爱上了这位常到她家打水的落难公子，并且很快成了他第三位没有到户籍处登记的妻子。为了照顾好已经变得古怪任性的丈夫，马林娜甚至辞去了自己在电报局体面的工作。她和日瓦戈一起含辛茹苦地生活了七年，还生了两个女儿。然而在《日瓦戈医生》[1]这部小说里，马林娜却是个跑龙套的角色。爱好文学的日瓦戈好像对自己和马林娜在患难中发展起来的浪漫史颇感失望，称它“只是

[1]《日瓦戈医生》，帕斯捷尔纳克著，蓝英年、张秉衡译，外国文学出版社，1987年。

二十桶水”——简直不成其为浪漫史。一天，他邂逅久违的弟弟，于是与母女三人不告而别，躲到离家不远的地方寻觅失去的诗歌创作的激情。就在他独自享受灵魂和缪斯的盛宴时，他对为他下落不明而焦急的马林娜竟毫无思恋之情，虽然他以汇款的方式表示愿意承担对妻女的法律义务。两三个月后，日瓦戈猝死街上，他的尸体被搬到马林娜的寓所，因思念丈夫已痛苦非常的马林娜得知这噩耗时精神完全崩溃。日瓦戈不爱她，连叙事者也不肯给她的悲恸几分尊严：“她一直无法控制自己，在地板上打滚。”帕斯捷尔纳克对日瓦戈和拉拉充满温情的笔对全书中最富自我牺牲精神的昔日仆佣的女儿竟像俄罗斯的严冬一般冷酷。“她哭得泪如雨下，一会儿又喊又叫，泣不成声，而一半话是无意识地号叫出来的。她像农村中哭死人那样哭号，对什么人都不在乎，什么人都看不见。”作者在暗示马林娜沉溺于约翰逊博士所说的“没有智慧的徒然的悲哀”，而且方式是如此的粗俗。作者以残忍的写实手法描写马林娜呼天抢地的哀号（“半死不活”“歇斯底里”），为的是突出吊丧的人中拉拉和日瓦戈弟弟的“崇高精神境界”。他们默默地操办殡葬的事务，“不想同马林娜、她的女儿们和死者的朋友竞争悲痛，把悲痛的优先权让给他们”。马林娜不知节哀，似乎别有用意。日瓦戈不幸逝世了，但是他的意识却原封不动地保留在叙事角度里，叙事者的声音使主人公的无情显得正当合理。

为什么任劳任怨的马林娜没有得到作者的同情？帕斯

捷尔纳克在处理日瓦戈对拉拉和东尼娅的分裂的忠诚时发挥得十分酣畅的大师手笔此时到哪里去了？如果作者在拉拉的丈夫安季波夫的殉难精神（自愿弃家从军）里察觉到懦怯和自私，为什么日瓦戈背弃马林娜却能获得他暗中道义上的支持呢？读者在小说里看不出日瓦戈的新生必须以他与荆钗布裙的马林娜分离为前提。

《日瓦戈医生》常被评论者理解为一部忠于个人经验的小说。马林娜和她的女儿们也是人，但是丝毫没有受到尊重，谁来为她们鸣冤叫屈？马林娜被遗弃看来与她贫寒的家庭背景有关。作者同情的“小人物”属于中上阶层而不是社会的底层。十月革命后马林娜的父亲“虽然没有控诉说过去的房主格罗梅科一家喝他的血，但是后来却责怪他们以往这些年总是让他无知无识，有意不让他知道人是从猴子变成的”。叙事者嘲笑揶揄的口吻自然而然地流露了出来。马克尔招来作者的轻蔑，他的女儿也受到了株连。要求作者对笔下的人物一视同仁是荒谬幼稚的，但是作者的阶级意识会不会影响到他对重大社会问题的处理？

在小说的另一精彩场面里作者对这种阶级感情丝毫不加掩饰。被迫在红军游击队做军医的日瓦戈违背自己的意愿参与了对高尔察克白军的战斗。叙事者的声音融入了日瓦戈医生的内心活动和感知世界。只见白军中的少年志愿军人个个藐视危险，面对游击队的枪口若无其事地前进。“他们一张张富于表情的、讨人喜欢的脸使他感到亲切，就像见到自己圈子里的人一样。”看到一排排被子弹撂倒的白军士兵，日瓦戈“全部的同情都在英勇牺牲的孩子们一边。他全心祝愿他们成功。这是那些在精神上、教养上、气质上和观念上同他接近的家庭的子弟”。我们不必责问日瓦戈为什么不明白外国势力的卷入实际上已经改变了白军为俄罗斯而战的性质（英法在“一战”结束前支持白军是为了自己的民族利益——重新开辟东线对德战场）。一旦作者无法避免的阶级感情变为创造性想象和同情心的严重障碍，那将是艺术的损失。游击队方面的人物大多是凭概念写出来的木偶，他们在极其困难的条件下击退白军，仿佛只是因为后者具有普希金在短篇小说《决斗》中描写的那种视死如归的贵族气派。应该说明的是，虽然作者常把日瓦戈（甚至与他观点相左的拉拉）用作自己的传声筒，日瓦戈对内战和革命的态度不一定和作者本人的倾向完全一致。帕斯捷尔纳克数次通过拉拉和斯特列利尼科夫（即参加革命后更名改姓的安季波夫）之口说明革命是为了保卫弱者、维护人权，而日瓦戈自幼生活环境优越，难以体会被掠夺一空的穷人的眼泪。可是这一立场显得生气不足，因为小说（尤其是后半部）缺乏叙事方式的复杂性。在应该有多声部、多视角的地方读者往往只能听到一个声音，被局限于一个视角。

也许作者的本旨并不是再现宏大的历史场景，他无非是借助一系列历史事件为不无代表性的日瓦戈个人的心灵历程着色。小说的声部和视角虽然失之单一，日瓦戈却不是一个始终一贯的僵硬的人物。（拉拉：“要想一生中只扮演一个角色……需要成为一个多么不可救药的微不足道的角色呀！”）在小说的前半部，日瓦戈富于同情心和社会责任感。他坚信在动乱的时刻应该咬紧牙关，与自己的祖国共命运。他以为个人只有成为社会的一员才有意义，单独的生活绝不是幸福。从他对病榻上未来的岳母的一席话中我们可以看出明显的托尔斯泰主义的痕迹：人只是在外在活动的表现中才意识到自己，“在别人心中存在的人，就是这个人的灵魂。这才是您本身，才是您的意识在一生当中赖以呼吸、汲取营养以至陶醉的东西”。正是出于这种超越个人天地的意识促使他在战地忘我地救死扶伤，并且在十月革命后作出留在医院的决定。他注意到有些“能言善辩的天之骄子”，他们“决忘不了把自己为了个人私利而离职装作是抗议的行动”。但是日瓦戈要实现自己积极入世的理想需要一个大致正常运转的社会背景，当事态的发展使物质成为抽象概念的时候，他为无法履行对家人最基本的职责而苦恼。此时他因伤寒病倒在床，当他慢慢康复时他在岳丈和东尼娅的劝说下不无困难地放弃了行医，同意一起赴西伯利亚的瓦雷金诺过一段安稳的日子。从此开始日瓦戈越来越怀疑造福人类、大发善心的愿望。在残酷的内战里他看到农村一片荒凉的景象。同胞互相残杀，血流成河，于是他更不能接受只要目的正当就可以不择手段的理论。“炮火连天，弹痕遍地，吓倒蓬间雀。”

对暴力革命，日瓦戈终于发出“蓬间雀”的不满的啁啾。从某种意义上来说，他和“蓬间雀”确有相似之处。

他同情白军但是没有勇气在枪林弹雨中加入白军的行列；他为自己与拉拉的恋情感到内疚，决心对东尼娅坦白，但制造借口一味拖延。他和哈姆雷特（小说附诗第一首就是《哈姆雷特》）一样在无所适从和耽搁中品味甜蜜的紊乱和兴奋的自谴自责。

安季波夫则完全相反，他果敢决断，不是惧怕炮火的“蓬间雀”。拉拉对他的行为有深刻但批判性的理解，不过她一直把丈夫看成是“伟大而卓越的人”。安季波夫的禀赋不在外部条件比他优越许多的日瓦戈之下，他有天生的“追求品德纯洁和正义的气质”。他投入革命是出于一种生活经历里自然孕育出来的热诚，而不是出于权欲和投机。他把科马罗夫斯基诱奸拉拉和贫苦者的不幸都当作屈辱深埋心底，一心盼望最后的审判早早降临人世，而他将“在生活与败坏了生活的恶势力之间充当仲裁”。他的强毅劲直和日瓦戈的犹豫柔曲恰成对照。作为一个出生于贫民窟的大学生，他和 19 世纪众多深受西方启蒙主义影响的俄罗斯知识分子一样，渴慕一种驾驭历史和大自然的无所不能的力量。他们深信，只有凭科学和理性的指引摆脱一切民族、文化和宗教的传统的束缚，才能一劳永逸地在白纸上画出地上的天国。叙事者发现“他的原则性还缺少内在的非原则性”。可以说，安季波夫讲原则，但是他坚如磐石的信仰成了他道德的洁癖或古希腊意义上悲剧英雄的性格缺陷（hubris，自大）。他注重理论的智慧而非具有灵活标准的实践的智慧，所以“缺少应付偶然情况的思考力，还不善于利用意料之外的新发现去改变不会有结果的原来的完整设想”。面对被重病折磨得极其虚弱的社会，他敢用药性猛烈的方子，他把暴风雨当成千年盛世的前奏，因此像海燕一样在风暴雷电中穿飞，毫无惧色。

在安季波夫身上不是有少年日瓦戈和他充满理想的同伴们的影子吗？他们都曾为无限度的羞耻感所虏获，倾心于极端的纯洁感情。不同的是，日瓦戈本人从属的阶层里那些爱好冒险和秘密活动的理想主义者缺乏对俄罗斯劳苦大众的命运认真切实的思考，比如尼卡和那些好玩枪击警察游戏的彼得堡大学生。其实俄罗斯一些令日瓦戈怅然的变化首先是他偏爱的阶层——激进主义的温床——的产物。19世纪俄罗斯知识分子的历史离不开十二月党人、全盘西化派、“浪漫的流亡者”（英国史学家E.H.卡尔形容赫尔岑用语）和主张暴力的虚无主义者。《日瓦戈医生》一书中颇多来自上层社会的锐意剧烈变革的人物。梅留泽耶沃地方的金茨政委出身于一个枢密官的家庭，他要为大家“争取任何一个国家的人民都享受不到的自由”。这位极富献身精神和荣誉感的年轻军人“像是一支燃放出崇高理想之光的小蜡烛”。实业家科洛格里沃夫憎恨衰朽的现存制度，暗藏秘密工作者，像是要推翻作为私有者的自己。就连日瓦戈十分敬重的舅舅韦杰尼亚平也是时髦的新派。他旅居中欧，说到自己祖国的前途时有一种令人羡慕的轻松：“对旧的只做部分修补是行不通的，需要根本破除。也许这会招来整个建筑的垮台。那又怎么样？”他只是准备暂时投入俄罗斯沸腾的旋涡，日后如果能完整无损地从革命中脱出身来，他还是要回到阿尔卑斯山下过闲适的生活。“那又怎么样？”出自他之口就尤其值得读者细细品味个中或轻或重的含义。激进者群像中最醒目的是日瓦戈在从前线医院回莫斯科的火车上遇到的狩猎归来的波戈列夫席赫。这位富家子弟对生活、政治和艺术有一套一以贯之的激进观点。他把自己那只“像一团拖布”的猎狗叫做“侯爵”，他的开明程度由此可见。帕斯捷尔纳克写道，这年轻人的言论与风格像陀思妥耶夫斯基《群魔》中的彼得·韦尔霍文斯基（原型为巴枯宁信徒、秘密团体头目涅恰耶夫）。他在火车上大言不惭地表述无政府主义者的狂妄设想。他以“一个先知者的心安理得的语调”断言俄罗斯将出现大动乱，此时他有一种“目空一切的镇定自若”。日瓦戈表示社会从一个转折向另一个转折过渡时需要安定和秩序，波戈列夫席赫却坚持破坏是正常现象，“是更广阔的创造性计划合乎规律的先行部分”。有趣的是这位铁石心肠的救世主实际上是聋哑人。他凭了毅力与理智用视觉模仿常人喉部肌肉的动作来学会说话和理解别人的话。在光明的理性世界他正常地与人交往，一旦黑幕降临他又聋又哑。不深入理性的表皮之下无法探知人性的幽暗处，然而这位擅长推理的预言家，怎么会意识到自己的社会思想太肤浅呢？

日瓦戈对安定与秩序赞不绝口，受到智性畸形发达而人性残缺不全的波戈列夫席赫的讥嘲。在后者眼里，日瓦戈在山雨欲来风满楼的时候是只胆怯的麻雀。经过一番使他激奋又颓唐的风雨之后，日瓦戈确实成了没有志向的燕雀。社会上像瘟疫一样流行的大话空话使他避世且以庸居自乐。然而他赞美劳动和日常生活中的职责与习俗。在普希金的作品里他读到了温馨："我的愿望是平静的生活，/ 还有一大砂锅汤。"日瓦戈在作于瓦雷金诺的札记里对 19 世纪的俄罗斯文化作了沉重的反思："在所有俄国人的气质中，我最喜欢普希金和契诃夫的天真无邪，他们对像人类的最终目标和自身的拯救这类高调羞涩地不予过问。……果戈理、托尔斯泰、陀思妥耶夫斯基做好死的准备，他们烦心劳神，寻找人生的真谛。"无疑，这些言辞有助于读者把《日瓦戈医生》置于俄罗斯文学传统的脉络中领会它的意义。

然而日瓦戈这样的"蓬间雀"有他独特的执着。对俄罗斯，日瓦戈不是动辄展翅九万里的鲲鹏，也不是胸存四海之志的鸿鹄，他更像一只忠贞的、永不远徙的麻雀。帕斯捷尔纳克在回忆录《人与事》中写道，他敬仰叶赛宁是因为叶赛宁是俄罗斯土生土长的诗人，他用"使人眩晕的清新"描绘了家乡梁赞省的风光。在《日瓦戈医生》中，我们不是也时时为类似的清新所触动吗？俄罗斯大地一年四季的变化都能使作者像热恋中的少年一样欣喜若狂。小说里没有官样文章的爱国豪言壮语，但是在细腻生动的景物描写中处处是作者对乡土的动情的关切。帕斯捷尔纳克拒绝把对俄罗斯痛苦历史进程的疑问转变为摒弃祖国的所谓“文明的”理由，他大概会和日瓦戈一样，不愿与那些“能言善辩的天之骄子”为伍。他把经历了种种磨难的俄罗斯比为生活上曾失过足但却因此更美的拉拉，这位名扬四海的母亲“身上带着永远无法预见的壮丽而致命的怪癖”。帕斯捷尔纳克放弃接受诺贝尔文学奖后在致赫鲁晓夫的信（不必计较这封信是由谁代笔的[1]）中声明，自己不能离开俄罗斯生活，这是他的肺腑之言。

《日瓦戈医生》上卷第六章有这样一句：“在空荡荡而且仍然昏暗的巷子里，树上残存的雨水滴落声夹着被雨淋湿的麻雀坚韧不拔的啁啾。”日瓦戈和拉拉的一些生活片段不禁使读者联想到“被雨淋湿的麻雀坚韧不拔的啁啾”，例如拉拉在生活必需品极其缺乏的时候还把孩子的内衣浆洗得干干净净。麻雀是平凡乃至平庸的，但它也有使人肃然起敬的时刻（参看屠格涅夫散文诗《麻雀》）。与麻雀兀然对立的是狂热、彪悍、醉心于冒险的海燕：它以为天下无不可为之事，把生活当作可以随意抟捏的材料，并且以不妥协的姿态在对抗与战斗里追寻刺激和英雄主义；它把渐进的和风细雨的改良当作老年的保守，把跃进的暴风骤雨的突变奉为少年的进取；它在社会的动荡中放开喉咙歌唱，“让暴风雨来得更猛烈些吧！”小说《日瓦戈医生》在一定程度上是从麻雀的角度审察海燕的性质。无法否认

[1] 帕斯捷尔纳克的女友依文斯卡娅曾强调这封信不是由帕斯捷尔纳克亲拟。见乌兰汗、桴鸣译《人与事》，生活·读书·新知三联书店，1991 年。

的是，作者对马林娜们的冷漠大大削弱了他对激进哲学的诘难，因为正是这种法国贵族式的对小老百姓的蔑视引发了使社会遭受苦难的剧变。但是对习惯性地偏爱海燕风格的读者而言，《日瓦戈医生》是一部值得细读的小说。它使人们感悟到，麻雀是依人而居的生灵，它的啁啾与海燕好斗的高歌相比自有其温和的魅力。

（原载《世界文学》杂志 1994 年第 5 期）

明智

——非理论的智慧

1986年，在哈佛大学纪念建校三百五十周年的盛典上，一位贵宾致辞说，优秀的大学要造就训练有素的技术员，更应培养笃诚忠良的人。这话不是凭空而来。1992年，一位从美国来访的英文系教授在北海静心斋一边品茗，一边感喟：在太平洋彼岸的大学，若称某同事“人好”，往往指他在鼠窜或恶性竞争（rat race）中进取的锋刃不够坚利，并无褒扬之意。这现象在崇尚成功与腾达的美国社会不足为怪。以坦荡真挚的人品赢得世人尊敬的爱因斯坦对导致才德分离的专业化教育颇多微词。他身为科学家却深知科学的昌盛可能只带来精神的贫乏和人伦的衰败，所以他说：“用专业知识教育人是不够的，通过专业教育，学生可以成为一种有用的机器，但是不能成为一个和谐发展的人。要使学生对价值（社会伦理准则）有所理解并且产生热烈的感情，那是最基本的。”不轻易附和人的约翰逊博士对此会大加赞许。他在评论弥尔顿时指出，慎思明辨和公平正义是超越时空的美德，“我们永远是讲道义的人，我们只因机遇才成为几何学家”。

如果西方学界才德分离的现象为有识之士所叹，我国的状况未见得令人宽慰。时下尚富之风万里卷潮来，百姓的物质生活为之改观，但土质松散的河床也泛起一些污浊。弄笔如弄潮的文章高手为文化商业化和“知识分子”涉险闯滩（简称“下海”）喝彩叫好。“应该如何生活？”这一必不可少的问题渐次被“如何谋取利润、市场承认和效益”取代。对道德价值的忽略与蔑视伴随着伦理学的式微。那些行时的处世手册、人事大全或公关概要似乎也用伦理的语言，但十之八九笑容可掬的表皮后面是一颗工于算计的心。如此这般熏染出来的大多是有城府的伪君子，亦即是孔子所谓的“德之贼”——“乡原”。罗国杰、郑文林先生主持下的外国伦理学名著译丛近来陆续问世，虽然印数甚少，对续振道义关怀的余波堕绪倒是不无功用。这些名著的意义不在煽起追求崇高的烈焰或提供教义般的语录，而在有可能使极为复杂的伦理讨论重获盎然生机。译丛中最引人注目的当推苗力田先生所译的亚里士多德《尼各马科伦理学》。[1]

现存亚里士多德名下的伦理学还有《优代莫伦理学》和《大伦理学》两种，但是它们的重要性与《尼各马科伦理学》不可同日而语。据说牛津学人得《尼各马科伦理学》教益，沦肌浃髓，把它当作立身之本。书中令人难

[1]《尼各马科伦理学》，亚里士多德著，苗力田译，中国社会科学出版社，1990年。

以忘怀的片段必然包括有关“自重”（或可译为“恢宏大度”“骄傲”）的著名篇章。“自重”之人既无基督教徒的谦卑，又无虚怀若谷的儒雅，他的优越感曾招来正当的指责，但他无所要求，关心公益，不屑于隐瞒自己的观点，确有可风后人之处。亚里士多德笔下“自重”之人的形象在西方某些阶层至今仍有深广的影响。

亚里士多德对完全处于自然状态的人类不抱卢梭或老庄式的幻想。他在《尼各马科伦理学》的姐妹篇《政治学》中称，人只是受教后才成为万物的灵长，一旦“不讲礼法，违背正义，他就堕落为最恶劣的动物”。如果说礼法正义以公共的利益、社会的福祉为依归，一切美德则都由集体的、社会的生活而来。亚里士多德的伦理学首先是入世的伦理学。那些遁迹名山炼丹坐禅或归隐江皋泛舟垂钓的避世逸士根本不可能有什么善德，因为（亚里士多德在《政治学》中写道）“人如果离世绝俗，就无法实现其善行，勇敢、节制、正义、明智诸善德实际上就包含在社会的公务和城邦的活动中”。这立论标明亚里士多德的善不是柏拉图那在肉眼不及的九重天外发出毫光的抽象理念的善。亚里士多德在《尼各马科伦理学》第一卷开宗明义地道出他的善与他老师的善扞格不合之处。他的善是人力所及的植根于社会实践的善，源自具体个别的行为。这不受形而上学羁绊的善的学说与亚里士多德的实体论互相呼应：如果共相不能独立于个别事物，普遍的善亦无法脱离具体特殊的善。善是现实活动，但必须合乎德行。按照亚里士多德，德行只能在实践中自然而然地产生，它不是纯理论的德行，人们无法把它当作物体一样占有然后使用。躲避到有关德行的道理言谈之中不能成为善良的人。幸福也是一种符合德行的实践。幸福者方正不阿，他积极投入自足的现实活动。亚里士多德或许会为18世纪一些先进人物提出的"天赋人权"之一"追求幸福的权利"感到困惑，因为幸福不是一种静止固定的状态，无法有意识地"追求"。思慕幸福、以幸福为生活目标的人永远与幸福无缘（参见《约翰·穆勒自传》第五章）。

要从《尼各马科伦理学》中梳理出严密系统是困难的。该书在亚里士多德三种伦理学著作中未必成书最晚，未必像人们想象的那样结构严谨、一气呵成。譬如亚里士多德在第十卷把思辨作为至福的来源，有回到柏拉图的意味。关于亚里士多德的伦理学，罗国杰、宋希仁两位先生在他们编著的《西方伦理思想史》里作了非常周详可靠的介绍，但有一重要概念在当今西方哲学界和伦理界影响较大，未见提及。值苗先生译本问世之际笔者对此略作补充发挥。

约翰逊在写到超越时空的美德"慎思明辨"时用的是英文"prudence"，他可能想到了拉丁文"prudentia"（洞察事理、长于辨别的能力），即中世纪欧洲学者用以翻译《尼各马科伦理学》中概念"phronēsis"的那个词。该书英译者（如拉克姆、罗斯和汤姆森）把"phronēsis"译为"prudence"或"practical wisdom"，后者用意良苦，用来标示与"思辨的智慧"（sophia）相对的"实践的智慧”。拉克姆在洛布古典丛书的《优代莫伦理学》中把“phronēsis”径直翻作“wisdom”（智慧），哲学家安东尼·凯尼则认为亚里士多德诸伦理学中这一概念均可采用这一译法，他建议把“sophia”翻成“learning”（学问）。苗先生把“phronēsis”和“sophia”译为“明智”和“智慧”，也十分妥帖，但参考英文译名有助于我们从侧面把握“phronēsis”的含义。

亚里士多德将灵魂的德行分为两类：伦理的德行和理解的德行。理解的德行使灵魂获得真理，它们分别是“技术、科学、明智、智慧和理智”（technē，epstēmē，phonēsis，sophia，nous）。这五种智性美德之间的关系盘根错节，要勾勒出清晰的轮廓非专家不能为。笔者在此只是简约地谈一谈“明智”，即“实践的智慧”。

明智在《尼各马科伦理学》中不是能以抽象形式存在的智性美德。它高于技术，因技术在五种方式中地位最卑，甚至算不上是一种美德。明智又不同于科学。科学地认识的事物不可变更，科学自身具有可以证明的性质，而明智考察各不相同的、可变的事物，它来自永远在消长变化中的社会实践。明智也异于智慧，智慧因其思辨与理论的特性与科学有相通之处，即它也与具有不变本原的存在物相关，所以人们所说的智慧犹如白色和直线一样意味着同一种东西，而明智即像健康和善良，各人对它的理解不尽相同。明智不具理念的光环，只涉人世。科学和智慧涉及恒久不变之物，但恒久不变之物不是人所可行的善，没有行为就无所谓善德。明智以最终的个别事物为对象，唯有这样的事物才是行为的对象，其知识是特殊的、具体的。只有普遍一般的知识不能成为明智之人。“知道瘦肉容易消化、有益于健康，但不知道什么种类的肉是瘦的人，还不如只知道鸡肉有益于健康的人。”正因为明智来自实践，经验尤其宝贵。在有关可变事物的行为里，在人的社会生活里，“有经验的人比有理论的人占先。明智是实践的。理论与实践两者都为必要，但更重要的还是经验”。

数学是科学的典范，数学的知识由抽象而来。关于人的知识恰好相反，它源自日积月累的经验，源自无数个例，不是凭几则或几十则定理所能掌握。亚里士多德举例说，在几何算术及类似学科中，青年人可以达到很高的造诣。他们“在这方面成为智慧者，却没有人说他们变得明智。其原因在于明智不仅是对普遍事物的，而且是对特殊事物的，这须通过经验才能熟习，而青年人所缺少的正是经验”。出于这一考虑，亚里士多德认为青年人在品格上比较幼稚，容易纵情使气。作为道德哲学一支的政治学与重抽象思维的数学不同，需要实践的、非理论的智慧，青年人装备不足，故而不宜学习。

明智虽然是一种智性的美德，没有它诸种伦理德行难以生成。亚里士多德在《尼各马科伦理学》中写道：“明智的原则本乎伦理德行，而伦理德行以明智为准绳。”为什么明智具有如此独特的地位？原来亚里士多德的伦理德行的中心是他的中道说。中道不是固定不移的比例中项，无法以数学的方式精确求出。中道在过度与不及之间，但它随人随事而变，因时因地制宜。深明中道原则的智者慎思明辨，有良好的分寸感。亚里士多德并没在中道与明智间确立某种相辅相成的关系，不过可以说，没有明智就无法追随中道，没有中道为尺度，明智亦难以体现。两者都不能简约成几条规则或冲压成一套固定的程序，都不能抽象为系统的方法。

17世纪上半叶，笛卡儿把几何学的推理和演绎法应用于哲学，仿佛哲学从此就可以有坚实的基础。在笛卡儿独重方法的知识体系里，明智难有立足之地。及至19世纪，把自然科学当作合理典范的论师希望冠人文学科以"科学"的美名，他们欲以数学为楷模，孜孜矻矻地编织出一种凌驾于一切之上的知识系统，于是万物在理论的聚光灯下昭然黑白分明。英国哲学家约翰·穆勒深感"道德科学"（moral sciences）陈旧落后，务必引进自然科学的方法，尤其是实验科学的归纳法。穆勒的"道德科学"又经其《逻辑体系》一书德文译者之手变为"精神科学"，流传益广。早在18世纪上半叶，英国的夏夫兹博里和意大利的维柯就先后倡言高于数学的方法、使社群得以形成并凝聚的常理。但他们的常理和亚里士多德的明智一样被长期冷落。美国哲学家理查·罗蒂认为当代社会"以理论取代明智"的愿望十分强烈，"教化的"（edifying）哲学家和文学家成为抵抗这一倾向的中坚。伽德默尔无疑属"教化的"哲学家。他通过批判方法崇拜直接继承了海德格尔使西方社会非科学化的努力，但是追本溯源，他的学说得益于亚里士多德关于明智的论述和维柯、夏夫兹博里的常理说。在英美哲学界，《尼各马科伦理学》中明智和科学以及思辨智慧的差异也引起查尔斯·泰勒、阿莱斯泰·麦金泰尔和理查·伯恩斯坦等人的重视。明智与传统的关系，明智如何有别于主观主义，怎样的文化氛围有助于弘扬明智，这些仍是值得思索的论题。

在西方，人文学科的重要一支文学研究和批评也面临被贬为自然科学的奴婢的危险，征兆即是对理论和方法的极度尊崇，而明智的生存空间日益局促。有人把各种方法像时装一样轻松自如地穿上又脱下，在那动人的表演后我们觉得他们像橱窗里的木制模特，若以手轻轻叩击，还橐橐有声！谁知道他们的客观不是一个独尊方法的时代的迷信呢？专事分析介绍各种研治文学方法的韦莱克对此现象或许负有一定的责任。他曾天真地提议，我们从事批评前必须晓示自己理论方法的规范体系，仿佛具体个别的判断必然源于抽象的原则。这不由得使人联想到与解数学题相似的桥牌比赛，开赛前双方互相交代叫牌方法，以俾大家根据叫法顺藤摸瓜，推知牌的大致分布。我们生活在充满历史的、传统的价值沉积的社会里，对自己习而不察的预设（它们不成体系，可能还有矛盾之处）应该有所意识，但是无法把它们像叫牌法一样交代得一清二楚。我们更不可能真正成为后现代实验室里的机器人，以集成电路为血肉，一旦输入某种程序方法就按部就班但又迅捷异常地操作起来。各种理论和方法的诱人之处当然不言而喻。英国批评家伊恩·瓦特曾抱怨道，他的一些学生一心企盼一劳永逸地掌握一把理论或方法的钥匙，凭它开启一切文学作品的奥秘，仿佛它们具有某种普遍的、永久的格局。其实这样的学生一百年前就为人察觉，他们把某一理论用于任何历史时期，“比解一个最简单的方程式更容易”，被晚期的恩格斯讥为“最新的‘马克思主义者’”。在我国也存在重理论方法、轻实践智慧的倾向，这可以说是唯科学主义的副产品。20世纪初有人信奉克鲁泡特金，称无政府主义以科学为起点；后有论师要把哲学史变为“精密的科学”，似乎非如此不能立足于学林。正因为相信的是科学的理论，不必有积极的个人投入，随风俯仰的墙上芦苇就应运而生。

维特根斯坦的一段话点出了明智——非理论的智慧——在文学批评中的作用和人文教育的特色。为诗作文犹如做人，贵在立诚不欺（“修辞立其诚”）。但是如何识别无病呻吟却至为艰难。维特根斯坦认为不患色盲的人关于颜色的意见不难统一，要就感情表现是否真诚达成共识谈何容易。可以说某人矫情作伪，不过拿不出确凿证据。这方面难有“内行的鉴定”，但是有的人感觉锐利，判断较好。正确的诊断一般来自谙于人情者。维特根斯坦写道：

> 这知识能学吗？能学；有的人能。但不是通过上一门课程，而是通过“经验”。——一个人能在这方面为人师吗？当然能。他时不时给学生合适的提示——这方面

的“学”与“教”就是如此。——一个人渐渐获致的不是一种技术；他学习正确的判断。也有规则，但不成体系，不像计算规则。只有经验丰富者才能适当运用。

最难的就是精确地、不加伪饰地把这不确定性诉诸文字。

这位能对表情是否真诚作正确判断的老师就是有实践智慧的人，他如能成功地将“这不确定性诉诸文字”，他就是一位出色的批评家。他作判断时不像解几何题那样从定理一步步推证。即使有几条约略的经验法则，也不会像工具说明书上的指示那样机械地运用。学生则从明智者所行之事以及诸多提示中慢慢体认到什么是明智并获致明智，因此古人说“耳濡目染，不学以能”。在此我们或许可以提问，难道习艺和学习关于明智的知识没有一点相通之处？麦可·普兰尼（Michael Polanyi）在一系列著作中对这问题作了肯定的答复。他认为一切知识，包括技艺，都有一种个人的、不能程式化的维度，只是程度上有所差别。苏东坡在《日喻》一文中把道比为潜水这样的技能，“可致而不可求”。他也意识到最高的道德知识和平常的技艺一样，不能通过几条干巴巴的要点来获得。南方没人深得水之道是因日与水居，生不识水的“北方勇者，问于没人，而求其所以没，以其言试之河，未有不溺者也”。以拥有若干理论原则自夸自矜，不在阅读实践中认真体验，恐怕会像“北方勇者”一样溺于书海。庄子的轮扁斫轮、庖丁解牛也说明实践中有一定的规则（“有数存焉其间”），但纯粹从抽象的“数”出发断然不能在斫轮解牛时“得之于手，而应于心”。

亚里士多德重视明智，他对自己有的说法（例如女子行月事时若引镜自照镜面必泛红）却不以实践检验。他还受到时代的局限。他说“公正就是关于他人的善”，但一涉及奴隶他就说“对自己的所有物，无所谓公正和不公正”。但是时代的局限不一定是绝对的。崇尚慎思明辨、富有实践智慧的约翰逊博士在奴隶问题上高时人（如他的崇拜者鲍斯威尔）一截。他对那些以理论教条评判一切的人嗤之以鼻，称他们好用“行话切口”。他不能容忍英裔美洲殖民者中间的激进分子（他们有的拥有大量黑奴）以空洞的语言谈论人权。1775 年他在《征税非暴政》一文中讥刺道：“从役使黑人之徒间居然传出要求自由的大声吠叫。”把约翰逊的义愤归结为王室的恩惠实在是以小人之心度君子之腹。他早在北美独立十年前就说，只有希望别人自身善的人才是善人（这正是《尼各马科伦理学》中关于最高形式的友谊的界说），他的一些同胞寻梦西渡，以发财为创业，贩奴蓄奴，应为人所不齿。他不满当时辉格党人的重商主义和帝国扩张政策，在美洲贩奴蓄奴正是肆无忌惮地追求财富造成的必然后果。但偏偏是受贪欲驱使的利益集团动辄搬出一些光彩夺目、不着边际的名词蒙骗世人，谋求私利。1777 年，约翰逊为居住在苏格兰的黑人约瑟夫·奈特力争自由时显示了行云流水、举重若轻的风度，这义举在他如呼吸般自然，不值得大书特书留备后人观赏。襟怀坦白但又经常自责的约翰逊不会用抽象夸张的理想主义语言来表白抬高自己。[1]

约翰逊博士的文学批评作品中多常理之言，但它们往往蕴含了真知灼见和巨大的道德力量。他是英国文学史中当之无愧的第一批评大家。也许正是他淹博的学问和卓荦但通达人情的见识使他有胆略说，普通读者的常理未被文学偏见败坏，他乐意与他们的意见相合。当前，要尊重普通读者就必须抑制一下使批评术语“科学化”的冲动，少蹈空谈玄。只有这样，文学批评才有可能成为艾略特所说的“共同追求”。王佐良先生在《心智的风景线》（生活·读书·新知三联书店，1990）中写道，“在各种理论之风不断吹拂的当前，回到约翰逊的‘常理’观是需要理论上的勇气的”，这常理“不是纯凭印象，而是掺和着人生经验和创作甘苦，掺和着每人的道德感和历史观”。这种文学批评“具体而又不限于技术小节，有创见而又不故弄玄虚，看似重欣赏，实则关心思想文化和社会上的大问题”。当我们重温《尼各马科伦理学》中有关明智的论说并结合注意近来西方对非理论的智慧的讨论时，我们感到约翰逊的常理观仍有虎虎的生气。

（原载《读书》杂志 1993 年第 1 期）

[1] 杰斐逊在就任美国总统时这样安慰和鼓舞他的听众和他自己：“我们生性高尚，不容别人堕落。”关于杰斐逊和他的黑奴（包括性奴隶萨莉·海明斯）的关系可参阅 F.M. 布洛迪的《托马斯·杰斐逊》（纽约，1974）。

附　录：

文学理论：凤凰还是九头鸟？

近几十年来，英美大学里文学理论的锣鼓不绝于耳。60年代末，英国一些年轻左翼人士在重实践批评的传统里觉察到资产阶级人本主义的反动性，他们要以理论为武器一扫密布英文系的阴霾。那是风云激荡的日子，“幸福啊，活在那黎明之中，年轻人更是如进天堂。”（华兹华斯诗句）一直到80年代末，有的理论家（如克里斯多弗·诺里斯）依然在追查抵制理论者的家谱，发现他们的祖宗曾有反对法国大革命的劣迹。文学理论被当作带来祥瑞之气的凤凰，它使千百年来懵懵懂懂过日子的人们突然耳聪目明。在一片喜庆的气氛中也有不少人在怀疑，那吉禽长得怎么像只九头鸟？且不论理论是文学研究盛世的曙光还是捉弄人的海市蜃楼，它以各种形式存在着，这是没人能否定的事实。最近，《泰晤士报文学增刊》邀请了一些世界著名的专家学者就当代文学理论的得失各抒己见。[1]

最引人注目的大概是牛津大学的特里·伊格尔顿。伊格尔顿在牛津开设批评理论课程，还著有理论和批评著作多部，但是他显然不再把理论视为对英国传统经验主义式

---

［1］ 详见1994年7月15日《泰晤士报文学增刊》。

批评的积极挑战。他在《话语和迪斯科》一文里承认，文学理论自身没有值得炫耀之处，因为它未必具有革命性的意义。当今资本主义已经渗透到艺术界的角角落落，大家生活在心智的交易所里，一大堆包装好的信息从四面八方袭来。符号学的研究者成了工商界急欲罗致的人才，而那些以后现代主义自我标榜的货色无非是智力上的消费主义而已。伊格尔顿和他的前辈、对理论有所保留乃至怀疑的英国马克思主义批评家雷蒙·威廉斯和历史学家 E.P. 汤普森一样，对欧洲大陆和美国的同行十分失望。他写道，政治上的失败和无能使理论家逃到语言游戏里寻找替代性的发泄，尤其是北美那些患有瘫痪症的左翼力量更把无穷无尽的精力投入话语迷信。如果说现代派的精英文化对商业化尚有抵抗的能力，后现代主义则染上了沙漠赌城拉斯维加斯的风习，与消费社会商业文化同流合污。伊格尔顿指出，资本主义在人类历史上是最多元的，它不知餍足地扩展疆界，置形形色色的生活方式于自己的绝对统治之下。面对如此情景，左派批评理论若不与政治实践相结合，永远是苍白无力的。

当今英美大学里文化研究十分流行，伊格尔顿对它不敢寄予厚望。在这一方面，曾以解构批评著称的美国理论家米勒与伊格尔顿立场相似，只是出发点有所不同。仿佛是三十年风水轮流转，米勒面对种种文学、文化理论的新走向不得不采取守势。他认为新兴的文化多元理论、少数话语、新历史主义和后殖民主义都强调文学的社会作用，都假定语境（即与文本 text 相对的 context）具有解释或决定的功用。正由于这些和解构主义原则相对立的预设，作者又出现在研究者的视野中，巴尔特宣布“作者之死”未免过于草率。随着文化身份意识和对话精神的增强，主体、自我这类曾被解构的观念又成为讨论的话题，而一度被否定的模仿说和表征说也重现了生机。米勒警告说，如果在文化研究和少数话语研究里对模仿说和描述性方式不加怀疑，那么原来具有威胁性的异文化的“他性”（otherness）在理论上就是能被理解、“翻译”并占有的，而普遍性的“文化”观念将成为剥夺他者差异性的交易所。米勒表示，世界上有不同的、难以界说的善，它们往往是无法通约的，大学不是同化一切文化的场所。要了解各种文化的冲动固然可贵，但有必要告诫自己，异文化的他性和别人的他性一样，可能是无法知晓的。对异文化的知识可能是对它们的暴力行为。需要尊重异文化，尊重不是知识的陈述，而是言语行为，是誓约：“是，我尊重它。我尊重它的他性。我要让那他性长存于世。”米勒在此不是暗中承认他性具有某种无法解而消之的本质吗？

伊格尔顿和米勒这两位理论大家对理论的态度比较暧昧。“新声”（New Accents）丛书的主编特伦斯·霍克斯则肯定了理论的兴起。他说六七十年代以来，英国文学研究界的一些人士不愿唯阿诺德和艾略特的批评传统的马首是瞻，他们和大西洋彼岸的同行一道，以进口法国的革命理论求解放。霍克斯指出，理论是无处不在的，否定理论者并非没有一套潜在的理论原则。不过当今理论存在被神秘化的危险，过度强调理论使得法语化的套语行话充斥于批评杂志。同时，与美国的流行理论相比，英国的革命思想滞后严重，几乎沦落到反动的地步。他的结论是，60年代以后输入的理论和“共同追求真知灼见”（艾略特语）以及“保护民族遗产”的口号比较起来毒害要小得多。曾编辑过《结构主义和结构主义以后》文论集的约翰·斯德洛克与霍克斯持有相似的观点。他请怀疑理论功用的学者放心，其实文学理论和生活风马牛不相及。对文本比较主观的、出于某一理论立场的阐释可能会走极端，但是它们不仅不会对文本造成永久性的伤害，而且还以独特的方式大大丰富了文学批评。

80年代中期，剑桥学者格雷厄姆·赫夫对霍克斯着力推广的理论不以为然，霍克斯辩解道，赫夫身处古老的大学，校图书馆的古籍、手稿汗牛充栋，研究条件优越，他怎能理解一般院校英文系教师（包括霍克斯本人）的苦衷？他们把精力投入相对不需要很多原始资料的理论研究及介绍应是情理中事。笔者以为事实并非如此，像福柯这样的理论家就长于从卷帙浩繁的史料中清理他理论的头绪。但是美国读者反应理论的代表人物斯坦利·费什确曾表示，他的理论研究和图书馆关系不大。在浪漫派诗歌研究领域极有建树的美国学者杰罗姆·麦甘（他也可被称为新历史主义者）在理论前景的讨论中感叹道，费什曾告诉他，他不需要图书馆，而麦甘相信，他本人工作中碰到的（归根结底是理论上的）问题在图书馆外无法设想，要解决更无从谈起。麦甘自称不“搞”理论，但一直关心理论。60年代中期他撰写了有关传记文学的理论基础的博士论文，这方面的训练使他尤其重视事实和历史（以及它们的形成过程），因为只有积累了足够的经验知识以后才能有效地运用理论。在文学理论日渐红火的岁月里，他埋头编辑拜伦的作品。作为一位公认的出色校勘家，麦甘碰到很多有理论意义的具体问题，可惜这类难题完全不能由“搞”理论的人来解决，“因为这些人一般学识不够，且不懂‘理论的贫困’”[1]。麦甘爱理论但又时时为理论担忧。“回到历史”的口号是理论的赐予，它促成了目前英美书目学、编校和文本研究上的中兴，这中兴反过来对理论有所启发，文学研究的阶梯正是从这类著作开始的。可是理论家对这些领域的近况所知极少，而且漠不关心。从麦甘的观点中我们不难得出这样的结论：理论不能以独立自足来自寻乐趣，它必须从属于文学。这正是一些参与讨论的学者想着重指出的。

瑟日兰、奥尔特和约翰·贝利等人还注意到，由于理论在文学系已有喧宾夺主之势，有的研究生作品读得不多，他们毕业留校后可开的课程较少，现在能同时讲授乔叟、莎士比亚和乔伊斯的多面手已濒临绝迹。理论家们却自以为比教学生读《贝奥武甫》《失乐园》的老师更了不

---

［1］ 这是英国马克思主义者E.P.汤普森所著的书名。汤普森在书中批评法国理论家阿尔都塞脱离实际。

起；他们把理论研究变为一条捷径，它的目的不是知识，而是一种大权在握、独领风骚的感觉。另一问题是有的理论家像鹦鹉学舌般搬弄他们自己也不甚明白的公式教条，并搬出“清晰是法西斯压迫的一种形式”来为某种文风辩解。与此相关的是他们不愿用日常语言来玷污理论术语的纯洁性，企图以外人不解的话语系统突出自己的优越性和特权。理论正在沦为学院里一种古怪的癖好。

妇女对理论界的现状有何见解？英美女权批评创始人之一伊莱恩·肖沃尔特把理论分为“我的理论”和高深的正宗理论。她写道，她是60年代的研究生，是细读式的批评使她与书本亲近。“我从书架间出来时衣服上沾了书上的积尘，就和从花园里出来的苔丝姑娘一样。”（失去天真或纯洁何尝不是乐事！）但是时过境迁，到了90年代，潜心读书的精神已大不如前，以致文学研究的入门之途不是图书馆，而是会议厅。肖沃尔特肯定了女权理论、性别批评理论及其旁支同性恋文学理论对文学研究的贡献，对正宗理论（如拉康、德·曼和德里达的学说）则不敢恭维。她觉得正宗理论用语艰涩，变得和经院派的拉丁文一样令人窒息，它那套预先设定的术语禁锢一切思想，而真正成功的理论家必须有自己的声音。肖沃尔特对理论想象力的前景不大乐观，另一位美国著名妇女学者帕格利亚持类似观点，但是她的言辞之激烈在学术讨论中是极为罕见的。她开门见山地宣称，批评理论已像被巨蟒缠住的拉奥孔一样，奄奄一息。帕格利亚也是60年代末的研究生，她当时在耶鲁决意要把艺术从学究和道学家手中解救出来。在70年代，对艺术没有感情、对语言缺乏敏感的平庸学者把批评理论当作晋身之阶，他们装腔作势，以左派自居而又平步青云。帕格利亚迫切地感到，艺术应回到酒神的怀抱。她说，名牌大学的学生目前对人类文明丰碑的了解少得可怜，教育的重点应在帮助学生阅读原著。当今的文学理论大而无当，几乎到了可笑的地步，就像河马学跳舞，笨拙沉重，处处出错。理论家们使整整一代年轻人丧失了欣赏艺术的能力，面对这灾难性的局面，热爱艺术、尊重学术的人应该为捍卫理想敢作敢为。帕格利亚的短文是这样结束的，“我痛恨批评理论：它是精英的心智游戏，扼杀了教授和学生的灵魂”。

实际情况并不是如此严重，因为理论毕竟远不能决定或操纵创作。如果女性创作实践是无法理论化的（法国当代女作家西克苏如是说），男性创作呢？英国诗人彼得·波特和小说家、评论家约西普维奇在他们的短文里都表示，作家基本上不受批评理论的影响。约西普维奇颇有信心地写道，“好的作家和好的读者都远离这一片［理论的］喧嚣，继续他们的创作和阅读，乐此不疲”。

当代批评理论五花八门，它究竟是凤凰还是九头鸟现在恐怕还难以判断。虽然有的否定作品经典性[1]的“后结

[1] 文学作品是不是有优劣之分？学生是否应该阅读经典？这里是热议的话题。

构主义者”无法解释为什么《红楼梦》比1994年北京电话簿更值得一读，理论热还不会因此降温。最近，多伦多大学和霍普金斯大学出版社相继推出《当代文学理论百科辞典》和《文学理论与批评指南》。英国诗人、批评家唐纳德·戴维在评论后者时无可奈何地写道：“这部书有如此旺盛的欲望，如此高昂的兴致，实在叫人沮丧。”但是，当今一部书的真正评论者还是万能的市场。《泰晤士报文学增刊》以半个版面登载了《文学理论与批评指南》的广告，这就是当代批评理论在生意上可喜前景的缩影。

校园里锣鼓喧天。

（原载《外国文学动态》杂志1994年第5期）

巴尔特·围棋·阅读

法国文论家罗兰·巴尔特（1915—1980）曾在“批林批孔”运动期间访问中国。访问结束后，他给巴黎的《世界报》（1974年5月24日）写了一篇题为“Alors，La Chine”的观感。巴尔特在文章里饶有兴味地提到了当时在华比比皆是的大字报。这位以文字为空相的符号学大师丝毫不为他无缘识读的方块汉字所困惑，他在大字报上看到了字体的娟秀雅丽和运笔的恢宏流畅。他还写道，“批林批孔”这四个字在中文里读来如银铃般清亮悦耳，而那整个运动则以一系列时新的游戏为其表达方式：一幅漫画，一首诗，一部由孩子们演出的讽刺滑稽短剧。巴尔特以此为契机调侃了那些不以为文字内空外虚、希望把大字报置于历史的脉络中来理解其词义内容的读者。看来中国成了巴尔特个人理论的铸模里浇制出来的文本。作为“批林批孔”运动的局外人，巴尔特是否误读了那些与一些历史事件互为因果的大字报？这是个至为玄奥的问题，不能妄加评论。至于那受他赞许的书法是大家手笔还是学童涂鸦，更是无从查考。

巴尔特访华时，围棋在国内并非十分流行，但从他对日本的文化礼仪和风俗人情的浓厚兴趣来看，他知道围棋应是没有疑问的。虽然如此，日前笔者在一篇关于围棋的书评（书评见《读书》杂志 1992 年第 1 期）起首见到巴尔特的大名还是稍感突兀。文章读毕后，大有收获。原来作者是从围棋和一些棋书的“对话”和“开放”特色联想到这位“结构主义宗师”。笔者对围棋和文学理论，充其量只是不求甚解地稍加涉猎，但在此不揣冒昧，略表一管之见，以作狗尾续貂。

围棋确实表现了对话的精神。对弈又称“手谈”，这更形象地点出了围棋作为对话的一门艺术。弈者必须时刻注意到对方的存在，攻守都得有节有度，万万不能一意孤行。行棋运子在任何时候都不是一种独白，即使是被人们误解为天马行空的武宫正树的棋亦不例外。棋枰不仅是对弈者手谈的场所，一旦棋局变成棋谱传世，它就成了（过去的）弈者和（现在的）读者可能不尽相同的视界意境的会合点。

围棋也是一项对抗性运动。其实，任何对抗性运动都有着对话的成分，都有读者、观众积极参加的可能。足球即是一例。初级的看客或为可爱的地方主义，或为肾上腺素的分泌，大叫大嚷地盼望分享己方进球的痛快。入了门道的观众有一种更具创造性的投入，因为他们懂得战略战术的运用是否允当，往往情不自禁地扮演起教练的角色。就是百米赛跑和投掷铅球，也不是任意的独白。那些腿脚轻捷、膂力过人的健儿硕女不能不顾先他们而在的竞赛规则，自说自话地抢跑越线。追随绝对的独白原则、以一切准绳规矩为陈规陋习的，是那些在重大比赛中一丝不挂地冲入赛场的观众。这样的“独白”者备受大众传媒的青睐，他（她）们以极端造成轰动效应，是人生竞技场上的胜者。在文学艺术界也不乏这样的人士，他们以作品中的丑行恶言或空前绝后的风格一鸣惊人。法国人把这般业绩称为“succès de scandale”，直译为“丑闻的成功”。

巴尔特汪洋恣肆的文才和别具一格的睿智是那些以故作耸人听闻之言为成功捷径的独白者难以企及的，但是他的论说却与独白精神有某种相通之处。上述围棋书评作者引述巴尔特道：“文本不是一串释放出单一的‘神学性’意义（作者—上帝的‘信息’）的字词，而是一个多维空间，在其中的种种写作均无原始性，它们相互混合着和冲突着。”以此描绘围棋的对话艺术可能稍欠妥当，因为这样的文本可由读者单方面不受拘牵地加以解释或创作。这句话出自巴尔特最为著名的文章《作者之死》。文章的主旨即在宣称“系统性的意义的消除”。假若有人认为文本有其历史背景和作者，巴尔特就抗议道：这是平白无故地给在文本的衩口和隙漏处寻求唐璜之趣的读者添设了诸多限制。读者与作者之间毫无两存进而“对话”的可能，“读者之生必须以作者之死为前提”。诚如书评作者所述：“[围棋棋谱的]读者则不可以把个体的意志强加于棋局与棋谱，读的过程是领会他人的过程也是发现自我的过程。”但是这和《作者之死》的论点已直接抵牾了。在巴尔特看来，不存在有待理解的作者和作者的意旨，读者主观意志强加于棋局的问题根本无从谈起。如要防止读者独白式的创造，那就要撤销巴尔特的判决，还对话双方或诸方中不可或缺的一方——作者——以生存权。

对好读棋谱，尤其是有过打谱经验的围棋爱好者而言，在黑白阵势后面可以感到弈者栩栩如生的存在。他们是自己神交已久的朋友师长，也是自己的对话者。打谱者有积极投入的义务，有从事创造性“生产”的责任，不然就失却了打谱的意义。但是他们还常常颔首低眉，虚心向棋局弈者请教。这请教的形式，就是对一招一式都慢慢琢磨，不解其意时需要苦思冥想，追索揣摩弈者的意图所在。天长日久，打谱者发现自己的设想与对弈者的构思有所潜合。这时对话的内容渐渐丰富，而打谱者更能体会棋局中次序的巧妙、变化保留而生的种种余味和顽强做劫的必要。有时弈者试图腾挪弃子，通过那试探性的一碰一靠在局促处走出富于弹性的棋形，此时考察弈者的意图尤其重要。打谱者对棋局的历史背景知识也有助于了解并进入棋局的进程：中国原来下棋前预设座子，黑棋没有贴子负担，这直接影响行棋；在日本胜负以目计，在有目的官子收毕后棋局就告结束，不收单官。[1]

---

[1] 再版补记：中国规则是数子法，收单官时每个子都有价值。如果双方的“空”（或目数）相当，先行的黑棋收后就得到便宜。2000 年春兰杯比赛中，彭荃在与刘昌赫对局时，利用中国规则粘劫收后，取得胜利，刘不服。

当然，弈者的意图有得以实现和未能实现的差别。而且本旨往往在双方的冲突颉颃间周旋妥协，一方真能自始至终不失初心，那就不是对话性的棋局。[1]即使是讲究围棋之美的武宫正树，在“宇宙流”中亦注意均衡变通，一旦外势难取就转而为捞取实地。他的空灵与厚实相辅相成，确保己方之子无受攻之虞才能经营中腹的模样（如《围棋天地》1991 年第 11 期上对林海峰一局的第 17 手）。

用巴尔特在《S/Z》一书中的话来说，棋局确实相当“可写”（scriptible，与“可读”lisible 相对），但是这“可写”需要一个有一定灵活度的框架加以制约。读者在“写”或加入“生产”时有必要设身处地地审时度势，在棋局的紧要处着子。只有在不谙棋理棋规的读者眼中，棋谱才有最大的“可写”性与开放性：全局是一盘没有中心的散沙，行棋次序无足轻重，棋枰上所有空白交叉点都代表了没有缓急之分、机会均等的可能性。当双方在中腹扭杀正酣时，这位以“可写”和“开放”为神圣原则的读者会开开心心地脱离主战场，在己方固若金汤的角地或不能置子处置子。随心所欲的“写”棋是与对话精神背道而驰的。

在一局棋里，双方收官完毕，读者加入对话的过程也告一段落，这是围棋不及开放性文学作品处，易言之，它

---

[1] 如传说中徐达与朱元璋的对局。徐达的棋艺比朱元璋高出许多，他虽然赢了棋，但是在棋枰上巧用行棋之势摆出“萬歲”二字。

像为巴尔特所病的“关闭的”现实主义文本。在现实世界里已告弈毕但实际上仍“可写”的棋局也有，不过很少。第一届中日围棋擂台赛中钱宇平对小林光一的一局是难得的例子。执白的小林下了第214手时，研究室里的中国棋手邵震中发现了有利于黑方的变化，异常激动。但此时在对局室里的钱宇平以为自己大势已去，停钟认负。[1]局后聂卫平向两位对弈者摆出黑方有望取胜的演变图，钱追悔莫及，小林则额手称幸。这局棋的结果告诉我们，钱宇平未能产生邵震中的非凡着想，输得不冤。它也有助于我们理解和评价白第214手前黑方几手棋的优劣：它们缺乏连贯的意图，并非引向成功之途的阶石。

巴尔特看到这些文字，会宽容地一笑置之：从行棋的连贯性来评价棋局实在是大谬不然。但围棋本来就是讲究前后衔接、有时序的艺术或运动。巴尔特会尊重围棋的这一特性吗？

对此一时还难有答案。早在写于1957年的《神话集》里，巴尔特论及在西方极为流行的表演性摔跤打斗。他把《摔跤的世界》这一题目和电影明星嘉宝的脸、爱因斯坦的大脑这类似乎难以为文的论题随意拈出，发挥为轻灵飘逸的绝妙文章。巴尔特在文中把摔跤与拳击作为对比：拳击是一个在观众眼前渐次展开的、有头有尾的故事，而摔

[1] 再版补记：中盘认负的棋局仍有可下之处，但胜负已定，继续交手意义不大。“可写”的是那些认负一方仍能翻盘的棋局。

跤恰恰相反，是一系列单独的、互不相干的戏剧性景象的集合。摔跤令观众为之兴奋不已的，不是胜负，而是即时即刻摔跤者表露或表演“激情”的形象。鉴于这一考虑，摔跤表现过程中每个短暂的片段都具有同等的价值，绝无把各片段联系起来观察的必要。（巴尔特的“后结构主义”在1957年就露出了端倪！）虽然巴尔特以淡淡的嘲讽口吻谈及这项消遣性表演，但是分析摔跤或把文学作品当作摔跤的片段来把玩是他的擅长和爱好。巴尔特的专长是19世纪的法国文学，他在细析巴尔扎克的短中篇《萨拉辛纳》的《S/Z》中直言，他心目中理想的文本没有开端，没有结尾，读者可以在文本的任何地方随意切入。围棋有布局、中盘、收官三阶段，看来更像拳击，是有头有尾的故事。如果为一时的文本的快感，把围棋变为摔跤，围棋就失却了其前后衔接、有时序的特性；体现了精湛棋艺的次序妙味就得不到欣赏，大规模的弃子战术被掐头去尾后更显荒唐。简言之，围棋不是巴尔特理想的文本。

行文至此，还得强调一下，阅读文学作品与阅读棋谱千差万别。弈者的本意毕竟远不如文学作品作者的本意那样难以追索。但读棋谱不失为广义上阅读的一种参照。如果不顾行棋规则，不顾作为对话者的棋谱弈者的存在，对棋谱的戏耍狎弄就沦为颇有自大狂和享乐主义者色彩的独白。令人啼笑皆非的是，正如一位曾在台湾教授英国文学的英国人所慨叹的，一些连基本的原文阅读能力还不曾具备的学生也竞相激昂地唱起了“作者之死”的高调。或者有鉴于此，偏重文学作品中读者加入的美国学者斯坦利·费什也提出读者首先得具备“文学理解能力”。费什70年代后越来越激进，但在也许是他最令人信服的学术专著《当负罪感涌来》（1967）里，他探讨《失乐园》里的读者时还顾及作者弥尔顿的意旨和精神。

无论如何，巴尔特在批评界早就成了响亮的名字。要学到或培养出他敏锐的感觉比照搬他的教条艰难许多。巴尔特下笔如有神，往往不拘泥于一派一论，这确是难能可贵的大家风度。但他的几个术语或简单的分类（如“可读”的作品和“可写”的作品）被群起效仿者用得过滥，大大贬值。略为介绍一下对巴尔特理论建设性的批评也许不无裨益。从19世纪的法国文学作品着手来评析巴尔特关于文学、作者和阅读的诸种论说应该是有一定说服力的。前几年法国文学专家克里斯多弗·普兰德伽思特的专著《摹仿的秩序：巴尔扎克、斯汤达、奈瓦尔、福楼拜》（剑桥，1985）就是这方面的诸多尝试之一。作者通过细读揭示，文本的意义并不仅存在于一堆互不相干的残片之中；文学不光有游戏的作用，还是当时的作家通过摹仿原则干预世事的手段。这样的入世过程里有一种在语言和现实、作者和读者之间的动态的、生生不息的对话关系。

如果要在巴黎找一位倡导“对话”精神的论师，那就是曾与巴尔特同为一派、以专治“叙述语法”著称的茨维坦·托多洛夫。当巴尔特在中国赏析大字报时，托多洛夫正深感到自己文论中过分偏重语言共时性的弊病。[1]他逐步放弃了“作者之死”的高论，开始注意阅读过程中现在和过去、读者和作者的对话。这一转变的结晶即是他对巴赫金的研究：《对话原则》（1981）。不过笔者还是倾向于请巴尔特来读围棋，他的阅读想必更多振聋发聩之论。权且设想他像当年读“批林批孔”大字报那样来读棋谱，难保他不会以“六经皆我注脚”的气势在棋局上读出法文字母或某原始部落图腾崇拜的象征来。围棋爱好者中气度不大的或许会因此推测，他的理论构架是不是像一条看来活路甚多的大龙，眼位还难有着落。殊不知巴尔特行文运思的过人之处就是他不必为做出两只眼来苦苦谋划。

（原载《读书》杂志 1992 年第 4 期）

---

[1] 70 年代中期，托多洛夫曾到牛津大学伍夫森学院讲演亨利·詹姆斯小说中的“叙述结构”。讲毕后，该院院长、著名哲学家、历史学家依赛亚·伯林尽地主之谊把他邀到家中把酒交谈。伯林在讲演后的讨论里一言不发，不过此时对“叙述结构”分析略加赞许后婉转地问：“你为什么不研究一下 19 世纪的虚无主义和自由主义呢？”托多洛夫在这温文尔雅的建议里听到了对结构主义的尖锐批评。据托多洛夫自述，这件小事促成了他向对话批评的转变。见托多洛夫《对话批评？》，载《莱利坦》杂志 1984 年第 1 期，第 65 页。

本来无一物，何谓德里达？

英国数学家道奇生笔下的爱丽丝在漫游奇境数年后，又在梦中到了一个幽幻的世界——镜子房。她遇见半斤和八两，一对难以分辨、令人拍案叫绝的人物。他们每出一语总是石破天惊。譬如，半斤称爱丽丝并非实有之物，那可怜兮兮但又自以为不无常理的爱丽丝含泪笑着反驳："我要是不是真的，我就不会哭了。"想不到半斤鄙夷地打断她："我希望你没把这些眼泪当作真的吧。"半斤的话背后有一个深厚的哲学背景，听来甚为荒唐，其实发人神智。且不表古希腊的怀疑主义和中世纪的唯名论，我国也有真僧高禅在千百年前就说："圣名凡号，尽是虚声；殊相劣形，皆为幻色。"

作为二十年前巴黎的新学、十年前美国的显学的解构主义将来必然在思想史上占有一席之地，但是它的创始人德里达（Jacques Derrida）的名字不管是"圣名"还是"凡号"，照正宗的解构主义者看来只是"虚声"而已。究竟谁是德里达？什么是德里达？有无可能存在德里达？——这些正是德里达本人提醒我们注意的问题。德里达是一位高才卓识、即使患失语症仍有特殊的七情六欲的人物，还仅仅是自我消解的三个字，不具任何先在的本质和个性？“德里达”意义何在？

根据《辞海》，“德”可作“物体的属性”解，是中国哲学里的一个范畴，“指具体事物从‘道’所得的特殊规律或特殊性质”，故而有“德者道之舍”的说法。这“德”与“道”的关系似乎也见于古希腊哲学。柏拉图和亚里士多德著述里“arete”一词内涵丰富，意义与中文的“德”大致相当。[1]原来一切事物都有自己的本能与所长，它们若能充分发挥便是“德”。如果在古汉语里“德”是“道”的载体，“arete”则“受到理的规定”（亚里士多德语），而“理”（logos）也可译为“逻各斯”或“道”。“道”与“理”有不解之缘，“德”与“里”也难以割裂。一则古汉语“理”“里”有时相通；二则“德”字古体为“悳”，据《说文》的释义是“外得于人，内得于己”（卷十），正是基于这内外之分和人己之分才有“里”的概念——与“外”相对。解构主义以批判“理中心主义”为宗旨，“德”之于“理”如毛之于皮，“理”之不存，“德”将安附？而“里”或任何内在性被视为二元对立论的虚设的“先在”（presence），“里”和人的主体一样内容虚无。巴尔特早在《风格与其意象》一文中把文学作品（或任何

[1] 见《尼各马科伦理学》译者后记，苗力田译，中国社会科学出版社，1990年。

写作）比为葱头，层层剥揭后并无内蕴核心可得。德里达更好敲打“里”的空洞，使之发出震耳的轰响。忠字从心部，他去其内核中一点，以示中心已被移置（decentred），取而代之的是永恒的缺失（absence）。如果茫茫世界一片玄虚惝恍，没有方位与远近内外，“达”又从何谈起？引申开去，事理不能通达，思想感情不能由语言文字表达，混沌中只有意义无止境的差异与延宕。由是观之，“德里达”不具任何形而上的含义，也不表指能指链外某一先在的血肉之躯。何谓“德里达”？失德、无理（里）、不达，这六个字或许可以作为对巴黎才俊德里达哲学观的差强人意的概括。

毋庸赘言，否认德里达的名字只是为了表示后学的敬意，因为从人名做文章正是他的擅长，他在《警钟》一书里耍弄德国哲学家黑格尔的名字即是一例。他称Hegel在法语中读音如老鹰（aigle），由于aigle与黑麦（seigle）谐音，他又联想到标记符号（sigle）。德里达还在1971年蒙特利尔一次国际会议发言稿最后以自己的签名作了一番游戏式的发挥：“写作，如有的话，或许具交流功能，但是写作绝不存在。或者勉强以最不可能的签名的形式存在。”

姑且不论德里达戏弄黑格尔和自己的名字是否有失轻浮，解构主义对形而上学的批判、对神学意味浓重的先在说的否定以及对反映论的质疑在西方学界形成海啸，这是不争的事实。但在近十年来，即使在美国，解构主义也受到多方面挑战。尤其是保罗·德·曼于“二战”时写的一些小文章被发现后，解构巨擘不得不先后阐释、评价德·曼当年不尽光彩的文字，他们的阅读颇多任意穿凿与自相矛盾之处，为人注目。西方有这样的伦理传统：目的是愿望的对象，达到目的的手段是我们审时度势后做出的选择，故而关于手段的行为是自觉自愿的，正是在此基础上人对自己的行为负有道德责任。19 世纪几位伟人使人们意识到自己远非这般自由，经济基础等因素处处掣肘乃至决定人的行为，但是他们的学说里仍时时可以窥到一个大写的“人”字。及至解构主义，人的主观能动性屡屡遭到抹杀，本来附丽于实体的“我”突然悬浮于一片鸿蒙之中。解构主义独重文本里的自我消解，否定先在的世界，藐视社会实践的意义，守虚致静。由于它暗示人间的苦难与眼泪都是虚声幻色，它那咄咄逼人的颠覆性充其量只是银样镴枪头而已。原来大家都是艾略特笔下的空心人或普罗弗洛克，何必为世上的不公操心劳神？

也许是有鉴于目前一些文字理论家忽略物象世界、回避切实的社会生活，积极入世的大赦国际于 1992 年 3 月邀请八位包括德里达在内的学者哲人到牛津大学作题为“阐释的自由”的系列演讲。大赦国际成立于“冷战”热点（1961 年）时期，它的理想不失为美好，但是它往往不明白政治有时是两害相权取其轻的不得已权宜之计。孝悌是一种伦理的价值，但在不少场合，孝悌未必有益于公共的福祉，因此有“大义灭亲”一说。笔者以为，大赦国际似乎间或倾向于简单地谴责克瑞翁，把自以为遵守神律的安提戈涅奉若自由精神的化身。[1]安提戈涅故意违迕城邦禁令，为带领外邦军队攻打祖先都城的哥哥波吕涅刻斯行葬。此举是否会危及忒拜城的稳定，是否会被唯利是图、视忒拜城居民切身利益为儿戏的列强所用，大赦国际较少顾问。现在这组织遇到了新的问题：它以维护“自由”和“人权”为己任，对阐释的自由有所关心或者偏心不难理解。但是如果阐释的自由导致取消核查阐释是否正确的准绳，那么戈培尔对事实的歪曲在本质上无异于切近现实的记载，这样的自由最终效力于自由之敌。把德里达、克里斯多娃等人请到英美经验主义、逻辑实证主义的祖庙牛津大学谈论阐释的自由无疑具有特殊的意义。

系列演讲的地点设在牛津大学的心脏、举行毕业典礼的谢尔登讲厅。英国著名的《卫报》特约文评家詹姆斯·伍德就此在《泰晤士报文学增刊》（4月3日）发表评述《德里达在牛津》。伍德开门见山地写道，经过一个漫长的理论的午后，一些理论家到牛津来为落日抹上最后一层余晖。言下之意即是那些宏伟的理论构架使人慵困懒散，幸好时至今日它们已是日薄西山。理论家中除了爱德华·萨伊德，个个神色怆然，像是被押上法庭的造反派。最引人注目的当然是本文的主角德里达，他身穿墨绿的灯芯绒上衣，居然显得精神抖擞。他的演讲形式非常独特：

---

[1] 参看索福克勒斯的悲剧《安提戈涅》。

与一位名叫艾伦·蒙特费奥尔的牛津学者在台上对话。他首先别出心裁地声称事前不知这是系列演讲之一。伍德指出听众绝不会上德里达的当，笔者猜测，他或许没有意识到，德里达在这否定句中微露峥嵘，间接点出了“阐释的自由”的精髓。大赦国际演讲组委会必然早就按照惯例把演讲的目的和日程安排向德里达交代得清清楚楚，但是德里达从理论上讲不应把组委会的有关公函当作“单义的话语”（univocal discourse）来读，于是他以解构的方式把系列演讲这一预想中的事实加以自由的阐释。

显然，蒙特费奥尔只是对话中的配角。不过他提的问题却令人想到一位温和的审判官。人的主体（the human subject）是大赦国际的关心所在。他问德里达，解构究竟与人有何关涉？据伍德报道，德里达此时措辞小心谨慎，他承认解构这词“丑恶艰涩”，它处处诘问主体，使之无处可依，然而它无意“摧毁或取消主体。解构与重建须臾不可分离”。读者不免要发问，解构究竟在什么意义上有重建的一面？大概德里达也不愿意做“否定一切的、破坏性的哲学家”，后者乐于指出亘古以来受人敬重的观念悖谬荒唐，作用不能低估，但他们往往把“果仁与外壳一起扔弃”（约翰·斯图亚特·穆勒语）。至于他自己的一套理论如何有别于只破不立的学说，他只能闪烁其词。德里达以折中调和的语言为解构作一番堪称令人宽慰的说明后谈及他当今正在从事的关于友谊的研究。他旁征博引，试图证明友谊是对空无的迷恋。解构主义的逼人寒气又突然袭来。

伍德注意到听众的阵阵掌声。毕竟德里达以一种新的阅读语言扩大了人们的视野。伍德认为他的贡献可以和弗洛伊德相比，两人都揭示了深藏不露之处的绝大文章。不过伍德的真正同情所在一目了然。他说演讲者里只有萨伊德一人戳破怀疑主义色彩斑斓的肥皂泡：他谈人论世，慷慨陈词，句句击中当今所谓人权问题的要害。萨伊德一针见血地指出，帝国主义话语以贬低其他文化为本。西方开明人士（如阿诺德、托克维尔）会谴责奴隶制，但诋毁起伊斯兰教来却众口一词。今日西方知识分子不自觉地成了偏见的牺牲品，他们谈人权用的是官僚政客欺罔世人的语言。萨伊德痛斥海湾战争前后美国及其盟国旨在混淆视听的陈词滥调，博得听众热烈的掌声和伍德的喝彩。海湾战争中数以万计的无辜百姓惨遭杀害；1989 年年底，山姆警长出于政治原因到巴拿马捉拿诺列加，导致数百平民丧生。大赦国际以人权的捍卫者自居，它为保护弱小究竟有何业绩？

伍德从萨伊德的演讲中看到空无理论的洞穴外一线曙光。也许是他别有用心，他在文中如此写道："系列演讲所得全归大赦国际（演讲者分文不收，只有德里达例外）。"别看有的论师犹如雷诺兹画笔下的理论女神那样倚靠着云端沉思，[1]一旦涉及切身利益，还是锱铢必较，容

[1] 英国 18 世纪著名肖像画家雷诺兹有一幅名为《理论》的作品，画像上理论女神坐在云上凝视太空。

不得什么“异延”（différance）。想不到这置于括弧中的插入语引起一场风波。4 月 10 日的《泰晤士报文学增刊》（以下简称“《增刊》”）登了牛津大赦国际系列演讲组织人之一玛德莲·弗雷的简短来信，弗雷称伍德的指控并无实据，德里达和其他演讲者一样，“他们演讲分文不取，但演讲发表后将有所报酬”。此事并未就此了结。5 月 1 日的《增刊》登载了德里达本人发自巴黎的信件，言辞之激烈出人意表。他称伍德胆敢暗示他向组委会索取酬金，真是“放肆”，他要以“最强烈的措辞予以驳斥”。这样的“谣言”不啻对他的“人身侮辱”。他解释道，当时参加演讲是对大赦国际表示支持，未曾收受分文。即使日后演讲发表，他过去、将来对有无稿费绝对不会在意。信中有一段文字意味隽永。德里达肯定弗雷女士对有关报酬的“事实”记得“准确无误”，但是他对她的反应有欠激烈极为失望。为了显示绅士的雅量，他不便直接要求伍德赔罪，于是他用虚拟语气对弗雷女士略表不满：“她应该责成对方公开道歉。”这是绝妙曲笔。

德里达致编辑的信应该如何阅读？古希腊有个聪明人曾说：“我说的一切都是谎话。”这就是数千年来令人困惑的“撒谎者的悖论”（the liar's paradox）。聪明人在坦白交代？这陈述本身就是谎话？德里达关于写作的诸多说法在某种程度上可以被看作这一哲学难题的重复。如果一切写作都已自行消解在先，德里达致函《增刊》岂不是（说句不雅的话）脱裤子放屁，多此一举？如果写作的背后不存在本意初衷，伍德为何不可以对德里达虚有的愤慨一笑了之？看来德里达自己所说所写的一切不必接受解构理论的检验。伍德没有资格成为解构主义者，因而立即领会了德里达的意图。他在下一期《增刊》上发表了一封言辞恳切的信件。原来他的消息来自组委会一成员，他未加核实就把它诉诸文字，为此他向德里达赔礼道歉。笔者原以为德里达不像常人那样以名节“虚声”为重，伍德不应如此轻率地追溯并确定德里达的意图。但是几个月来未见德里达的门人指出伍德天真地误读了巴黎来信。如果德里达的信和他的文章一样可以为伍德辈正确理解，其他作家表达思想观念的文字也有被正确理解的可能。德里达一方面否定先在和文字的表指及交流功能，一方面又依赖发生于信件来往之先的“事实”和“准确无误”的记载来洗刷自己的声名，这不能不说是解构理论的弊端。

以德里达的信件为凭据指责解构主义是不是有把深刻的理论庸俗化的嫌疑？回答很难是否定的，然而又不尽然。其实解构主义者既把一切写作等量齐观，又人为制造理论语言与日常语言之间的鸿沟，早就为人所诟病。著名意大利符号学家、小说家翁贝托·艾柯在他的新作《阐释的界限》（布鲁明顿，印第安纳大学出版社，1990）中也援用德里达的信件为例直指解构主义的短处。艾柯指出，读出字里行间自解自消的潜台词固然可贵，但绝不能不顾字面上的意义（the literal meaning）把文字著作任意拆卸。他披露，早几年德里达在巴黎与同道筹办一所国际哲学学院，为了扩大影响，德里达致函艾柯，希望他作为权威人士出具文书表示鼎助之意。艾柯写道：

> 我敢断定德里达写信时是这样设想的：一、我必须认为他是在说实话；二、他信上谈及实际情况，提出具体建议，我必须把他的方案当作单义的话语来解读；三、我在信末必须签名，而那签名不像他在《签名、事件、上下文》一文后面的签名，必然会被认真看待。

艾柯承认，德里达的信也许含义芜杂，也许自相矛盾，但是对信的种种阅读必须以字面上的意义为出发点。他进一步发挥道，德里达曾肯定传统批评的功用，称藐视传统批评只会导致批评自身散漫不堪。奇怪的是德里达竟又指责传统批评对作品的阐释起了保护和限制的作用，他要打开护栏，解放作品。艾柯在认可阅读有相当自由度的同时强调，要解放作品首先要保护作品，这是义不容辞的责任。可以推断，艾柯正是出于这一信念才应德里达之请写信赞成开办哲学学院。

伍德和艾柯一样，不信什么意义无限止的“异延”，故而对公开致歉一事丝毫不敢耽搁。虽然他在4月3日的文章里揶揄德里达的言论作为，但他对这位哲学家的成就还是抱有几分客气的敬意。他在把德里达与弗洛伊德相比后写道：“剑桥不愿授予德里达名誉学位，令人惭愧。”

原来就在牛津约请德里达演讲时，剑桥评议会正在酝酿授予德里达名誉学位一事。两所古老的大学看来都想表示自己能顺应时势，兼收并蓄。不料剑桥方面持反对意见的竟大有人在。赞成和反对的双方都张贴文告陈述态度立场。赞成方勾勒了德里达的思想渊源，充分肯定他的成就。不难发现，他们是从德里达的实际影响来评价他，对他的理论的实质并不作出价值判断。他们指出，即使他的学说引起争论，这也与名誉学位无关，大学应该容忍不同观点为社会作出表率。20世纪出过乔治·爱德华·穆尔、罗素和维特根斯坦等人物的剑桥哲学系是反对派的中坚力量。哲学系以为此事未征询该系意见实在失当。反对派在文告中断言，德里达在哲学上不是怀疑主义者，因为怀疑主义者总是力图用客观标准来批评衡量人们习以为常的规范；在文学上，他无视作者的个性和各时期作品的特色，否定文本有优劣之分、阅读有可信与不可信之分；在史学上他认为对各种材料和史实可以随意解释，没有正确理解的必要。由于他消解任何学术活动中必不可少的论证的标准，有意混淆事实与虚构、观察与想象、证据与偏见，他实际上否定了大学存在的必要。尽管反对派态度坚决，剑桥最终还是以投票方式决定授予德里达名誉学位（Degree of Letters）。[1]

对德里达本人而言，这荣誉带来的是福还是祸目前难以定论。一旦处于边缘状态的学说被所谓传统势力认

[1] 投票于1992年5月16日举行，结果是三百三十六票赞成，二百零四票反对。

可，那激进的棱角就有被磨平的危险。剑桥方面很多人投赞成票，恐怕是出于复杂的考虑。笔者推测，投票前不少教师会想到十多年前剑桥英文系的一桩小事如何被舆论界炒成了“丑闻”。当时该系有一位叫考林·麦凯伯的新进，其博士论文《詹姆斯·乔伊斯与词语革命》有“后结构主义”的倾向。麦凯伯担任数年助教后竞争大学讲师之职，不幸落选。大学职场的进退本是寻常事务，麦凯伯未能取得剑桥教职，却有人为他叫冤，声称英文系迫害异己，于是麦凯伯顿时变成受难者，声名大振，其他大学的聘书纷纷而来。对于对这一事件记忆犹新的人而言，又何必要以拒绝授予名誉学位制造“丑闻”和一个已有众多信徒的殉道者呢？

看来德里达非但是“一物”，还是一位大人物。“本来无一物”用作本文的题目可以使人从德里达的虚有说想到“菩提本无树，明镜亦非台”这样的妙偈。把解构主义与禅宗相提并论有胡乱比附之嫌。但是德里达若能虚心研读释典，一定大有收获。这绝不是说他应该遁入空门寻求寂灭之乐。佛教经文好以连篇累牍的文字否定文字，仿佛只有否定文字交流功能的文字才有交流功能，德里达能否从以言消言法得到启发？他还可以细细揣摩那些语录里不涉理路的问答，正是这样毫无意义的语言才能打破他所谓的“概念序列”。西方哲学史上未尝没有类似的例子。泰奥德拉斯在与苏格拉底的交谈中这样抱怨赫拉克利特一些好走极端的弟子：

你提出一个问题，他们就从箭筒里抽出一支支短小的玄妙难解的箴言向你射来；你要是想获知它们的含义，他们又会射来一箭，使你不知所措，而那箭镞则是新铸就的比喻。

（见柏拉图《泰阿德斯篇》）

以这段文字描述前言不搭后语的僧问师答也十分贴切。把德里达置于东西方哲学中这一传统能否加深我们对解构主义的理解？

（原载《世界文学》杂志 1992 年第 6 期）

流亡者的家园

——萨伊德的世界主义

近代阿拉伯世界对于阿拉伯民族文化听任西方舆论界侮辱有着沉痛的感受。伊斯兰仁爱会创始人阿卜杜拉·纳蒂姆早在1879年就控诉道，西方报刊“愚弄东方人，嘲笑他们的精神，误导他们的伟人，诋毁他们的宗教传统、生活方式和工农业。它们宣告，西方是法律的来源、科学的始祖、价值的标准。它们坚称，一个国家只有借鉴西方才能存在”。整整一个世纪以后，爱德华·萨伊德[1]在《东方主义》（1978）一书中以福柯的话语理论为方法，雄心勃勃地对上述现象作了系统的梳理和大胆的归纳。受到维柯的历史是人写的这一立论启发，萨伊德指出，世界地理是长期以来人类活动的结果，把世界分为东方和西方的不

[1] 爱德华·萨伊德（Edward Said），美国学者，1935年出生于巴勒斯坦耶路撒冷的一个信奉基督教的阿拉伯富商家庭，早年在开罗受英式教育，1957年毕业于美国普林斯顿大学英文系后又在著名学者哈里·勒文指导下取得哈佛大学博士学位。萨伊德现为纽约哥伦比亚大学英文系、比较文学系终身教授，著有《约瑟夫·康拉德和虚构的自传》《起源：意图和方法》《东方主义》《世界、文本、批评家》和《文化与帝国主义》等书，其中以《东方主义》影响最大。再版补记：萨伊德已于2003年逝世。

是什么地壳构造，而是一整套意识形态的话语。在西方征服世界的过程中，知识（包括文学和所谓的纯学术研究）和权力狼狈为奸，制造出各式各样的名为“东方”的镜子，为的是让西方人在镜中看到自己焕发出理性精神的光辉形象。萨伊德把这一现象称为“东方主义”。[1]

由于萨伊德多年来支持巴勒斯坦解放运动，他的东方主义理论被介绍到阿拉伯世界后，不免有人会感到，以前受西方迫害之苦像是哑巴吃黄连，现在终于有同胞在西方学术的重镇站出来仗义执言，真是扬眉吐气。尽管萨伊德在提到萨达姆和霍梅尼的时候不会忘了表露出不屑的神色，他对东方主义的揭露依然被理解为一种反西方的文化立场，有的阿拉伯民族主义者还喜滋滋地把他视为同道。萨伊德在《东方主义》卷首引用了马克思在《路易·波拿巴的雾月十八日》中的名言：“他们无法代表自己；他们必须由人代言。”这确实给人留下他要为阿拉伯世界鸣不平的印象。

但是真正使萨伊德今日担心的，不是他在美国同事中的论敌，而是他在第三世界的一些拥护者。乘《东方主义》即将再版之机，他为该书撰写了一篇洋洋洒洒的后记，主要目的是给他那些缺乏自知之明的追随者泼泼冷水，在廓清误会后再对自己在西方学术界的宿敌穷追猛打，同时以开山的口吻回顾十几年来在西方处于少数和边缘状态的群

---

[1] 参看张宽在《欧美人眼中的“非我族类”》一文（载《读书》杂志1993年第3期）中对东方主义的评述。

体如何打破沉默的坚冰，成功地影响“全球的主流思潮”。这篇长文稍作删削后以《东方不是东方》为题在1995年2月3日的《泰晤士报文学增刊》作为重头文章发表，东方主义一时又成了欧美文化界注意的焦点。由于萨伊德近年来成了我国学术圈子里比较热门的话题，本文拟在简介这篇后记的同时穿插一些作者对东方主义理论的看法。

萨伊德首先遗憾地提道，《东方主义》居然被人误解为一部反西方的著作。他在写书时并没有从特殊看一般的意图，不能企图通过东方主义这一现象来窥知西方的全豹。批判东方主义绝不是弘扬伊斯兰教或穆斯林基要主义（现在一般译作原教旨主义）的前奏，利用《东方主义》一书来向全世界推销伊斯兰教是荒唐之举。面对种种奇怪的曲解，萨伊德不得不重申，要祛除东方主义的邪魔，必须先行清算任何本质主义的流毒。对东方、西方这类明确标示疆界的范畴性指称，萨伊德向来不以为然。他在书中小心谨慎地回避任何关于东方和伊斯兰真面目的话题，不然他就认同了东方主义者的本质论前提，即东方和伊斯兰具有某种超越历史的本质。显然，凭了这条理由他就可以轻松地化解有人对他的指责——他未能勾画出真实的东方。

对于很多非欧美读者把他当作维护“全世界受苦的人”[1]的权益的斗士，萨伊德表示出同情的理解，但是他

[1] 语出鲍狄埃《国际歌》，出生于马提尼克岛的法国籍黑人作家法朗士·法农（1925—1961）的一部反殖民主义著作（1961）以此为名。

提醒道，这态度仍带有本质主义的色彩，无助于从根本上消解虚构的“东方”和“西方”的观念。萨伊德重述了他的基本观点：文化上的争霸和人类历史上延绵不断的地域上的争霸是有机结合的，具有批评眼光的学者应该把两者联系起来考察；文化身份固然源于集体的经验，但它必然是一种社会的、历史的、政治的建构过程。“任何文化的发展和维持都需要有一个不同的、互相竞争的第二个自我。……每一个时代、每一个社会都在不断创造它的‘他者’。”这样看来，甲文化的所谓真实性往往取决于其异于乙文化之处是被如何解释的，反之亦然，人类认识论上的特点使得这现象无法避免。萨伊德由此进一步推论，任何文化、自我和民族的身份都是流动不居的，没有恒常的本质。（萨伊德在扎一个他可以一拳打倒的本质主义稻草人，谁会说某一文化、自我或民族是亘古亘今万世不变的？）在这没有任何根基的世界里，我们应该无畏地面对现实，而“爱国主义、极端的无端惧外的民族主义和令人厌恶的赤裸裸的沙文主义”都是产生于对非固定本质的恐惧，虔诚的穆斯林和西方的“东方主义者”实际上有惊人的相似之处，他们都是早就该遭淘汰的本质主义的牺牲者。萨伊德对阿拉伯社会的某些思潮尤其警惕，他在《东方不是东方》一文里写道：

基要主义在认识论上的错误就是把“基要”当作非历史的范畴，这些基要被真正的信仰者无条件接受，不必经受批评的审视。对于要重建或恢复早期伊斯兰教的人而言，东方主义者（如萨尔曼·拉什迪）是危险的，因为他们试图篡改原初的版本，怀疑它并指出它是假冒的、非神圣的。

这里有一系列值得捕捉、分辨的弦外之音。基要主义本来是指“一战”后起于美国的基督教运动。依笔者之见，当今的天主教和不少西方的新教组织都强调《圣经》中的“基要”，都有资格被称为基要主义，但是该词目前已被西方报刊用来作为很多抵制西方文化侵略的伊斯兰宗教团体的带有贬义的统称，使用它就是表明立场的一种行为。萨伊德在此巧妙地借拉什迪的争议小说《撒旦诗篇》修正了他自己关于东方主义的论述。拉什迪把对伊斯兰教抱有成见的西方人士作为想象中的理想读者，重写穆罕默德的生活经历和《古兰经》，他是不是有意迎合萨伊德本人大张挞伐的东方主义的口味？这部小说的写作和发表都带有明显的政治动机，它在客观上加深了十字军东征以来形成的种族、文化歧视，并有助于旨在建立“新秩序”的霸权主义，因此称拉什迪为“东方主义者”有依有据。但是萨伊德暗示，如果拉什迪这样的所谓后殖民时代杂交文化的杰出代表被缺少理性批判精神的阿拉伯基要主义分子视为“东方主义者”，那么他本人宁可得到这一雅号也不愿与本质论者为伍。

如果萨伊德的理论被反西方思潮所误用，他本人就没有责任吗？反东方主义本身是以东方主义具有某种固有的本质为前提的，《东方主义》一书的叙述、选材无时无刻不给读者留下这样的印象：用一套复杂无比的意识形态话语系统控制、统治东方是一个贯穿古今西方历史的阴谋。[1]面对庞杂的原始资料，萨伊德以大师的气魄大胆取舍裁剪。为了突出东方主义的主题，他不得不淡化东方和西方内部各民族文化间时常带来残酷后果的纷争（如东方的蒙古人、土耳其人在历史上对阿拉伯文化的摧残和西方的反犹太主义）。拿英国来说，它往往把法国或爱尔兰作为映衬自己的“他者”。贺拉斯·渥尔波尔在18世纪末说，活该打入地狱的恶棍如有名字的话就是“法兰西人”；而爱尔兰人数百年来有一段被英格兰人脸谱化、丑化的痛苦历史。在《东方主义》中，这些复杂的文化现象消失了，取而代之的是把西方统一起来的东方主义，其渊源一直可以追溯到荷马的时代。为了证实他的高度抽象的立论，萨伊德别出心裁地引用了埃斯库罗斯的《波斯人》和欧里庇得斯的《酒神的信徒》。在前者，希腊人的合唱队表现了波斯人得知泽尔士一世的军队已被希腊人打败后产生的毁灭感，“亚细亚的大地 / 在空虚中呻吟”。萨伊德从这歌词里意识到问题的严重性：亚细亚没有自己的声

[1] 国以利交。以利益为基础的地缘政治往往是超文化、超意识形态的。人类历史上最大的两次战争都起于西方国家内部利益的冲突。在波黑战争中美国支持穆斯林一方与穆斯林的文化和宗教无关。

音，她居然由获胜的欧洲代言；在后者，夺人理智的酒神有小亚细亚异神教的背景。其实，欧里庇得斯还著有谴责希腊人在特洛伊（位于小亚细亚）的残暴行径的《特洛伊妇女》，东方城邦特洛伊的王后赫卡柏和公主波吕克塞娜的动人台词都出自这位所谓西方戏剧家的手笔，这又该如何解释？不少西方著名的文学作品不利于东方主义理论框架的构建，不被萨伊德提及也在情理之中。大概是出于同样的原因，《波斯人信札》和《世界公民》也落选了，孟德斯鸠和哥尔德斯密斯分别通过波斯人和中国人的想象中的智慧的眼睛指陈时弊。尤其可惜的是萨伊德忽略了英国诗人罗伯特·骚赛。熟读《古兰经》的骚赛在叙事诗《摧毁者萨拉巴》中描写了一位为摧毁海底魔国献出生命的穆斯林青年，颇有引进伊斯兰社会的信仰风习振兴西方道德之意。当然，萨伊德不可能面面俱到，这些不足也许只是《东方主义》的白璧微瑕。他对夏多布里昂、奈瓦尔和福楼拜等人的分析毕竟是相当耐读的。

与阿拉伯主义和伊斯兰基要主义小心划清界限后，萨伊德在《东方不是东方》一文中重新展开与“东方主义行会”（即在西方研究东方语言文化的学术界）代表人物伯纳德·刘易斯的争论。他用可观的篇幅复述了他的主要论点：东方主义以貌似中性的学术为伪装，实际上是帝国殖民政策的有效工具。由于他在后记中的措辞激烈有余而精确不足，我们不妨从《东方主义》中的一个具体事例来看萨伊德对当代东方主义的猛烈批判具有何种特色。

这要从刘易斯的文章《伊斯兰文化中的革命概念》谈起。刘易斯在文中追踪了阿拉伯语中“革命”（thawra）一词的词义演变。他介绍道，该词词根“在古阿拉伯语里意指站起来（譬如一头骆驼）、变得兴奋激动，尤其在马格里布一带意指反抗。它的上下文往往是建立一个小规模的独立政权。……该词用作名词时原指激动，在一部标准的中古阿拉伯语词典（*the Sihah*）里有一条例句：‘等这激动状态慢慢过去。’……十九世纪阿拉伯作家用它称法国革命，从此它就被用来指称当今受到赞赏的国内外革命”。萨伊德在琢磨这段文字时从骆驼的比喻得出结论：作者把当代阿拉伯民族解放运动贬低为骆驼站起身来。萨伊德假设《东方主义》的读者必然会和他一样把骆驼视为丑恶而平庸的动物，完全不值得尊重，但是只有那些毫无沙漠生活经验的人才会对善耐饥渴、负重致远的骆驼不抱有亲切的感情。研究阿拉伯文化多年的刘易斯当然清楚“沙漠之舟”对阿拉伯人的意义，不能仅仅依据这段文字来指责他暴露出一种西方人的无知的傲慢，倒是萨伊德本人无意间表现出来的对骆驼的轻蔑感显示出他的“态度和参照结构”中某些令非西方人不安的成分。萨伊德还从形容“thawra”一词的短语里觉察到有关性的提示：“因为阿拉伯人不具备断然采取行动的能力，他们的性激动不比一头骆驼站起身来高尚多少。没有革命，只有兴奋、建立小规模政权和更多的激动，这几乎就是说，阿拉伯人不会性交，只会前戏、手淫和交媾中断。”（《东方主义》，第

314—316 页）

这里有两点值得注意。萨伊德分析这段文字时似乎并不关心“thawra”一词在不同时期阿拉伯典籍中的确切含义，他无意（或许是没有能力）运用史料对刘易斯的歪曲进行反驳，这倒是证实了他在《东方主义》前言中的一说，即他关注的仅仅是“风格、修辞、布景、叙述手法、历史和社会环境，而不是表述是否正确、是否忠于某个原物”（第 21 页）。其次，萨伊德从这段描述产生了丰富的性联想，是刘易斯的文字本身给了他发挥想象的基础吗？对此我是怀疑的。这些牵强的性比喻令人想到流行于美国的当代法国文学批评中的某些倾向。可以说，萨伊德使用的是在西方学术界某些圈子里享有特权的语言；他心目中理想的读者，不是阿拉伯穆斯林，而是自己在西方的同行。

这就牵涉第三世界的学者和作家应该如何看待萨伊德和东方主义理论的问题。正如在欧美争取平等权利的第三世界国家移民未必有闲工夫关心故土的命运（他们甚至会利用西方对自己祖国的偏见），以多元文化为口号冲击西方学术界的移民知识分子真正看重的有时并不是他们的民族文化自身，而是这些民族文化在新环境下的使用价值。就在《东方不是东方》发表后一周，《泰晤士报文学增刊》登载了一封读者来信，信里有一些在西方学术界难得见到的精辟见解。这位叫阿米特·查多里的读者指出，萨伊德是生活在美国的非西方知识分子，他对西方学术界表现自己是至关重要的。但这是西方学术界的内部事务，绝不意味着非西方文化或作家要获取自尊心都必须向西方表现自己。萨伊德特别重视的是像拉什迪那种以西方为接受对象的作家。在印度，真正伟大的作家在文学作品中致力于探索自己和笔下的人物在平凡的生活或某些非常时刻与日新月异的本土社会的关系，并不关心如何向英国或其他想象中的中心表现自己。查多里在介绍了几位孟加拉语作家后写道，这些作家对西方文学风格的创造性运用和改造大大丰富了本乡本土的文学，西方对他们的声音不闻不问，不能就此说明他们是沉默无声的、处于边缘状态的。他们不需要把西方当作稳坐于中心的“他者”来界定自己的文化身份，一种真正的自尊心使他们坦然自若。尽管《东方主义》一书使得一些具有非西方文化背景的知识分子打入西方学术界，但是后者对第三世界国家里那些无意向它表明心迹的作家依然无知如故。[1]

看来在萨伊德的意识深层，西方还是占有中心的地

[1] 前几年，专门搜集非洲口传文学作品的尼日利亚作家钦卫殊激愤地批评了后殖民文学中的西方中心现象。他认为西方国家把用斯瓦希里等本土语言写作的作家当作文学界的二等公民，媒体的聚光灯总是集中在那些以欧洲文学为楷模、用欧洲语言创作的非洲作家身上——只要他们在作品里撒一点非洲本土文化的调料。有的作家有文化吉斯林之嫌，其作品本国人无法卒读，却在西方获得极高的荣誉。参看韩少功《世界》，载《新华文摘》（1995 年第 3 期）；哈佛大学中国文学教授斯蒂芬·欧文评北岛文章《全球影响的焦虑：什么是世界诗歌？》，载美国月刊《新共和》（1990 年 11 月 19 日）。

位。社会人类学家恩斯特·盖尔纳曾注意到，在论及阿尔及利亚独立问题时，萨伊德对法农津津乐道，对本·巴蒂斯不置一词。法农的反殖民主义立场在西方广为人知，但他对阿尔及利亚本土的生活和思想的贡献却微乎其微；巴蒂斯则不同，他在西方没有名气可言，但是他却铸成了当代阿尔及利亚很大一部分人的文化身份。萨伊德无视阿尔及利亚现实，只顾阐发一条形而上的主题，他本人不正是一个彻底的东方主义者吗？[1]

对于为什么偏爱居住于西方大都会的非西方知识分子，萨伊德是有一套理论的。首先他信奉自由主义者个人至上的原则。林奈、布封、康德和约翰逊喜欢把事物归成易于操作和描述的一般类型，而这些类型属于一个系统，一个高于个别的笼统的网状结构。萨伊德引用福柯的话批判性地归纳了这一哲学谬见："所有指称必须由其与所有其他指称的关系而有意义。要知道一个个体的特征就必须知道其类别。"（《东方主义》，第119页）个人是一个独立的整体，不必由社会来赋予其意义，泊定于一处的生活是不能忍受的屈辱。正是这个人自由的理想使他欣赏法国哲学家德鲁兹的关于没有家园的、游移不定的身份的概念。他在《文化与帝国主义》的结尾部

[1]《笔说了算？——爱德华·萨伊德和十足的殖民主义双重标准》，载《泰晤士报文学增刊》（1993年2月19日）。盖尔纳在文章里企图以"进步"的标准为西方殖民主义辩护，这是本文作者不敢苟同的。

分承认自己为一位中世纪僧侣的话所感动："柔弱者爱一乡一土，强健者四海为家，完人断绝一切依恋。"弃绝尘世、皈依上帝者才是完人，但是不信神的萨伊德则像尼采式的英雄那样拒绝任何本质主义的庇护，把精神上的漂泊当作完人的家园。世界是姹紫嫣红的文化植物园，他像花间蝴蝶一样（用他自己的话来说）"出入于各种文化，不属于任何一种"。在和英国马克思主义批评家雷蒙·威廉斯的一次对话中，萨伊德点明了自己著作中"越界"的主题："移居对我来说是尤其难以忘怀的：从一种确定、具体的生活方式转变入或移入另一种。……人们需要理解、学习某一传统，但是不能真正归属于它。"他自称受到威廉斯的启发，但是两人的"感情结构"（威廉斯批评作品中的常用语）完全相异。威廉斯从小摄入的乡土文化的养料相当充足，他忠于地方的传统，使外来的影响与该传统互相发明。他在威尔士乡村长大的背景不是一张在所谓的后现代或后殖民学术界可资利用的王牌。萨伊德从小接受的是殖民地的一流英式教育，呼吸到的民族文化的空气十分稀薄。他在 1989 年的一次访谈中坦率地说，他在开罗读中学的六年时间里像是生活在"一个蚕茧"里，与周围的阿拉伯世界完全隔绝。如果他身上阿拉伯和伊斯兰的文化营养先天不足，"越界"的意义就大打折扣了。其实萨伊德的思想大致可以列入西方自由人本主义的范畴，同时带有一些被哲学家麦金泰尔在《道德研究的三种对立形式》（1990）中抨击过的否定自我具有连贯性的“谱系派”特色，不过要得到值得羡慕的流亡者的身份，巴勒斯坦的背景就应该时不时地强调一番。

萨伊德在《文化与帝国主义》的前言中写道：“当我说‘流亡’的时候，我不是指什么不幸的、被剥夺的命运。属于分水岭的两边使流亡者更了解两方。这本书是在纽约写的，从很多方面来讲，纽约是理想的流亡者的城市，它含有法农所描述的殖民城市里善恶并存的结构。也许这一切促发了我在书中表述的各种兴趣和阐释。”在没有本质、只有文化杂交的后殖民时代，流亡成了一种具有优势的生存形式。[1]奇怪的是，第三世界的流亡者为了身体力行世界主义怎么不约而同地都到欧美大都会去了？难道这种辐辏式的、由“边缘”向“中心”聚集的现象就叫流亡？有趣的是自封的流亡者用纯熟乃至优美的英语宣扬文化多元的理论，殊不知已有一统天下之势的英语其实已“变成了毁灭语言的自然多样性的凶手”（学者乔治·斯坦纳语）。归化美国多年、在纽约感到如鱼得水的萨伊德不该把纽约看成世界的缩影，这个诨号“大苹果”的美国都会首先是美国文化的大熔炉。早期的反殖民主义者将如何评论流亡者萨伊德这一小小的失误？法农在《全世界受苦的人》里提及被殖民者缺少民

[1] 近年来萨伊德常常谈到流亡，在他的近著《知识分子的表征》（1994，英国广播电台 1993 年里斯演讲稿）中，流亡的话题占了相当的篇幅。

族意识的问题，他把殖民地中产阶级的世界主义倾向归诸他们精神上的贫乏和惰性。

在《东方主义》一书中，两位英国殖民主义者、东方主义最具侵略性的代表的名字屡屡出现。他们是1882年英国占领埃及后多年任英国驻埃及特命全权总领事的克罗默勋爵和曾任英国首相和外交大臣的贝尔福。克罗默勋爵曾以世界主义者自居，为埃及的未来出谋划策。“埃及的真正出路，”他说，“不是只欢迎本土埃及人的狭隘的民族主义，……而是更为广泛的世界主义。”强势文化历来把世界主义用作为自己的扩张鸣锣开道的工具。贝尔福任首相期间曾四次率内阁阁员观看萧伯纳的《英国佬的另一个岛》。在某种程度上该剧是萨伊德反本质主义的先驱。萧伯纳在剧本中揭示，英格兰文化和爱尔兰文化互相是对方的“他者”，英格兰人和爱尔兰人都力求使自己的行为与对方心目中的设想相符，但是这种被认为是固有的民族性是对方强加的神话。在爱尔兰争取独立的时候，萧伯纳通过嘲笑爱尔兰东西海岸两个民族的程式化形象有效地颠覆了爱尔兰的文化身份，这不无合理成分的反本质的立场却有助于英国人在爱尔兰的统治。当今世界上的各种文化不是密封舱，它们肩摩毂击，互相影响，但是它们在发展变化的同时还显示出难以否认的连续性。萨伊德对文化血脉的传承问题讳莫如深，仿佛那是一个可怕的本质主义的陷阱。在反对殖民主义和文化霸权的斗争中，文化身份的观念是不可或缺的。过分强调文化的杂交状态难以促成世界文化的真正多元化，因为它可能使弱势文化丧失凝聚力和反抗的基点。以反所谓本质主义为出发点的对东方主义的批判具有一种否认自身的力量。如果萨伊德坐在以反对爱尔兰独立闻名的学者及政治家贝尔福身旁观看《英国佬的另一个岛》，他在随着这位东方主义者对虚构的民族特性哈哈大笑前，应该想一想他的反本质论的世界主义究竟对谁有益。

（原载《世界文学》杂志 1995 年第 4 期）

《廊桥遗梦》三题

诗为媒

爱尔兰诗人叶芝万万想不到，他的一首小诗为美国畅销书里一对男女牵线搭桥。男的是典型的中年性感模特：瘦、高、硬。这位摄影师及作家自称“最后的牛仔”，他确实像名牌香烟广告中走出来的牛仔——未被文明驯服的孤傲的无冕之王。他没戴牛仔的宽边皮帽，一头银灰色长发在风中偃仰自如，呈现出成熟自然之美；虽然没有牛仔手中的套索，但他像非洲草原上漂亮勇猛的豹子，捕获有情更有性的生物从来不必借助工具。女的是农夫之妻，年轻时曾由一位艺术教授言传身教在那不勒斯地下娱乐区领略过浪漫的滋味，后来为了实现她的美国梦（美国人总把做美国梦当作优秀品质）与一位她从未爱过的美国人结了婚，离开了正待重建的祖国意大利。但是艾奥瓦州一个普通的农庄与她早年梦寐以求的世界天悬地隔。现在，丈夫带了孩子到伊利诺伊州博览会参展去了，她该如何享用完全属于自己的时间？

罗伯特·金凯说到就到，他开了一辆惹人爱怜的破旧小卡车出现在弗朗西丝卡·约翰逊的面前。不，弗朗西丝卡宁肯相信，他是骑着彗星尾巴乘风而来的。他一亮相，她就心乱目眩，眼前不是一位能使人心醉魂销的萨满教巫师术士吗？

他们都崇拜叶芝。他寥寥数语就概括了叶芝作品的特点：实在、简练、刺激感官、充满美感和魔力。他本人就是一首叶芝的诗。

那晚他们一同漫步来到农庄的草场。罗伯特仰望星空，突然像个职业演员那样朗诵了起来：

月亮的银苹果，
太阳的金苹果。

这是诗兴突发，也是不露痕迹的试探，自然而又不容抗拒的邀请。（他们初见面时他是怎样递烟的？）毕业于大学比较文学系、教过英美文学的弗朗西丝卡立即让他明白，她知道这两行诗的出处。叶芝在已皱的一池春水里掀起波澜。

颇有写作技巧的作者没有在这首《流浪者安古斯之歌》的内容上多费笔墨。据叶芝自注，安古斯是青春、美和诗歌之神，统治青春之邦。他“头脑里有一团火”，来到榛树林中。他从溪水里钓起一条小银鱼，转眼间银鱼变为一位头上插了苹果花的少女，她呼唤着安古斯的名字，

“消失在渐亮的空气里”。为了寻找这位少女，安古斯年复一年地奔波于深山河谷之间。他年岁渐高：

> 但是我仍然要找到她，
> 吻她的嘴唇牵她的手；
> 走在斑驳的草丛中。

（傅浩译）

正是在这样的场合，安古斯要采撷那金色银色的苹果。在农场“斑驳的草丛中”散步的罗伯特和弗朗西丝卡都曾把这首诗默记于心。谁是流浪的安古斯，谁是呼唤他名字的姑娘，此时已不必多言。

妙就妙在经过这番不动声色的试探后他彬彬有礼地告辞了。骚动不安的弗朗西丝卡在黑暗中开车到廊桥，在入口处给他留下纸条：“‘当白蛾子张开翅膀时’，如果你还想吃晚饭，今晚你事毕之后可以过来，什么时候都行。”

作者没有告诉读者，“当白蛾子张开翅膀时”也出自《流浪者安古斯之歌》。这行诗就表达的时间而言与纸条内容切合，但是它还向“流浪的安古斯”提示，不要忘了追求那位姑娘的使命。细心的读者还会注意到前一晚草场漫步后两人同饮白兰地时一个小小的细节。正想重温少女旧梦的弗朗西丝卡关了厨房里的顶灯，打开了洗涤池上的小灯，房间里的气氛顿时显得柔和温馨。这时“有一只不擅长思考、却相信自己的本能的飞蛾”围着小灯团团转，它似乎正在向两位叶芝诗歌爱好者展示存在的本真。

第二天上午看到纸条的他还记得昨夜那只“相信自己的本能的飞蛾”和叶芝诗中的姑娘吗？他对农夫之妻的渴望已经一清二楚。昨晚，他们相识才几小时，她就抱怨农场不是她“少女时梦想的地方”。她甚至告诉这位素食主义者，她丈夫如果食无肉就会发出“反抗的吼叫”。摄影师训练有素的眼睛不仅从女主人脱靴子的动作中体会到肉感，而且还从一对倒扣在碗柜深处的白兰地杯子觉察到一桩婚姻中潜伏着的危机。罗伯特、弗朗西丝卡和《廊桥遗梦》作者心目中的理想读者仿佛都相信，价值和幸福不是来自履行平凡的生活中的责任，夫妻时常同饮白兰地才是美满生活的一项重要指标。罗伯特当时就想大喊：“理查德·约翰逊，你真是个失职的大笨蛋！”

在那个特定的场合，“当白蛾子张开翅膀时”就和“花开堪折直须折”一样是春色撩人的诗，它毫无保留地预告了第二天晚上即将上演的精彩节目。罗伯特毕竟是见多识广的老手，他那套从容自如、引而不发的功夫就是他的性魅力。昨天他脑际掠过与弗朗西丝卡“贴肚皮”的念头，此时他接到鼓励进攻的信号却不会像毛头小伙子那样只想一口吸尽西江水，正如他做起爱来威猛无比，但是又掌握得极有分寸。他打电话给弗朗西丝卡，他忙于摄影和查阅资料，要到晚上九十点钟才能去她家。

《流浪者安古斯之歌》将因《廊桥遗梦》而扬名。不幸的叶芝。

弗朗西丝卡的购物单

罗伯特告辞后，弗朗西丝卡心神恍惚，那天夜里她一丝不挂地寂寞守空床。第二天上午他在电话里说晚上将来赴约，经过一个不眠之夜仍精神亢奋的弗朗西丝卡这时驱车40英里到艾奥瓦州首府得梅因作一次非同寻常的采购。她着意为一次期望中的性遭遇作场景布置。

到得梅因买什么？

弗朗西丝卡先到一家酒店买上好的葡萄酒。美国本土的佳酿还够不上档次，不行。真见鬼，在这闭塞的地方连店员对酒也是一窍不通。幸好她还模模糊糊地记得几种意大利品牌，买了两瓶瓦尔波里切拉干葡萄酒。晚餐时喝的酒有了，要细细品味晚餐后的宝贵时光还得照标准买一瓶白兰地。走出酒店，她想到罗伯特穿凉鞋而当地人从来不穿，于是她到鞋店买了一双凉鞋，很昂贵，有手工绣的花纹图案。今晚的场合应该比较正式，不能穿衬衫或圆领衫，她又到女装店为自己选了一件可以穿上参加社交活动的浅粉色细背带连衣裙，后背和前领都开得很低。昨晚她戴了金耳环和金手镯，今天得变变花样，女为悦己者容。既然罗伯特戴银项链和银手镯，为什么不添一副银耳环、开口银手镯和一只银发夹？差不多了吧？不对，最紧要的东西还缺着呢。昨天她在关厨房顶灯时曾想过是不是该点蜡烛烘托气氛，当时怕做得过分，就开了洗涤池上的小灯，但是她家里究竟有蜡烛吗？如果找得到蜡烛，没有合适的烛台还是白搭。两支白蜡烛和一对铜烛台，这是弗朗西丝卡购物单上最后两项内容。她希望在“残灯无焰影幢幢”的时候渐入佳境。一个惊心动魄的夜晚不能缺少这些道具。

罗伯特·金凯昨晚作了一个直陈式的反商业文化宣言。他仿佛急欲表明立场，俗是俗了一点，而且与他的老练不尽相称，不过效果奇佳。他强调自己摄影的宗旨是使景物反映他个人的意识，但是市场正在扼杀艺术的激情，无情的利润、发行量把艺术家鞭赶到千篇一律的商业大转轮里。“最后的牛仔”反抗商业化的勇气感动了弗朗西丝卡，可是从后者在得梅因的购物单来看，她在精心营造的正是庸俗读物（包括性爱指南之类的书籍）和商业广告上大事渲染的浪漫之夜。做爱就像用考究的晚餐，开始之前是色香味俱全的开胃小吃，而且还不止一道。弗朗西丝卡迷上了罗伯特自然天成的举止，但她又渴慕种种人为设置的小把戏。终于，他们像广告上一对含情脉脉的男女一样，把白兰地杯子放在一旁，在摇曳的烛光下随着《秋叶》的音乐跳起了慢步探戈舞。真是被劳伦斯说中了，伊特鲁里亚人跳舞是要跳出灵魂的存在，那些不知自然性爱的绅士淑女却要与音乐做爱，“要么跳向交媾，要么通过滑步、摇摆和扭动来诱发交媾”。

漫长的前奏终于告一段落，迟到的高潮总是最妙的高潮。跳舞跳了一半，两人超越了年龄上的限制，变成两部上足了发条的性机器。幸好只有四天。作者把那次偶然的激情与性欲的度假后两人的经历敷衍为一个凄婉的爱情故事。（也许这正是《廊桥遗梦》吸引一批读者的原因？）没有社会生活的纠葛，没有经常见面引起的陈旧感，更没有安娜·卡列尼娜式的自责，他们分手后陶醉在虚假的自我牺牲感之中，貌离神合，至死不渝，诸如此类的永恒必然以短暂为前提。幸好只有四天。

弗朗西丝卡的采购是一次令她心满意足的经历。它震撼了她的肉体，“罗伯特，你力气真大，简直吓人”；它最终还出人意料地成全了通俗感伤小说里男女主角的夙愿——实现一种为自己打气鼓劲的崇高，“两只孤雁在神力召唤下飞越一片又一片广袤的草原，……朝对方飞去”。

想起了劳伦斯

《廊桥遗梦》作者善于通过弗朗西丝卡的眼睛来描写罗伯特的肉体。相见第一天，她在浴室擦身时从短窗帘上向场院窥视，他正在用场院里的手压水泵洗身。他不像附近那些吃肉吃得大腹便便、肌肉松弛的男人，“他的肩膀的肌肉很宽，肚子平坦得像刀片”。罗伯特还具有美国文化里最诱人的男性特征：坚硬。小说不少细微之处表明，弗朗西丝卡的眼睛善于审视、评价，那是对性异常敏感的文化熏染出来的眼睛。这富有经验的眼睛在某种情况下又特别脆弱。当她第二天傍晚注视罗伯特那被牛仔裤紧紧包住的臀部肌肉时，竟然产生了难以抑制的生理反应，以致不得不做深呼吸。作者一方面要凸显罗伯特的性吸引力，一方面心安理得地引导读者猜想，弗朗西丝卡的恋情起于赤裸裸的性需要。由此想到了劳伦斯。

劳伦斯的《恰特莱夫人的情人》不是一部特别成功的作品。克里福德的下半身瘫痪容易使读者对康妮的行为动机产生于她不利的猜测，这就削弱了劳伦斯的文化批判的力度。劳伦斯曾解释说，克里福德是一种象征，象征着当时大多数他那种人和他那阶级的人在情感深处的瘫痪。但是，“我还意识到，如此这般技术性地弄瘫了他，可能对康妮是不公正的，等于是把康妮弃他而去大大地庸俗化了”[1]。劳伦斯实际上承认，如果克里福德有正常的性能力，康妮的出走更为有力。劳伦斯和他很多读者有一个共识，即如果康妮仅仅是为了得到性爱而追求潘金莲式的自由，那么她就可能不是同情、尊重的对象了。然而《廊桥遗梦》作者却毫不含糊地告诉读者，弗朗西丝卡渴望性爱，她想“让一种强大的力量层层剥光”。她的丈夫对性生活的兴趣很淡，难得有一次也是匆匆了事。作者交代这些细节是为弗朗西丝卡投入罗伯特的怀抱作出他认为是非常合情合理的铺垫。他绝不会（或许说根本没有能力）感到这样处理可能对弗朗西丝卡“不公正”，并使她与罗伯特四天里的情爱“庸俗化”。假如弗朗西丝卡的丈夫性欲

[1] 见《为〈恰特莱夫人的情人〉一辩》，黑马译《劳伦斯随笔集》（海天出版社，1993），第271页。

旺盛而且精通各种刺激性欲的小噱头（沐浴、香水、烛光下对酌）和做爱的技巧（罗伯特从一位曼谷姑娘那里学到一些古代东方房中术），《廊桥遗梦》的故事恐怕就不会有了。

劳伦斯敏感的反省提醒我们，时代、价值观念确实是变了，而且，只有一个笨伯才会把那变化理解为进步。畅销书从某种程度上说是社会的晴雨表，对畅销书采取鸵鸟政策未必是明智的，更何况当代西方一些佳作也登上了畅销书的名单（如斯蒂芬·霍金的《时间简史》和翁贝托·艾柯的《玫瑰的名字》）。至于《廊桥遗梦》，如果值得一读，那是因为它较多地展示了一种社会学和文化研究上的令人失望的意义。

（原载《世界文学》杂志 1996 年第 1 期）

神话的见证

——评《美国读本》

在玄学派诗人约翰·多恩（1572—1631）的一首艳诗里，当主人公在情人身上漫游的手触到了某部位时，他禁不住发出极乐的呼叫："啊，我的美利坚，我新得的土地。"主人公雄赳赳的欲望"直立已久"，他急欲进入"美利坚"那块丰润的土地里去"享受自由"。作于16世纪末的《哀歌·第十九首》中这一比喻形象地概括了在英国酝酿已久的拓殖美利坚诸种计划的性质。美利坚不是一个抽象美妙的观念，她是世俗的存在，是多恩的珍宝和帝国的领地；她引起惊讶和欣喜，她成了进攻性男性欲望征服并占有的对象。

1607年，伦敦公司凭了英王詹姆斯一世的特许状集资在弗吉尼亚建立了英国在北美的第一个殖民据点詹姆斯敦。从此之后，一批批移民抛弃了重去家国、安分守己的旧习，到"美丽的新世界"寻求实在的经济利益。移民的中坚力量是一些生龙活虎的冒险家和豪猾的强人，他们把自己的自由理解为自由的定义，身上展露出古代北欧海盗的强悍。弥漫于当时英国社会上上下下的发财的风气正是多恩式的欲望，它在美利坚的土地上催生了一个伟大国家的胚芽。

然而，在戴安娜·拉维奇编选的《美国读本》(英文原版 1991 年)[1]里，多恩式的俗欲被打发到见不得人的地方去了。《美国读本》的副题“感动过一个国家的文字”恐怕可以读作“按照现在通行的标准应该感动过一个国家的文字”。编者在读本第一篇文字《“五月花号”公约》的导语中庄重宣告：“美洲殖民始于一种思想。这思想就是一个社会里的公民可以自由结合并同意通过制定对大家都有益的法律来管理自己。”这是她定下的基调。但是，这份由 41 位自称“詹姆斯国王陛下的忠顺臣民”签署的协议在漫长的殖民地时期并无重大影响，它实际上起着正式英国王家特许状的作用，允许签名者结成的团体去压制立异者或不守规矩者。[2]至于自治和制定有关法律的权利是 17 世纪英国王室颁发的众多特许状里明文规定的，没有特别之处。这并不是说王室开明仁厚，因为这些权利是诸如东印度公司、伦敦公司等商业性殖民公司理应享有的权利。早在 1619 年，即《“五月花号”公约》问世前一年，弗吉尼亚就召开了第一届经选举产生的议会会议。这史实

[1]《美国读本：感动过一个国家的文字》，林本椿等译，许崇信校，生活·读书·新知三联书店，1995 年。

[2] 参看威廉·布拉福德《普利茅斯殖民地记事》(1603)中有关《公约》的部分。签约者大多是分离主义者，分离主义的传统至今仍困扰着美国社会(如得州的“大卫教派”和蒙大拿州的“自由人”)。

并不能改变弗吉尼亚殖民的实质，即实现多恩式的欲望。但是《美国读本》却要通过精心选择的文献构造一个美国诞生于理念的神话。从《公约》到开国元勋富兰克林的《穷理查年鉴》之间的一个多世纪在读本中居然一片空白。这意味深长的空白反而促使读者关注美洲殖民过程里与崇高理念不大相称的一面。

美国独立后开发西部时曾出现很多无法无天的僭据者，即那些在业已属于他人合法拥有的土地上定居并企图以实际占有来获得产权的人。多恩那些远徙美利坚的同胞何尝不是僭据者？英裔美洲殖民者占有的是印第安人世世代代繁衍生息的土地，任何美国史专著和美国历史读本都难以回避这鸠占鹊巢的问题。[1]

“五月花”号上的“朝圣者”和当时其他移民一样，备有大量武器弹药。他们在普利茅斯建立殖民地不久就像占领军那样修建了一座碉堡，还在碉堡上架置了枪炮。他们喜欢老实谦让的印第安人，那些不大听话的就让他们变成好的印第安人，即死的印第安人。一位被普利茅斯当局驱逐的殖民者惊呼，化外之民竟比文明人更有公正之心。对新英格兰地区的发展起关键作用的马萨诸塞海湾公司运

[1] 早在莎士比亚和多恩的时代，英国人就把移民和原住民的关系理解为征服者与被征服者的关系。在莎士比亚的《暴风雨》(1611)里，欧洲人普洛斯彼罗到了某海岛后不久就开始用法术奴役海岛原来的主人凯列班。凯列班说：“你刚来的时候，……我以为你是个好人，把这岛上一切的富源都指点给你，……我真该死让你知道这一切！”

载移民的船队几乎是一支武装舰队，旗舰“阿贝拉”号上的二十五门大炮并不光是对付海盗和出没美洲山林的野兽的。以勤劳坚韧著称的清教徒始祖很快就证明，他们必要时会像一个世纪前率暴徒残害阿兹台克人的西班牙将军科尔特斯一样不留情面。1637年，他们围攻派夸特部落，把包括妇孺在内的四五百印第安人活活烧死。这惨状刺激了清教徒们的宗教想象力：不正是地狱之火在焚烧异教徒吗？蛰伏于白人基督徒内心的原罪，神奇地外化为异教徒、异族、异己者，英裔殖民者只要把它们一一消灭就可以救赎自己的灵魂。基督徒奉上帝之命来到美洲，他们就是上帝。

印第安人终于意识到白人攫取土地的贪欲永难满足。1675年，被殖民者称为“菲利普王”的印第安首领麦达康联合各部落为维护印第安人的合法权益而战，几次交锋，败下阵来。战争中纳拉冈塞部落几被斩尽杀绝，少数幸存者见到亲友尸体不禁痛心泣血。当时的英裔美洲大文人英克里斯·马瑟在记述这次战争的简史中说，那些印第安人捶胸顿足，哀号不止，“真是一幅众魔鬼走投无路的图景”。殖民者打败菲利普王后割下他和部分随从的首级示众，他们的妻小则沦为奴隶。

戴安娜·拉维奇充分显示了多元文化主义者的雅量，她在广收妇女、黑人和少数人团体（包括同性恋者）作品的同时也在《美国读本》里收了两篇印第安人的文字。在《洛根首领的哀辞》的导言中，她介绍杰斐逊如何称扬这篇优秀的短文，驳斥欧洲人对印第安人的谬见，言下之意就是杰斐逊和他所象征的一切站在印第安人一边。拉维奇有意无意地忘了告诉读者，独立战争时洛根配合英军作战。《独立宣言》里列举的英王乔治三世的罪状之一是“竭力挑唆残酷无情的印第安蛮子来对付我们边疆的居民”，大多数印第安人当时反对以华盛顿为代表的独立派的立场由此可见。印第安人凭直觉感到，那些不愿接受任何约束、强占印第安土地的白人边疆居民构成了对印第安人的直接威胁。洛根的真正悲哀在于，英国殖民当局和那些闹独立的英裔殖民者在印第安问题上不存在根本的歧见，即使英国敉平激进派的叛乱，滚滚而来的白人移民仍将不断蚕食印第安人的土地。读本中还有一篇西雅图酋长代表六个印第安部落同意迁往“居留地”的讲话（1854年）。这是一份风格庄严肃穆的投降书，处处是有节制的哀怨而不是愤怒的谴责。西雅图酋长在祈求白人尊重印第安文明的同时还注意不去碰触白人娇嫩的良心。他说一个民族取代另一个民族犹如大海一浪推一浪，是无法抗拒的自然规律。谁能责怪神圣的自然法则？这观点在 19 世纪的欧美并不陌生，它究竟是出自一位印第安人之口还是翻译史密斯博士的妙笔？幸好白人的正义感并没有随着死去的红皮肤异教徒进地狱，读本中海伦·杰克逊批评美国政府印第安政策的《百年耻辱》节选是个别美国人良心发现的一例，虽然它来得太晚，实在太晚（1881 年）。当时的美国已经完成了在美洲大陆的扩张，被迫生活在隔离区里的印第安人面临了新的侵略和剥夺。编者在导言里只字不提鼎鼎有名的道斯土地分配法案[1]，这并不奇怪。笔者不清楚为什么杰克逊说“百年耻辱”，对印第安人的剥夺始于17世纪初，远不止“百年”，那是多恩式征服、占有的欲望的必然后果。

洛根的哀辞和西雅图酋长的讲话都把白人作为接受对象。在印第安人内部激动人心的文字是不是可以入选呢？塔克姆赛（Tecumseh）大概是现美国境内有史以来最伟大的印第安人领袖，我们在这《美国读本》和其他种种美国爱国主义教材里却找不到他的名字。塔克姆赛在19世纪初成功地组织了庞大的印第安联盟，第二次英美战争（1812年）时他联合了驻扎在加拿大的英国军队抗击美国人。他曾说，印第安人给予美国人的是“森林覆盖的山岭和处处是飞禽走兽的平川，他们以什么回报我们的勇士和妇女？朗姆酒、不中用的小玩意儿和坟墓”。事实正是如此。精明狡黠至极的富兰克林（除了他，谁说得出“时间就是金钱”这类箴言？）在《自传》里说漏了嘴：“如果

---

[1] 1887年2月美国国会未经印第安人同意就予以通过的道斯法案规定，政府将在印第安部落成员间按固定的份额分配保留区土地。该法案强行实施后，部落碎片化，印第安人生活急遽恶化。部落社会结构的解体使得各印第安家庭在白人的法律面前孤立无援。道斯法案达到了对印第安人分而治之、压缩保留区的目的，它受到两方面人物的热心支持：要求印第安人改变部落集体生活方式的“印第安人之友”和对保留区土地垂涎三尺的地产投机商。冷酷的利益考虑包装成“文明、进步”的神圣理念后推销起来毕竟方便许多。进程缓慢的土地分配完毕后，印第安人原来拥有的大部分土地落入白人之手。

上帝的旨意是要为大地的耕种者腾出空间而灭绝这些野蛮人，朗姆酒大概就是天定的手段，它已经消灭了从前居住在沿海地区的部落。”1809年，弗吉尼亚名门之后、印第安纳州州长哈里森（后来当选为美国第九任总统）为贯彻杰斐逊政府把印第安人赶到密西西比河以西[1]的意图，曾用朗姆酒使塔克姆赛手下几位首领“变得芳醇”（哈里森语），诱使他们在一份出让三百万英亩的“条约”上签字画押。[2]托克维尔在《论美国的民主》中写道，印第安人的不幸就在于他们面对了一个“地球上最贪婪的民族”。这些善于用宗教语言自欺的文明人一次次对印第安人信誓旦旦，一次次食言毁约，“以尊重人道的法律的办法消灭人，可谓美国人之一绝”。

如果美洲殖民始于一个崇高的观念，那么美国独立就是那观念彪炳千古的结晶了。《美国读本》里与美国革命相关的文字（其中帕特里克·亨利《在第二次弗吉尼亚

---

[1] 托克维尔在1831年目睹了巧克陶部落在孟菲斯渡密西西比河寻求栖身处的情形。“当时正值隆冬，……印第安人带领着他们的家属，后面跟着一批老弱病残。……他们既没有帐篷，又没有车辆，而只有一点口粮和简陋的武器。我看见了他们上船渡过这条大河的情景，而且永远不会忘记那个严肃的场面。在那密密麻麻的人群中，既没有人哭喊，又没有人抽泣，人人都一声不语。他们的苦难由来已久，无法摆脱。他们已经登上运载他们的那条大船，而他们的狗却仍留在岸上。当这些动物终于发现它们的主人将永远离开它们的时候，便一起狂吠起来，随即跳进浮着冰块的密西西比河，跟着主人的船泅水过河。”

[2] 朗姆酒后来被一套冠冕堂皇的抽象语言所代替。《美国读本》里美国总统里根在莫斯科大学的演讲词就是一篇绝妙的劝酒辞。

大会上的演说》可能是后人伪托[1]）仿佛不约而同地传递了这一信息。但是朦胧不清、矛盾百出的历史进程往往使一厢情愿的解释显得幼稚可笑。1763 年，英国在北美争霸战中打败法国后颁布公告令，禁止殖民地居民继续西迁。这举措的目的之一是安抚在战争中帮助法国的印第安人，使已经债台高筑的英国政府不必因排解移民与印第安人的土地纠纷背上额外的财务包袱。但是一意发皮货财的猎户和像水银泻地一般无孔不入的白人“开拓者”绝不会因伦敦一张公告令而收敛自己自由占有的欲望，连大庄园主华盛顿也曾暗中着人勘测公告令规定属于印第安人的土地。英国议会后来决定对殖民地居民征税，从后果看更是疗疮剜肉的蠢行。美洲英裔移民由于特殊的生存环境历来不愿交纳税金，他们坚称应享有英国人天生的自由权利，同时拒绝接受英国人纳税的义务。以追求宗教信仰自由著称的罗得岛州的一些富商多年来从事贩卖奴隶的生意，他们用朗姆酒到非洲换奴隶，再到西印度群岛以黑奴购买酿酒的糖浆。1764 年的糖税法实施后，糖浆走私十分红火。1772 年一艘当局的缉私船在追捕走私船时被一富商带领

---

[1] “不给我自由，就让我死！”是这篇演说中的名句。但是这演说真是亨利在 1775 年 3 月 23 日所作的吗？据《帕特里克·亨利其人其事记略》（1817）作者威廉·怀尔特称，从 1763 年到 1789 年，亨利显声扬名，“而他在此期间的演讲竟没有片言只字付诸刊行、见于遗稿或存留于人们的记忆之中”。虽然怀尔特没有文本可凭，他还是在传记中杜撰了这篇为后来爱国读本编者青睐的演讲。

下的民众焚毁，此后各地暴力抗税的事件接踵而来。1775年2月圆滑的英国政府颁发和解令，准许各殖民地议会自行决定如何妥善分担殖民地行政开支，可是两个月后康科德“声震全球的一枪”（爱默生《康科德之歌》）揭开了独立战争的序幕。著名美国史学家丹尼尔·布尔斯廷在回顾这段历史时指出，英国政府（即英国纳税人）承担了对法战争的主要费用，而“各殖民地议会都尽可能把它们的负担压到最低的程度”。如果后者目光远大，自愿分担这些开支，就可能不会出现英国议会那些引起争议的税收政策，“各殖民地可能不至于走上叛乱的道路”。说到底，是经济利益而不是抽象理念引发了殖民地居民与母国的纷争。耐人寻味的是，各殖民地宣布独立后组成的邦联是彻底的失败，在制宪会议（1787）以后，美国的“政治安排和美洲殖民地居民过去进行斗争力图摆脱的政治安排十分相似。譬如，新的全国政府从一开始就敢于为这个新帝国立法并征税”（布尔斯廷）。当边远地区的百姓以独立革命的“自由”原则暴力抗税时，华盛顿总统就率领一支庞大的军队前往镇压。杰斐逊于1807年通过的禁运令在实施过程中与独立前英国政府的反走私法令相似，它是不是也“粗暴地践踏了人民的自由”（参看《美国读本》中詹姆斯·奥蒂斯的《限制搜查和扣押的要求》）？

那么应该怎样理解《独立宣言》？首先需要说明的是，只是在19世纪初的美国人开始以言过其实的明确概念来表明其民族使命时，《独立宣言》才和签署宣言以及自由钟等神话一起登上美国历史中至尊的位置。现在看来意义无比重大的独立在当时几乎是摆脱困境的权宜之计。1776年6月7日弗吉尼亚代表理查·亨利·李向大陆会议提交的议案表明，宣布独立是与法国订立盟约、争取外援的手段，殖民地少数激进派领袖当时已经通过利用母国和法国之间的仇隙展露了他们高明的外交手腕。大陆会议修删了杰斐逊的宣言原稿后很快就予以通过，众代表为了达到政治的和宣传的效果一致把乔治三世当作战魁祸首，他们好像不在乎那些罗列的罪状是否有事实根据。[1]

虽然有史学家强调，带领各殖民地走上独立之路的领袖们关心的是延续已久的当地平凡生活，欧洲的启蒙主义哲学不能被封为美国革命之父，但是《独立宣言》里的有些文字确实像是出自信奉永恒普遍真理的世界公民之手。最醒人眼目的就是那些难以界说的“造物主”赋予人类的权利了。要是印第安人仅仅是生番，黑人仅仅是良种牛马，那么“人人生而平等”之类的壮语倒是使读者联想到奥威尔在《动物农场》一书结尾处的警句：一切动物生而平等，不过猪猡比其他动物更平等。《美国读本》编者对这问题是敏感的。她在篇幅有限的导言里提及，杰斐逊原稿中谴责乔治三世贩卖黑奴的一段文字在少数南方代表的

[1] 美国史学家比尔德夫妇在《美国文明的兴起》（上）里指出，逐字逐句翻阅国王信札的研究者“并没有发现任何段落足以证明乔治三世为了强迫制定一项针对美洲殖民地的镇压法令而使用了他的权力”。

坚持下被删除，看来若不是有人从中作梗，美国的奴隶制早就废除了。但是革命的“摇篮”弗吉尼亚不是蓄有大量黑奴吗？弗吉尼亚庄园主华盛顿、杰斐逊生前都无意解放自己种植园里数以百计的黑人。独立战争期间，革命军队里竟有服劳役的黑奴，弗吉尼亚甚至把奴隶和土地、金钱一起作为对白人参军的报酬。很多黑人奴隶主动加入英军与华盛顿的军队作战，他们是为自由而战。

从华盛顿的部队兵源匮乏可以看出独立战争时所谓的高涨的爱国热情和感人的献身精神又是19世纪的美国人在塑造民族形象时变愿望为事实的一例。华盛顿有杰出的指挥才能，打过胜仗，但他要以极大的精力来对付热衷于争军阶和薪饷的官兵以及不断发生的临阵脱逃和哗变。没有法国专制君王路易十六的大量金币，没有法国军队和舰队的直接参战，华盛顿能给英军致命一击吗？

即便美国人的上帝也不敢告诉我们，肯定的答案不容置疑。《美国读本》里一首首高扬爱国主旋律的歌曲和一篇篇修辞与激情并重的文章都显示出强烈无比的信心：上帝一如既往地偏袒美国。美国文化时时处处以上帝崇拜为特征。且不说那些把上帝当作大生意来做的电视福音传教士，不同面值的美钞和硬币上都赫然印着“我们相信上帝”的字样。上帝永远庇佑美国，岂有不信不拜之理。早期清教徒移民就把实现多恩式的世俗欲望理解为不辜负上苍的期望。在《圣经》里以色列是上帝的宠儿，《诗篇》（147首）说上帝把他的“律例典章指示以色列，别国他都没有这样待过”，清教徒移民则称自己的美洲殖民地是“新以色列”或“英格兰的以色列”。虔诚的“始祖”们形成了一种自以为是、漫自矜许的语言风格，这风格多年来相沿不替，也不知它显露了沉稳的力量还是意识深层的不安全感。美国诗人威廉斯风趣地说，清教徒先民“关于上帝的陈词滥调成了他们专用的语言，他们把这方言当作栅栏，将自己圈起来”。“关于上帝的陈词滥调”是栅栏，也是剑与火。帝国的扩张必须以上帝为靠山；照上帝的意旨圣劳伦斯河（加拿大）与密西西比河是一家，照上帝的意旨密西西比河的出海口在古巴。第二十五任总统麦金利在1897年的就职演说里还佯称要抵制领土扩张的诱惑，但他上任后就为体现美国“明摆着的命运”发起对西班牙战争。据他自述，他曾跪在地上祈求天佑神助，他听到上帝的声音：“并吞菲律宾。”实现美国的多恩式欲望——地缘政治的战略目标——就是替天行道。

美国是上帝特选的国家，这是一个神话，它起始于早期清教徒移民，林肯使它深入人心。林肯的过人之处在于他巧用《圣经》风格把一场起因复杂的战争形容为一场圣战。他在各种美国读本一般都收入的葛底斯堡演说中满足了不少美国人的心理需要：“我们的祖先在这块大陆上创立了一个孕育于自由的新国家。”美国像圣母玛利亚因圣灵感孕而生的救世主耶稣，它不是人之子，而是神之子。它是一个永远沐浴于圣恩之下的超越历史理念的产物，不沾有其他民族与国家在历史进程中必然带有的人欲的污秽和腥臭。美国脱胎于一个纯净的理念也是拉维奇希望《美国读本》的读者认同的真理。她安排了记者白修德的《美国的观念》作为读本里的大轴子戏。那是一篇作者逝世前数日为纪念美国立国二百一十周年撰写的文章，颇像美国历史上那种旨在自我肯定的7月4日爱国演讲。此时的白修德迎合庸众趣味，竟然也学起了总统候选人的腔调：[1]美国立国没有受到多恩式欲望的污染，自由的理念缔造了美国政府。他那种高调门的自我欣赏早就被历史学家分析过了，但是“美国例外”之说依然是很多选民迷恋的兴奋剂。如果美国人已因亢奋而疲惫，无力打开美国的历史档案，我怀疑他们在沉醉于美国神话的时候还能不能具有美国上诉法院首席法官汉德所说的自由的精神，即一种对是否正确不很有把握的精神，尽力去理解他人见解的精神，将别人的利益与自己的利益不带偏见一并考虑的精神。拉维奇为美国政府于1946年向联合国提交的控制原子能方案撰写的导言表明，她本人缺少的正是这种自由的精神。那方案的目的是使美国不必销毁核武器就有权以联合国的名义检查别国核计划，而且一旦发现就予以制裁。编者为方案受挫感到惋惜，她在美国的利益和其他国家的利益之间不假思索地画上等号，好像美国凭了它垄断的核技术号令天下，一个公正的世界秩序就会到来。

不妨注意一下拉维奇如何处理“二战”后其他一些

[1] 白修德以观察、分析美国总统选举著称。

事件。我们在称道拉维奇比较重视反对者的声音的同时又感到某种不足。她收了罗伯特·肯尼迪在宣布参加民主党总统候选人身份竞选两天后所作的演说《反对越南战争》，但是在这不无政治目的的演说里没有真正的罪悔。关于“伊朗门事件”编者选用了参议员米切尔在国会听证会上的发言。米切尔承认用违法卖武器给伊朗所得的资金支持尼加拉瓜反对派的诺斯中校爱上帝，爱美国，可是手段不当。然而，米切尔和诺斯都认定，有必要遏制乃至颠覆合法的尼加拉瓜桑地诺阵线政府，这是一条是美国人就不应责疑的公理。米切尔和诺斯共同的盲点使他们的差别没有什么意义。读本中七位共和党参议员反麦卡锡主义的《良心宣言》（1950）反映了同样的问题。这些参议员附和了麦卡锡对民主党政府的主要指责，他们只是不愿看到所谓的麦卡锡主义使国会分裂。麦卡锡实际上代表了一种有深远的历史背景、自上至下泛及美国全国的情绪。史学家罗伯特·格里菲斯说得好，不应该夸大麦卡锡个人的作用，把那场讨伐运动称为麦卡锡主义是误解了麦卡锡所象征的政治。读者也许会希望看到对美国政治切中要害的批评，例如乔姆斯基和戈尔·维达尔的高见，可惜他们的言论不会被一部通俗而又具有官方宣传色彩的美国读本选中。

想到两本关于美国的书，小说家马丁·艾米斯的美国特写《愚蠢的地狱》和哲学家让·鲍德里亚尔的《美国》（均出版于1986年）。艾米斯说，“愚蠢的地狱”不单指一种美国的状况，将来它可能不再是一个关于人类罪恶的隐喻，它会成为全球唯一存在的事实。鲍德里亚尔也从美国预见到世界的归宿。他在描述纽约时写道，那是“一个因财富、权力、衰老、冷漠、贫穷、浪费、奇技淫巧和无端的暴力而彻底腐烂的地方”，但是他又感到那地方似乎渐露出“宇宙的曙光”。为什么？——“因为全世界依然在做纽约梦，尽管纽约操纵它、剥削它”。两位欧洲作家没有因那宇宙或地狱的曙光而神采飞扬，难道他们感受不到上帝之手用阳光书写的美国神话的魅力？

我在看到《美国读本》中埃玛·拉扎勒斯的十四行诗《新的巨像》（1883）时心里生起一阵迟疑的喜悦。美国独立后把有选择地引进移民作为增强国力的手段，但是这首刻在美国的象征自由女神雕像入口处的诗却给讲究实效的政策戴上理想的光环，它向全世界正式宣告，美国将为“拥挤的土地上”贫苦无告的人打开“金色的大门”；如果这不是神话，生活在第三世界社会底层的几亿乃至十几亿贱民就有盼头了。

（原载《读书》杂志 1996 年第 1 期）

OED·腐败·市场及其他

中国传统政治规范要求为官者清廉方正，不得为身择利，受纳苞苴[1]，那些邪枉坐赃的被称为贪官污吏。入官又称游宦，官员必须回避本籍，赴外省就职，且时时调迁，以便行公法，止私曲。然而“腐败”一词被理解为假公济私的行为却是晚近的事，《辞源》甚至没有标出腐败的这层意思。《牛津英语词典》（*The Oxford English Dictionary*，以下简称 *OED*）对腐败的释义倒是极其详尽。在一篇论述腐败功能的文章里写道：“《牛津词典》为 corruption（腐败）一词下了九个定义。这九个定义可概括为三组：一、物质腐烂和瓦解的过程；二、道德的堕落；三、因受贿而滥用职权，特别是在公共事务中。”查核一下权威版 *OED* 即可知道，这概括并不准确。首先，所谓第三组定义的文字应指第六条定义，隶属于第二组即道德的堕落。词典第三组定义的概括是“败坏事物的本初纯正状态”，包括语言文本的讹脱和误用。把公职人员的背公

[1] 苞苴的定义之一是行贿（的财物）。

徇私独立于道德的沦丧，与原文出入太大，正是英文“腐败”第九义一例。再者，第六条定义是“以行贿受贿或私阿夺移或不守履行公务中应有的志操”。把“bribery”（行贿受贿）译为“受贿”暴露了对腐败现象理解上带有中国特色的偏差，仿佛邀宴送礼、暗塞红包不是腐败。[1]在英文中，行贿者夺人志操，是腐败行为的施动者，故而可称作“corruptor”，这绝不意味着为受贿者开脱，有*OED*例句为证：“贿赂不仅是行贿者（corruptor）的犯罪行为，也是受贿者的犯罪行为。”

从*OED*例句谈腐败，最好的切入点是已废的第七义——女子失去贞操。早在1420年就有人写道：“女子必先腐败［为行文方便采用这丑恶的译法，请读者诸君原谅］而后有身孕。”天主教称圣母受孕为圣灵怀胎，不受原罪玷污；据《新约》马太福音和路加福音记载，耶稣是上帝之子，诞生后玛利亚竟不失童贞。常人都出自普普通通的娘胎，腐败与生俱来。《韦氏英文词典第三版》收有这么一条例句：“从亚当受造为人的那一天起人类就是昏蒙腐败的。”可以推知，腐败实际上与基督教里人的堕落

［1］再版补记：最高人民法院、最高人民检察院一直到1999年3月上旬才联合发出通知，要求各级法院、检察院在办理“受贿犯罪大要案”时必须严肃查处“行贿犯罪分子”。但是后来对行贿者的惩处并不严厉。2006年1月至10月，我国有关部门调查了8010起商业贿赂案件，其中81%为受贿案件，17%为行贿案件。详见《香港虎报》2007年8月13日报道《双重标准让行贿者逃脱严惩》。

（fall）意义相通。培根在《论善与性善》一文中说，“过度的权欲使天使堕落；过度的求知欲使人类堕落”。在此，把“堕落”改为“腐败”并无不可。这一类腐败的典型就是为了追求权力和知识向魔鬼出卖灵魂的浮士德。当今人类在培根的另一说“知识就是权力”（或译作“力量”）的鼓动下企图征服宇宙，那野心堪称腐败的极致。也许有鉴于此，有人认为人类连畜生都不如。在《格列佛游记》中的马国，人被称为雅虎（Yahoo），他们襟灵溷浊，热衷于无聊的纷争，而马匹则是聪敏忠厚。斯威夫特在小说第四部分第七章有感而发：“和人类的种种腐败相比，这些四足的造物优秀而有德。”

如果原罪说难以接受，我们还得像这个例句作者那样承认“人之常性特别容易腐败”。富贵（即俗话“发”）惑乱人心，是诱发腐败的重要因素。霍布斯在《利维坦》中写道，富豪大亨相信钱能通神使鬼，敢于违法乱纪。他们寄希望于“腐败公道，以钱财和其他酬赏为贿求得释罪”。*OED* 援引了“腐败”的这一用法。以财富腐败社会和公道的富人早为自己的家资所腐败。钱眼成了汩汩不绝的腐败的泉眼。这种为富不仁的思想与“人富而仁义附”（《史记·货殖列传》）的观点相左，然而常见于中西方典籍。《利维坦》中还有一句被 *OED* 收入：“法官多偏曲，不能主持正义，腐败行为时时发生。”如果法官好利无耻，以诉讼为业的律师往往更腐败。就是民选代表也经常不能自律。*OED* 中不少关于腐败的例句与选举中的营私舞弊相关，大多取自19世纪下半叶英国书刊："他否认曾意图以腐败的方式拉票。""这届议会的真正罪恶不是放纵无度，而是腐败。""这些可被视为由行贿者（corruptor）收买的选票。""投票没有在小选区根除腐败。""出巨资腐败选民。"这些例子间接反映了19世纪英国议会政治的现实（参看乔治·艾略特的小说《费利克斯·霍尔特》）。面对这些公共事务中的腐败，英国政府通过众多的法案（尤其是1883年的《反腐败行为法》）整肃选风。古代雅典实行民主政治，公民不断以最简捷的方式——抽签——临时推举公职人员，人人有机会直接参政。在现代某些实行代议制的国家，旷日持久的竞选靠昂贵的传媒工具作形象包装销售，以雅典人的标准来判断，这大概容易产生腐败。

英国维多利亚时期文学对另一种隐而不显的社会腐败的批判俯拾皆是。这种腐败形神毕肖地体现在狄更斯小说《艰难时世》中那位冷漠无情、以白手起家沾沾自喜的新贵庞得贝身上。维多利亚哲人出自深厚的人间情怀对扭曲人际关系的"现金交易原则"（卡莱尔）、削夺生活中"温馨与光明"的"市侩文化"（阿诺德）以及丝毫不能体现社会正义的"进步女神"（罗斯金）鸣鼓而攻之。他们的道德文化批评加深了后人对腐败的认识，并已成为传续不绝的人类思想遗产的一部分。19世纪上半叶，麇集工业城市的英国劳工对腐败有更痛切的体认。他们的工作场所像"新巴士底狱"，妇女和儿童也在矿井里被用作驮兽。劳工蚁居的棚户区里污水遍地，腐败物质散发恶臭并传播疾病。这些由自由放任经济造成的贫苦无告者的惨状被英国政府称为“邪恶”（参看1842年下院的劳工卫生状况报告），没人会心安理得地把同胞的苦难视为“发展过程中的必然代价”而有意忽略。1835年，年轻的法国政治思想家托克维尔访问了这个集财富与赤贫于一身的国家。在曼彻斯特他处处看到“个人的动力，没有社会的规划”。面对工业革命，他发出如此的感叹：“文明正在创造奇迹，文明人却几乎重新沦为生番。”（《英格兰和爱尔兰游记》）需要祛除这些“邪恶”的时候，“市场”竟千呼万唤不出来。面对社会压力，英国政府不断对经济加以干涉，颁发了种种法律，维护工人利益，对滥用权力的工业家实行强制性约束。[1]

南北战争以后的美国，前所未见的发展机会使“镀金时代”前所未见地腐败。惠特曼在《民主的前景》（1871）里预感到金元帝国的金元崇拜和随之而来的腐败正在威胁美国的未来。然而，惠特曼一面以失之空洞的美国式豪迈颂扬民主的理想，一面又谴责大众歇斯底里的发财欲和愚蠢庸俗的“消遣”。他不能接受民众自发的选择，于是具有一种自相矛盾的身份：藐视庸众的民主派。当年令惠特曼痛恨的那种生活方式今日以软饮料和只求票房价值的娱乐片为前导风靡世界，这成功正是他心目中美国民主的“巨大失败”。其实，战后美国腐蚀人心的拜物教是战前美

[1] 其实从“光荣革命”以后英国政府在工商业和社会发展中发挥了积极作用。英国议院议事录上记载的大多是议员们关于经济政策的辩论。

国商业精神的延续。在英国女作家哈丽特·马蒂诺根据自己的游历写成的《美国社会》(1837)中有此一句:“把财富当作生活中最重要的追求使很多美国人腐败。”(转引自 *OED*)不少美国知识分子对美国流行价值观念的糜烂腐败从不讳言。《韦氏英文词典第三版》中一个例句出自20世纪作家布鲁克斯·艾特金生之手:“机器奴役美国,实利主义使它腐败。”(比较爱默生:“器物跨在鞍上奴役人类。”)值得一提的是我国《英汉辞海》编者也用了这一句,只是“实利主义”(materialism,也译作物质主义、唯物主义)被改为“唯心主义”(idealism)。这样的点窜是我们的“政治正确”观使然,导致前后文义不通,实在荒唐,但也许是歪打正着——如果把“唯心主义”再改为“理想主义”[1]。这“理想主义”指的是美国在国际事务中好以大义凛然的姿态玩弄一些似乎代表了美国“理想”的高尚概念,赢得国外天真汉的支持和好感后便放手追求自身的利益。正是这种霸道又自私的“理想主义”使它腐败。

这种虚伪在小说《民主》(1880)中受到一番奚落。作者亨利·亚当斯的门绪和经历非常特殊,他对当时的“民主”政治不可谓不了解。在小说第四章,保加利亚驻华盛顿公使约可比公爵突然谈兴大发,说道:“你们美国人自以为超越普遍的法则。你们不重经验。……没有任何

---

[1] “唯心主义”和“理想主义”的英文都是“idealism”。

社会像美国这样容易腐败。……城市腐败，乡镇、县和联邦的立法机构和法官都腐败。在公共事务和个人交往中，人们处处不守信义……你们在参议院的先生们理直气壮地说，你们伟大的美利坚合众国，文明世界的领袖，绝不会沾染一点欧洲的腐败。说得对——对极了！”此话说给谁听？——腐败的楷模参议员拉特克利夫。

《民主》匿名出版八年后美国最著名的乌托邦小说《回顾：二〇〇〇—一八八七》问世。作者贝拉美目睹当时私营企业为追逐利润不择手段，百弊丛生，于是出自简单的愿望把2000年的美国描写成一个一切生产资料收归国有、均富使百姓真正平等的理想国。小说主人公在1887年的美国看到政治腐败与混乱无序的竞争并生，他称政客和公务人员“腐败但蛊惑人心有术”（第六章）。这种以如簧之舌博取民众欢心的本领叫“demagoguery”，就希腊文词源而言是“民主”（democracy）一词不光彩的亲戚。民主的本意是大众的统治，即一切是非曲直都交由神圣的数字裁决，而大众的领袖（或曰公共意见领袖）称demagogue，他长于鼓动宣传，制造“民意”为私利服务，照希腊哲贤的看法是民主社会的特产。现在demagogue是十足的贬义词，指妖言惑众者、煽动家。晚年的奥登（W. H. Auden）写过这么一条箴言：“在一个半文盲的国度，煽动家讨好青少年。”确实常见不解世事的青少年稍加鼓动就跳到台上成为运动领袖。但奥登说得又不对。在个别文盲率几等于零的国家，选民偏爱空洞无物的口号式竞选，政客为了赢得选票，则要提供华而不实的许诺，指责或真或假的政敌或“邪恶帝国”，并对纷繁复杂的国内外事务作出简单而且误导的解释。

比哗众取宠者更具煽动性和腐败力量的，还是金钱。莎士比亚剧本里最不值得同情的人物要数理查三世。他欲以重金雇用杀手为他消除隐患，那赏金被他称为“使人腐败的金子”。侍童当即为他物色了自以为生不逢时的提瑞尔，“金子对他抵得上二十个雄辩家，一定能买得他赴汤蹈火，不辞艰险”(《理查三世》，第四幕第二场)。原来野心勃勃但又抑郁不得志者犹如干柴，遇到腐败的火星便熊熊燃烧。倘使雄辩术和金钱双管齐下，腐败的威力就更难估量了。在莎剧《裘力斯·恺撒》第三幕第二场，安东尼意欲煽起罗马居民暴乱的怒潮，不过他在曲尽其妙的演讲中却口口声声说明无意激起公众的愤怒，于是效果立竿见影：民众几分钟前还对参与谋杀恺撒的勃鲁托斯欢呼不已，此时却在安东尼的撺掇下要焚毁勃鲁托斯的住房。安东尼固然长于修辞，然而他成功的要素是收买了民心：他说发现了恺撒的遗嘱，恺撒遗赠每一位罗马市民 75 枚银币。这样的腐败术真是高明巧妙。能不能说罗马市民腐败？[1]

---

[1] 再版补记：“北京允许全国村镇普选自己的干部。这些选举的竞争愈发激烈，候选者经常允诺给村民发‘红利’，以吸引选票。在一些极端的例子中，候选人甚至承诺每月为每户村民支付一万元人民币，而这些钱常来自村镇从工厂收取的租金。最近村干部发现难以兑现诺言。为不激起民愤，他们转向乡村信用合作社借高息贷款。”见香港《南华早报》网站 2012 年 9 月 28 日文章《由于下辖农村债务飙升，新兴城市东莞面临破产》。

由此我们想到英文里表指政治和公务中腐败的专名Tammany。代表了上升的中产阶级利益的纽约坦慕尼社于18世纪末成立后不久并入民主党，它乐心慈善事业，为没有财产的白人男子争取选举权。但是在这些堂堂正正的政治目标背后，坦慕尼社以小恩小惠笼络民心，以期拉得更多选票。19、20世纪之交，坦慕尼社挟民众或民主之威把持纽约政治。贪婪无道但口若悬河的政客在平民的授权下实行贪污腐败的统治。记者林肯·斯蒂芬斯在《城市的耻辱》(1904)中指出，坦慕尼社的腐败是有群众基础的腐败，“民主式的腐败来自人民的腐败，普通老百姓的腐败”。可见一个社会若以私利为行为的唯一动因，百姓“不耻不仁，不畏不义，不见利不劝”(《易经·系辞下》)，纵有民主之制也难逃腐败的厄运。甚至还可以发问：没有沛然德教，百姓趋利归恶是否犹水之就下？[1] 极重教化之功的古典民主派穆勒在《论代议制政府》中称羡两千多年前的雅典公民，说他们在各种欲望与要求发生冲突时善于从全民的福祉考虑作出超越小己利益的决定。这是有感于19世纪英国的现实而发。可是阿里斯托芬的喜剧却告诉我们，雅典公民往往愚昧无知而又残忍好战，那些民众领袖则善于抓住时机煽扬人性中卑劣腐败的本能。雅典的民

[1]《孟子·离娄上》：“民之归仁也，犹水之就下，兽之走圹也。”荀子称孟子不察“性”“伪”之分，没有礼义法度，性恶之人必然“偏险而不正，悖乱而不治”(《荀子·性恶》)。《国语·周语下》：“从善如登，从恶如奔。”

主是一味推行帝国扩张政策的民主。帝国的开创者勤于征战，他们带给城邦的不是“克制和正义，而是港口、海军船坞、壁垒和贡金”（柏拉图《高吉阿斯》），偏偏是这类人物容易得到大众的支持。遭受雅典霸权之苦的弱小城邦自然会把雅典的民主视为灾难。然而，当贪得无厌、对自己企图征服的对象又所知甚少的雅典民众向西西里派出远征军时，他们已给雅典的衰败播下了种子。难怪柏拉图提出民有民治的政府是否能真正民享的论题。

柏拉图认为那些攻城略地、不顾克制与正义的人是腐败的，但是后者却称他的老师苏格拉底在腐败雅典青年，并以民主的方式处以刑罚。听话听声，锣鼓听音，听一听关于腐败的各种说法后面不同的声和音是必要而有趣的。剑桥近代史教授阿克顿勋爵在 19 世纪末说过“权力趋向于腐败，绝对的权力绝对地腐败”，这和他反梵蒂冈的自由派神学观、辉格党人的身份以及“辉格党对历史的理解”（史学家赫·布特菲尔德语）有无关涉？为思想而生活的 19 世纪英国知识分子代表约翰·亨利·纽曼在 1845 年提出，腐败是分化瓦解，最终失去统一（《论基督教教义》，转引自 *OED*）。令大诗人叶芝惋惜的“万物崩散，中心难再维系”（傅浩译文）的局面正是纽曼所言的腐败，这与“腐败”一词的本意即有机统一体的腐化分解相合。纽曼在 1845 年背离了牛津运动的立场加入天主教。从他对腐败的解释约略可见他对导致基督教分化的自由派神学的批判。伯克在 1792 年就指出权力的腐蚀性，然而他的立论与阿克顿勋爵恰恰相反："权力是一种使人腐败的东西，特别是那些低下而又有利可图的权力"（转引自 *OED*）。"有利可图"原文是 jobbish，由 job（谋生的行当，贪污渎职的行为）派生而来。仅从此一句话我们就发现伯克不愿看到有人把公职当作稻粱谋，并听出了他拥护君主立宪、反对法国大革命的余音。在权力的金字塔，究竟上层还是下层更容易腐败？要回答这一问题不能不考虑有关国家的政治文化规范。哈佛社会学家亨廷顿在《变化社会中的政治秩序》（生活·读书·新知三联书店，1988）中论述道，在有的国家，上层官员以执掌政权和树立功德自重，从官僚的台阶往下看，越往低层腐败行为越多（第 63 页）。[1]

亨廷顿研究变化中的社会，得到如此结论：要使政治稳定，必须有一个强大的政府在逐步完善政治制度化的过程中扩大群众的参与，而不是反之（暂不提亨氏最近提出的文化冲突论）。当然，西方学者为发展中国家面临的政治经济问题开出的药方五花八门。在本文开篇提及的不慎误用 *OED* 定义的文章里，作者引述了罗宾·西奥博尔德对腐败问题的看法。西氏认为，常设反腐机构和进行反腐运动无法肃清腐败，原因是这种手段"依赖于更大的权力控制"。要阻止公职人员以权谋私就必须"下放权力，走

[1] 再版补记：据 2011 年 10 月 1 日《经济学家》杂志报道，美国南加州大学法斯特教授负责的一项实验显示，掌握权力但没有社会地位的人（如狱吏）最腐败。

向小政府大社会，把更多的事情交给‘看不见的手’即市场”，“把那些该属于个人和企业的权力下放给个人和企业，他们会成为这权力的忠实而尽责（职）的看守者”。显然这是政治经济学上的老庄学说：政府无为好静，对一切不加管理干涉，社会将自化自正。原来把狭义上的腐败从“道德的堕落”分离出来，为的是以根治腐败为名推行自由放任的经济政策并暗示某种经济模式必然多腐败（这完全不能为经验所印证，不值一驳）。幸好，里根经济学和撒切尔主义在今日世界已像是走了气的啤酒无人问津，更何况里根经济学还被人目为产生腐败的温床（法国《新观察家》，1993 年 8 月 4 日）。

在我国，中道不行，为时已久。以往的经济体制权力过于集中，暴露出严重的弊病，使得权力下放或反对任何形式的权力控制的理论甚嚣尘上，于是矫枉立即过正。有的人把权力下放当作可以疗救一切的鸡血疗法、甩手疗法和香功，难怪世界银行的专家最近毫不留情地批评“中国普遍存在的一种看法，即权力集中是与改革背道而驰的”[1]。在没有权力集中的国度政府必然趋于委顿，以致无法实行有效统治，美国制宪会议前的邦联制就是历史的警戒。当今，握有相当权力的中央政府在基础建设、金融管理、计划生育、保护环境、加强税收和审计、协调地方利

［1］ 见世界银行 1993 年 8 月关于中国经济改革的报告。

益以及改善社会福利等方面应起更大的作用。[1] 唯其如此，市场才能为我所用。

既然已提到“看不见的手”，不妨再谈一谈亚当·斯密。首先，斯密从事著述时英国已是世界一霸，当时并无外国公司凭借母国实力以推行市场经济和自由贸易为名对英国敲骨吸髓。其次，斯密固然承认私利（注意：这是一位 18 世纪苏格兰绅士、虔诚的基督教徒所理解的私利）是经济行为的动力，但按照他的《道德情操论》(1759)，美德之源不是自私自爱，而是使人具有良心的同情（或同感)。斯密逝世前在该书最后一版（1790）增补道，社会风气的腐败起于对财富的羡慕和对穷人的鄙视。看来没有道德律令的约束，市场那只看不见的手容易把社会引向堕落，因为市场为了刺激消费往往正是靠这种腐败——即反映在目前一些广告和商品牌子上的对财富的羡慕——来运行、发达。斯密所言的道德堕落却是当前他的信徒们忌讳的话题，希望这不是“腐败”（用作动词）*OED* 释义的原因。其实在《原富》(1776) 中斯密也意识到私利的集合有时不等于公益，易言之，诸小恶未必能积大善。在该书最后一卷，斯密称有的人心量狭陋，不知道义与为善，他们对民生所系的国家利益无法也不会容而计之。如果这种神识卑污、毫无公德的人对自己的企业拥有

---

[1] 参看西方市场经济的喉舌英国《经济学家》1992 年 9 月 12 日社论《为中央计划一辩》。再版补记：在转制时期美化“小政府大社会”，国有资产转到私人名下就合理合法，国家权力也得不到精心保护。

全权，他们会如西奥博尔德所确信的那样自觉地“成为这权力的忠实而尽职的看守者”吗？他们不会偷税漏税、坑蒙拐骗吗？乐观者是有福的，只要他看到致人死亡的假酒和各种不合规格的食物无动于衷。

斯密逝世至今，人的经济行为渐次被理解为人的本质（即经济学家们说的 homo economicus，但该词未被 *OED* 收入）。在日益商业化的消费社会，人们利来利往，奔竞营求，新的石崇们以争豪斗富来证实他们存在的意义。从英国作家恩莱特（D. J. Enright）的一篇近作来看，因财神的独断专行而产生腐败是一种全球性的现象：

金钱说了算

现在金钱说了算。

金钱原来也说话，只是它压低了声，有点不自在。它对自己说得多，还留心谁在听着。它谴责粗鄙。它小心谨慎，生怕说漏了嘴。

如今可不一样。金钱扯着嗓门不停地喊叫。它鄙视伪善。它直来直去，无所顾忌。它向稠人广众宣讲，博得由衷的喝彩。它是道德操守的卫士，优雅风度的仲裁。它处处受欢迎，不仅在商店里。[1]

---

[1] 见诗文集《既然如此》（牛津，1991）。集中有诗名《市场的力量》，堪称此文的姊妹篇。

金钱自古以来就因“无德而尊，无势而热”（鲁褒《钱神论》）受人嘲骂，然而鄙弃金钱的高论在冻馁者听来却是多么的迂阔与残忍。本想让柏拉图对腐败问题作最后的裁断，他曾说“贪财使国家腐败”（转引自 *OED*），可是这不一定是不刊之论。还是让我们无可奈何地分担恩莱特那种不失幽默的悲哀吧。之所以无可奈何，是因我们知道除恶务尽的社会纯洁而严厉，满足人欲的社会腐败而宽容，在两难之间我们犹疑彷徨；之所以无可奈何，是因我们的先人知道，治国以礼义者民多信让，治国以功利者国多富强。言功利不能不言金钱之用。也许义利并非对峙而立，也许民信让和国富强能并行不悖。我们还拭目以待。

（原载《读书》杂志 1993 年第 12 期）

滥情者的眼泪

才分极高的英国作家奥斯卡·王尔德有时好以触犯禁忌高自标持。从1892年开始，他与比他小16岁的道格拉斯勋爵过从甚密，两人不仅深陷“不敢明言之爱”（道格拉斯诗句），而且还像《红楼梦》中在贾家义学里广交契弟的薛蟠一样，把一个个图他们银钱吃穿的青年男子勾引上手。1895年5月，生不逢时的王尔德因龙阳之兴被判徒刑两年。难以想象的是，狱中一年多的生活居然震撼了这位世纪末颓废派的代表。1897年1月至3月，他在被他称为“最像基督的人”——狱吏奈尔逊——的帮助下以给道格拉斯写信为由记叙了自己五年来的感受和变化。他承认，监狱里的经验使他改变了唯美主义者一味品尝人生的立场；通过承受苦难，他正在领悟生活中的严肃真理。这封长信中多发自内心深处的呼声，凝重哀痛而又充满了王尔德式的机智与敏锐。在抱怨道格拉斯不敢为自己的行为负责后，王尔德写道：

事实上，你原来是，我看现在还是，一个典型的滥情者。一个滥情者其实就是一个渴望不付出代价得到一种感情的奢侈享受的人……你以为一个人能无偿地享有感情，这是办不到的。……常人在智性的和感情的生活上猥陋可鄙。他们从可称作思想的流动图书馆里借来一些观念，把它们翻阅脏了就在周末归还。这是没有灵魂的年代的“时代精神”。他们总是企图以同样的赊账的方式来得到感情，到了该结账的时候拒不付钱。对生活你不该抱有这种态度。一旦你不得不为感情付出代价，你就会知道它的分量，从而有所得益。请记住，滥情者骨子里是个认为世上没有真情善意、一切行为都出于自私的人。这种人生观把滥情当作节假日。……它只不过是没有灵魂者的完美哲学。(《奥斯卡·王尔德书信集》，鲁珀特·哈特——戴维斯编校，伦敦，1962，第 501 页)

“滥情”一词的原文是“sentimentality”，中文也译作“多愁善感”“感伤”或“伤感”。王尔德注意到滥情者喜欢悉心培养一种供自己免费享用的感情，他的“愁”是“为赋新词强说愁”的“愁”，他的“伤”是无端独上层楼“伤春”的“伤”。在文学创作上，滥情者就是《文心雕龙·情采》中提到的“为文造情”的“诸子之徒”，他们“心非郁陶，苟驰夸饰，鬻声钓世”。刘勰心目中典型的滥情者汲汲于名利而“泛咏皋壤”，“虚述人外”。[1] 用王尔

[1] 比较曹植《释愁文》。

德的话来说，他们在感情上想得到穷居野处的奢侈享受，但在现实中不肯放弃宦途上的进取。

王尔德指责道格拉斯滥情是出于自己对人间真情的铭心刻骨的体会。他在狱中一次次泫然涕零，从个人生活中的突然灾变感悟到了非个人的、超越小己的伦理价值。命途的困厄使他豁然开朗：他愿向世人袒露自己的罪孽，跪在尘土中向上苍求告。他的眼泪与那些一味留恋往日的春花秋月、感叹“天上人间”的眼泪截然不同。在这被他称为“人生至真的时刻”，个人的眼泪与创痛反而显得无足轻重。滥情者则往往以个人为中心，他的眼泪本身就是目的。滥情者的泪库只有一道灵敏度极高、轻轻碰触就开启的阀门，那是漫无节制的一江春水，排泄就是快心惬意的享受。眼泪变成了自酿的玉液琼浆，配以“斜阳”，加上“柔肠”“回肠”“愁肠”和“断肠”就是一顿自哀自怜的美餐。贪欢、贪杯和贪悲，名异而实同，都是放纵的一种形式。滥情者的眼泪潸潸而下，“多少泪，断脸复横颐”。它们是凸透镜，戏剧性地放大了流泪者个人的不幸；它们是一层心理上的翳，世界和自己在流泪者的眼中更显深晦不明。

前几年载于美国某中文报刊的《入籍的悲哀》一文为我们提供了值得一看的眼泪。作者在宣誓入美国籍的那天，神情恍惚，只想对天狂呼“我是中国人！”。她回忆当初到美国（大概是 1983、1984 年）后，“留学生聚在一起，永恒的话题是‘如何取得绿卡’；……连谈恋爱也战战兢兢，先得闹明白对方的‘身份’是什么”。作者不愿只认“身份”不认人，于是“嫁了个虽有绿卡却毫无经济基础的穷学生，仿佛这么一来，人格便可得到弥补，证明自己毕竟还有‘不俗’之处”。这里略带自嘲的口吻表明作者有可贵的自知之明，“仿佛”两字道出了她心中并未消失的对自己的怀疑。作者回避了崇高的真（爱）情，但在她的将就中有一种平庸但温厚的实在。谁能临事完全不失初心？有分寸地妥协或许正是追随中道的明智者的生活艺术。但是在《入籍的悲哀》的最后一段，作者却让华丽乐章般的感情喷涌取代保持距离的讥嘲：

呵，祖国！祖国！！这两个字此刻咀嚼在我的嘴中，竟变得如此苦涩。故乡的亲人呵，故乡的山河草木，多少次，我从梦中哭醒，以为我又见到了你们，又回到了你们身边，而如今，我竟在一夕之间，变成了异乡人，再不属于你们，再不属于你们了。我体会不到成为新公民的喜悦，填满我心的，只是失去祖国的悲哀。这天涯浪子的辛酸呵，有谁能解？

作者和那些以美国公民身份自鸣得意乃至忘乎所以的曼哈顿的中国老外相比，当然有霄壤之别。但是，既然为了家庭、学业和文化等原因加入美国籍，就应该自觉地践履一个美国公民的职责，或许日后在难以兼顾的忠诚和德行中还能求得某种平衡。入籍后在抒发浓浓的乡恋时有所节制保留反而让人意识到一股成熟含蓄的力量。[1]其实，为什么不能对国籍泰然处之呢？不是有高举爱国义旗“鬻声钓世”者吗？乔治·桑塔亚那早就说过，国籍对于真正旷达的人仅仅是身外之物。（既是身外之物，值得煞费周章地去改变吗？）问题出在文章作者却把国籍看得性命攸关，她好似持汉节在塞外牧羊的苏武，“多少泪珠何限恨”。好心的读者应该告诉她“来者可追”：“既自以心为形役，奚惆怅而独悲？”耽于“独悲”者以王尔德的标准来衡量是滥情者。她贪恋那份不见于庸人的凄凄惨惨的乡愁，并且表现得叫嚣乖张，但是她不敢触及申请入籍的真正动机，于是乡愁成了赊来的感情，丝毫不会影响她内在的表示利害关系的天平。有理由担心，作者缺乏自知的眼泪将成为市侩的教堂，每到周末可以躲进去把良心的表层洗刷一番，为的是在新的一周里轻松地去赶那名为“求生存”的集市。

这位思乡者的眼泪令旁人尴尬，但也有一种婆娑泪眼使观者怦然心动，想入非非。在筱山纪信为山口百惠拍的一张照片上，这位“纯情少女”的典型以泪珠向众人敞开她的情感世界，那欲闭不能的嘴唇突出了一个时代偏重性感的审美情趣。《入籍的悲哀》一文作者的眼泪因怀乡

[1] 托·斯·艾略特说过这样一句话：“成功的流放有时是表明对其出生地的一种夸张的伤感情绪，这种人可能时常回去度假，或者，在古稀之年回去享受优裕的退休生活。”再版补记。

而来，山口勾魂摄魄的哀婉却没有而且也不需有切实的背景，那是为显示的显示。如何理解山口那畅销的无名惆怅？《韦氏英文词典第三版》在比较“滥情的”一词和其他一些形容浮滥失真的感情的词汇时解释道，滥情是过度的或做作的感情，往往是为了制造刺激性效果“出于某个特定的然而又常是隐晦的目的而故意发泄的”。山口的眼泪背后的感情是不是“故意发泄的”，还是让她的崇拜者去琢磨较妥。看来无愧于中也可能泪流满面（有的职业号丧者号啕时能做到泣涕如雨）。骗子深知滥情的实用价值，早有“大奸之人，以泣示信”一说。

影片《大红灯笼高高挂》的第一个镜头里，颂莲的泪汪汪的感情也是为了“隐晦的目的而故意发泄的”吗？不消说，演员巩俐的凄楚之状轻而易举地征服了很多不设防的观众，她的据说是澹澹如汜的泪水本身成了令人欣快的审美对象。导演张艺谋可能想通过极力渲染巩俐的眼泪突兀地把观众投入一个刻意制造出来的强烈感情的氛围中，使他们不假思索地接受颂莲作为一个受戕害者的身份。但是她的眼泪表现了什么？——她的内心痛苦与压抑？

苏童在影片所本的小说《妻妾成群》的开篇告诉读者，19 岁的颂莲“很实际”，“没有一般女孩无谓的怯懦和恐惧”。父亲死后继母让她在做工与嫁人之间作出选择。凭颂莲大学一年的教育程度，要谋一份体面的工作应该不在话下，但是她却似一个自称幻灭、早把世事人情看破的过来人，并不觉得自己有为未定的未来担负责任的必要。

只见她“淡淡地回答说，当然嫁人。继母又问，你想嫁个一般人家还是有钱人家？颂莲说，当然有钱人家”。颂莲对纷繁的世事自有一套简单而铁定的见解，生活中不能承受之轻就是不讲实惠。从她爽快坦然的语气来看，她没有碰到令她为难的选择，因此谈不上有什么内心的悲凉与辛酸。张艺谋在这一细节上对原作大胆改动，也许他认为颂莲在这样的场合表现出几乎是无赖的直率不利于她的形象，于是方便地使演技出色的巩俐以涟涟的悲愁之美对观众动之以情，把他本人也不大相信的那选择的合理性搪塞过去。

眼泪有时是忠义节烈的象征。张艺谋安排并不看重名分的颂莲悲愤于中而形于外，令我们想起蜀汉秘书令郤正。刘禅迁居洛阳后对司马昭说乐不思蜀，郤正奉劝他，日后若有机会应向司马昭泣诉悲思祖宗坟墓之情，借此赢得对方的一点尊重。可怜的阿斗到了关键时刻欲哭无泪，巩俐演起抽泣的颂莲来则是挥洒自如。但是颂莲哭的又是什么？是她面对巨大的压力不得不作出违心之举？——她并没有碰到巨大的压力。是她自己的虚荣与软弱？——她从来没有自省自修的习惯。她的眼泪像是自我爱怜的眼泪：与其独立谋生，不如认个现成的主人，但是那主人身上必然有某些无法预见、无法驾驭的成分，因此就生出感伤的“风里落花谁是主”的愁绪来。

写诗作文，叙悲最易。悲调也是滥情者久弹不厌的老调。有的电影常以滥情的悲调满足观众中某些人流淌眼泪的需要。仅凭演员的美色和丰富且开合自如的泪腺是无法在银幕上塑造出丰满的人物来的，在表现感情与露出动情的模样之间有本质的差别。哲学家柯林伍德（R. G. Collingwood）在《艺术原理》一书的第六章第七节写道，滥情者或者蹩脚艺术家暴露出具有某种感情的症状，真正的艺术家通过探索自己的感情经验的意义来表达感情，艺术家的目标“不是在观众身上造成一种预先设想好的感情效果，而是通过一系列表现的手段……来探索自己的感情：在他身上发现他尚未意识到的感情，使观众能够在目睹这一发现的同时探明自己的感情。一个优秀女演员的本事不在她是否流得出真正的眼泪，而在她是否能够使自己和观众明白这眼泪是为了什么原因而流淌的”。我们有几分理由怀疑，张艺谋在《大红灯笼高高挂》的第一个特写镜头中追求的是“预先设想好的感情效果”，而颂莲那不知从何而来的眼泪无非是暴露出动情的症状。

然而，如果张艺谋把四姨太颂莲当作一个王尔德心目中的滥情者来观察、塑造，他在这一局部对原作的颇费心机的改动就有其合理之处，我们可以为那些眼泪所反映的矫情、夸饰和戏剧性的自怜击节叫好。要这样理解颂莲并非没有依据。在《妻妾成群》中，颂莲既冷静实际，又好意气用事，常常泪光盈盈。她遇到不快后呆坐在沙发上，“手里捻着一枝枯萎的雏菊”，显然有自比自怜之意，这姿态是滥情者习以为常的俗态；当吹箫的顾少爷告诉她吹箫人需要有优美和感伤时，她说自己恐怕只有感伤这份情调。一个为了到有钱人家“做小”毫不犹豫地拒绝自尊自立的姑娘有她独特的感伤情调：充满了个人怨愤的酸溜溜的冷嘲热讽。王尔德透过滥情的现象看到了不信世上有真情善意、一切行为都出于自私的人生观，他对生活的洞察令人叹服。颂莲不正是一个感伤而虚无的愤世嫉俗者吗？在小说里她一次次证明自己信奉被王尔德称为“没有灵魂者的完美哲学”。在这个世界上颂莲除了自己什么也不信，且听她故作老成地自言自语，“说话多无聊，还不是你诓我我骗你的，人一说起话来就变得虚情假意了”。她一会儿对大少爷飞浦抱怨，“我是被骗惯了，谁都来骗我，你也来骗我玩儿”；一会儿又在顾少爷面前哀叹，“这世界上根本就没人可以依靠”。颂莲以这类幻灭者的语言自欺欺人，仿佛她一贯待人以真，但是处处碰壁，现在她终于大彻大悟。在浅薄恶俗的词语的发泄里，颂莲找到了自恋自怜的良好感觉。“女人到底算个什么东西，就像狗，像猫，像金鱼，什么都像，就是不像人。”当她对梅珊说这番话时，她俨然成了个“做小”的女权主义者，像煞有介事地向往妇女的权利与尊严，不过她仅仅是想免费地得到这高尚感情的奢侈享受。一个时时刻刻敢于以极端的方式保护自己利益的颂莲偶尔也会显得有淡泊之心，只是在勉强表现这种超脱的时候不自觉地露出了一个货真价实的滥情者的标记——自我专注。当她得知雁儿被她逼死后，立即联想到自己命运的蹇蹙。她又是“淡淡地”对通报消息的宋妈说道，“也没什么多哭的，活着受苦，死了干净。死了比活着好”。把雁儿打发到阴府反而变成了善举。因为世界是丑恶的，因为人间的交往都是尔虞我诈的骗局，自己再怎么泼辣、刻薄和凶虐就都不过分了，一切手段都是合理防卫。对下人，颂莲会不动声色地教训道，人世本是动物世界，有什么可以大惊小怪的（参看她到陈家第二天对雁儿大发淫威的场景）；对社会地位相当或在她之上的人，她则会逃到滥情的避难所里作一番生活欺骗了我的感叹，此际她觉得自己的德行和所受的委屈都是天下第一。颂莲任性的感伤往往演变为自我认识的心理障碍。在陈佐千的生日宴上，她为了在气势上压住其他争宠者，当众搂住陈佐千的脖子给他两个亲吻。这矫揉造作的举动并未讨得主子欢心，于是她悻悻而退，“低低地碎帛似的哭泣”，一边自问，“我做错了什么，我又做错了什么？”这“又”字堪称画龙点睛之笔，它写活了颂莲在道德上的胆怯：她不敢直面自己行为的动机，遇事一味推诿。这时候她扑簌簌的眼泪是一个骄横的自我中心者因野心受挫而流洒的眼泪。在陈家大院里颂莲是没能实现宏愿的帮凶。她的种种不满归根结底是谄事权贵但又滞于下僚的官场失意者的牢骚。在仕途上苦苦挣扎的人物往往会以形形色色的《闲居赋》虚构出逍遥脱俗的自我。[1]

当然，对颂莲和《妻妾成群》可以有不同的解读。在

[1]《晋书·潘岳传》上说，潘岳“性轻躁，趋世利。与石崇等谄事贾谧，每候其出，与崇辄望尘而拜。……即仕宦不达，乃作《闲居赋》”。

小说末尾，作者从别人的视角称四姨太颂莲“文静”“脱俗”，我们或许可以由此断定，苏童还是嫩了一些，他还不能把握她的感伤（和与之共生的愤世嫉俗）所暗含的意义。其实，颂莲更属于她的后人，她的创造者那一辈人。在假冒伪劣的感情招摇过市的年代，颂莲是大款的“小蜜”，她穿上印有“我唯一的缺点是老实”和“我人很好，所以老吃亏”字样的“文化衫”自有一种玩世不恭的潇洒。一个不信人间有真情的时代在身陷囹圄的王尔德眼中是没有灵魂的。

让我们回到1893年。当王尔德和道格拉斯情意缠绵之际，道格拉斯的母亲担心这位藐视行检的人会毁了她儿子的灵魂，她要道格拉斯与王尔德绝交。道格拉斯在给母亲的信中拒绝了这一要求。他虔诚地搬出唯美主义艺术观为自己的生活方式正名。他引用了王尔德在小说《道林·格雷的肖像》序言中的名句：“书无所谓道德不道德，只有写得好坏之分。”同理，人品无关紧要，难得的是出众的性格。至于王尔德对他的影响，他写道，“我不相信我在结识他之前有什么灵魂”。王尔德在几年后责备道格拉斯滥情，这封以他自己的话语系统写就的信是最好的回答。没有灵魂而且也不要灵魂的道格拉斯对王尔德有持久不衰的魅力。1897年5月，王尔德一获释就更名改姓来到法国。不久，他不顾朋友的劝阻又和他那“亲爱的少年”会面，并企图寻找出一些借口来使自己相信，要收拾自己残损的生命非得与道格拉斯继续同居。在狱中，他背负“奥斯卡·王尔德”的耻辱谋求新生；出狱后，他在假名“塞巴斯蒂安·梅尔莫斯”[1]的掩护下重蹈覆辙。王尔德善良的妻子康斯坦丝痛心地看出，狱中生活没有改变他天地一我的行为方式。据道格拉斯在《自传》(1929)中回忆，王尔德在鲁昂火车站与他重逢时不能自制，唏嘘不已。看来王尔德已把自己对这位滥情者的入木三分的剖析忘得一干二净。此时此刻，王尔德的眼泪从何而来？爱的极乐？甜蜜的宽恕？痛苦的自咎？也许他意识到了善恶知识的无效，正如人性的无望。

“滥情者的眼泪”？欲说还休，欲说还休。

（原载《读书》杂志 1994 年第 7 期）

[1] 塞巴斯蒂安·梅尔莫斯是英国作家马图林（1782—1824）小说《漫游者梅尔莫斯》(1820)中的主人公，他为延长生命出卖灵魂，后来反悔，向各类受苦受难的人物求救，希望有人来接手这笔交易，继续履行与魔鬼的合约。梅尔莫斯漫游多时，竟无人愿意搭救他。

文人无名

文人无名不是“谗人高张，贤人无名”的失意，也不是自隐无名的老庄之学的逍遥，它由下面这则逸事引申而来。

1992年，原南斯拉夫作家杜布洛芙卡·乌格列西奇虚构了这样一段对话。她的同事彼得罗维奇在大发牢骚：“如果我做不了英国人或美国人，我起码要做个捷克人或匈牙利人。”原来他苦恼的根源就是受之父母的名字没有以字母K当头，不然就有希望与世界文化市场上行情看涨的昆德拉（Kundera）、孔拉德（Konrad）和克利玛（Klima）齐头并进。乌格列西奇劝他当断则断，何不早早改名凯夫卡（Kefka）。不料不久之后，乌格列西奇抛弃了安土重迁的积习，移居国外，打电话通知彼得罗维奇，她本人有意改称凯夫卡。幸好彼得罗维奇不想侵犯别人的知识产权，已经易名克夫塔（Kufta）。[1]

在这段口气轻松得十分怪诞的对话里，卡夫卡（Kafka）

---

[1] 见《党派评论》，1992年第4期，第676—683页。

的影子若隐若现，于是文人无名——作家失去自己的文化身份——无形中具有卡夫卡式的困惑、悲哀乃至愤怒。卡夫卡的小说里那些因无所归属而痛苦绝望的小人物不是往往以字母 K 为名吗？但是当代另有一些凯夫卡、克夫塔们不会为看不见、摸不着的文人之名苦闷，他们手握随意更名改姓的大权，以“君子怀德，小人怀土”自励，为求普天下之道（有时在想象之中）乘桴浮于海。卡夫卡式的变形令人毛骨悚然——好端端的小职员格里高尔一夜间变成一只屎壳郎，求道派的升华则值得钦羡：边远地区的井底之蛙纵身一跳，发现自己在地球的中心做世界公民。

据考，世界公民这一称呼最早是古希腊犬儒派哲学家第欧根尼提出来的，18 世纪的启蒙主义赋予它好名声。足令中国人骄傲的是英国小说家哥尔德斯密斯的《世界公民》（1760）以一位河南哲人为主人公。但是一个居无定处者怎么能有公民的美德呢？亚里士多德在《政治学》第一卷写道，不归属于任何城邦的人秉性特殊，他是跳棋中一颗孤零零的棋子，不善与人合作。个人之于城邦正如手足之于身体，一旦脱离母体，个人和手足就丧失了自身的功用和本质。由此推论，城邦之名就是个人的存在之实。流浪汉被剥夺了自己的社会属性，必然陷入哀伤的深渊。正因为见弃于社会意味着严厉的惩罚，俄狄浦斯王在得知自己犯有弑父娶母罪之后请求放逐。出于类似的理由，文人惧怕放逐，他们像安泰那样依恋脚下的土地，承受不了世界公民的悬空高度。如果我们认为一个政府对作家以取消国籍并驱逐出境相威胁是极不人道的，我们的出发点正在于此。

也许这就是为什么古人好以树比人。譬如枯树被当作羁旅无归者，树若拔本伤根，也会垂泪沥血，“树犹如此，人何以堪？”生于南国的后皇嘉树更有“受命不迁”“深固难徙”的品质，而这橘的风骨正是屈原的立身之名。屈原以身殉名（“恐修名之不立”）的意志有时使人担心他的热忱有被过大的自我污染之虞。但是重权谋机变的战国文人“以读书为专业，揣摩为手腕，取尊荣为目标”（顾颉刚语），他们轻去家国，乘时射利。相比之下，屈原的“壹志”还有可敬之处。现在，人树之比已经难以适合时势了，谁愿意落伍呢？俗话说，“树挪死，人挪活”。人的流动性随着交通的日益便利和不同民族间交往的增多获得了积极的含义。据美国一家周刊宣称，“麦当劳的汉堡包、麦当娜的性豪放和魔术师约翰逊的球艺”已成了世纪末“全球文化的共同参照系”。在这世界大同的时刻，狐死何必正首丘？于是文人不必担心无名失重。只有在精神上“转蓬离本根，飘摇随长风”的状态下才写得出惊风雨泣鬼神的世界级文字来。民族文化的身份有悖于普遍性的原则，实际上是历史虚构出来用以奴役个人的枷锁，文人必须无名。

遗憾的是，超然独立于特殊性的普遍性就和没有支点的视角一样常常是虚妄的。还有这样的现象：局部的传统被理解为普遍的真理。萨特曾在《美国的个人主义和趋同性》一文里提请读者注意，美国人好把自己的理性视为一般的理性，把自己的思想当作普遍的思想，于是美国民族就是自由理性的同义词。其实美国人偏爱一般观念早就由托克维尔在《美国的民主》（下卷第一部分第三章）中指出，这一特性也见于法国启蒙派文人。托克维尔在《旧制度与大革命》中感叹道，大革命前的法国作家热衷于发现泛泛的、永久的规律，他们藐视枝节上的修修补补，以为借助普遍理性的光辉就能对一个文化传统深厚古老的社会进行全面突然的改造，正是对带有普遍性的思想体系的迷信造成了大革命“骇人的景象”（第三编第一章）。启蒙派的思维模式影响深远。1866年，在第一国际的会议上一些法国代表抨击民族的观念，一位大思想家讥嘲道，他们无非是想让世界各族人民都成为法国人的翻版。当时英国一些“开明人士”也把自由派的原则奉为放之四海而皆准的通则，化外之民必须对殖民者顶礼膜拜，否则将严惩不贷。[1]倘若当今麦当劳和麦当娜真是“全球文化的共同参照系”，那么这全球化无非是美国化而已。

普遍的法则在19世纪确实有真心诚意的信奉者。雪莱迷恋于一般的善和没有对象的爱，他在诗剧《解放了的普罗米修斯》里呼唤一个“没有部落、没有民族”的世

[1] 参看帕瑞克《高人一等》一文，载1994年2月25日《泰晤士报文学增刊》。

界。雪莱的理想至今依然吸引了为数不少的文人墨客。雪莱在《诗辩》中称诗人是人类“未经承认的立法者”。可以说，诗人背负神授灵感的使命，诗人之名不受国家、民族等世俗观念的局限。出生于印度孟买的英国籍小说家（广义上诗人家族的一员）拉什迪是雪莱的忠实追随者。他的长篇小说《撒旦诗篇》于1988年出版后立即在世界上最大的民主国家印度遭到查禁，不久霍梅尼又使他名扬四海。1993年11月，拉什迪和其他一些作家在法国斯特拉斯堡庄严宣布成立作家国际议会——一个高于世俗政权而又没有神祇的神圣同盟。拉什迪被推选为议会主席，于是名正言顺地成了全世界人民的精神领袖。在为该议会起草的宪章上，拉什迪发挥了作家是人类立法者的主题。这位没有选民和城邦之名的立法者只忠于个人的创作冲动，目空一切地翱翔于太空。独立自足的拉什迪是位世界主义者，但是他的世界并不是没有中心、没有高低优劣之分的世界，正如他的存在之家不是乌尔都语或印地语。我们在为拉什迪的不幸深表同情之际，不妨看一看几位杰出的英语诗人如何对待文人之名。

首先回忆一下另一位世界主义者、美国诗人爱兹拉·庞德的命运。庞德的时代是流亡文学的时代，用詹姆斯·乔伊斯笔下的青年艺术家的话来说，“流亡是我的美学”。作为流亡者的庞德对世界上各种文化抱有近乎贪婪的好奇心，这方面拉什迪实在是望尘莫及。庞德和拉什迪一样，对自己的祖国不大恭敬。在《休·赛尔温·莫伯利》一诗中他称美国为“半开化的国度”，并还嘲笑了马革裹尸的胸怀：“为国捐躯既非乐事又不光荣”（贺拉斯名言“为国捐躯快乐又光荣”）。1917年11月10日，庞德在致威廉·卡洛斯·威廉斯的信上，针对后者关于美国文人必须有美国之名的主张，援引了一位法国作家的话针砭排他性的爱国情操。庞德推崇世界主义，同时又不是在玩弄概念上偷梁换柱的把戏，即把美国或西方当作普遍性的代号。他毕恭毕敬地从中古的威尼斯和普罗旺斯以及古代的东方取文化之经。20年代中期他到意大利的拉巴洛定居，埋头创作多种文化杂陈的《诗章》。“二战”期间，庞德以一个诗人真诚的糊涂到罗马电台上作广播演讲。他没有直接提到当时的战事，但谴责了他心目中的万恶之源——高利贷统治。盟军占领意大利后庞德被控犯有叛国罪。在比萨的美军拘留所里庞德继续学习中文典籍，琢磨“正名”的意义并诵读“习习谷风”，他甚至把拘留所外面一座无名山峰称为他景仰之至的“泰山”。1958年，由于他的所谓精神病经专家鉴定已经不治，美国联邦法院撤销了对他的起诉。庞德逃避了被判为民族叛贼的厄运，但是他在法律意义上失去了自己的名字，他从此不能签署支票和合同。

与庞德的世界主义对立的是威廉斯的地方主义。威廉斯早年曾远游欧洲，但感到它“虽信美而非吾土”。威廉斯相信，一个作家的卓越之处就像深深植根于泥土的树上的绿叶，真实而清新；一个美国诗人之名就是美国本土文化及其语言文学的特色。他的多卷长诗《帕德逊》以新泽西州的小镇帕德逊为主人公，创造性地描写了故乡故土的地貌、历史和人物。威廉斯喜爱肖洛霍夫的《静静的顿河》，他从小说卷首所引的哥萨克民歌中的一句“你啊，静静的顿河，我们的父亲”得到启发，把长诗中的帕塞伊克河写成融过去与现在于一体的当地民众的意识之流，而拟人化了的帕德逊这一特殊的地域就是威廉斯自己的生命。有评家解释道，帕德逊一词源于印第安语“Pasqueg”，同时它又象征了一种父子世代相传的精神（“Paterson”中的“Pater”理解为拉丁文中的“父亲”）。

20世纪另一位优秀美国诗人罗伯特·罗厄尔在评论《帕德逊》第一卷时指出，这部作品的精神与庞德的《诗章》背道而驰，它植根于美国，植根于一个城市，植根于诗人熟知常见的事物。当长诗第二卷问世时，罗厄尔在诗行中读到了美国神话的主题。他在《民族》杂志上写道，“在最粗俗的意义上，这神话是宣传，是盛气凌人，是自鸣得意”，是“庞大”“力量”“朝气”“民主”“新大陆”和“自由”等字眼，“对涵泳于另一种文化的富有想象者而言，这是何等空洞、浮泛和贫乏！”但是罗厄尔确信，伟大的美国作家都严肃地看待美国神话：“无论好歹，美国确实是巨大的、粗糙的，具有罗马帝国的特征。我们必须责无旁贷地把自己置身于我们的地理、历史、文明、习俗和未来之中。”威廉斯没有托克维尔当年在部分美国人身上观察到的浮夸轻佻的民族自豪感，没有排外仇外的阴暗心理，但是他愿意在一方山水、一方人情中叩问自己的归属和民族的意识。

其实一个世纪前有的美国作家就非常关注美国的文人之名，他们热衷于文化交流但拒绝一味模仿。他们把热爱本土和自幼熟悉的环境当作人之常情，以地方色彩取代欧洲中心的文学主题。威廉斯和曾经声称诗人应该有“民族信仰”的罗伯特·弗罗斯特等人使这一传统在“二战”以后获得了新的活力，黑山派代表人物奥尔森的系列诗《马克西默斯》就是以表现麻省格罗斯特地方的景物而著称的。简言之，英语文学中自成一家的劳伦斯在《美国经典文学研究》第一章所描绘的“地之灵”在美国文学中不断闪现神奇的光芒。劳伦斯确信地球上不同的地方蕴含了不同生命和磁力的氤氲之气，“每个大陆都有其地域之灵。每一个民族都被一个特定的地域所吸引，这就是家乡和祖国”。这“地之灵”一说使劳伦斯在读到威廉斯的《美国气质》时顿生好感，而他通常是挑剔的。

有趣的是晚期的劳伦斯已感受不到英国“地之灵”的脉搏。虽然他不是心存桑弧之志的世界公民，他也背井离乡，一度想在尚未被富兰克林的功利主义所玷污的新墨西哥安妥他的灵魂，用服膺欧洲文化的艾略特的话来说，劳伦斯在“追寻异神”。威廉斯与本土的“地之灵”难舍难分，他对生于美国但加入英国国籍的艾略特深表不满，他曾指责艾略特背弃祖国，把它拒于千里之外。艾略特表现了另一种忠诚，他通过寻根问祖认识自己的文人之名。艾略特对美国地域文化的特殊性显得比较淡漠，他尊崇亚里士多德的科学智性和带有普遍性的真理。但是艾略特不为简单的落后/先进的两分法所囿，在这一点上他和那些迷信进步的自由派人士不可同日而语。他在《四个四重奏》里写道，“发展是种偏袒的谬论，/受到进化论的肤浅概念的鼓舞，/在公众的头脑里，成为否认过去的一种方法”。在这首比《荒原》更为成熟的诗中，艾略特通过与言辞和意义的“难以忍受的搏斗”使永恒而普遍的“道”与具体的时间地点有机结合。时间是现世的、转瞬即逝的，但是只有进入时间才能超越时间；“道”的价值只有通过植根于一时一地的个例来求得。《四个四重奏》正是在四个具有不同历史意义的地点里向读者展现约莫可辨的永恒。艾略特怀疑一个没有历史、自以为凌驾于时间之上的民族是否能得到拯救。只有接受历史性才能抵达历史的彼岸，于是即时即刻的英格兰演化为“无始无终的时刻的交叉点”：

……当一个冬日下午，
光线渐渐暗淡，在一座僻静的教堂里，
历史就是现在和英格兰。

（裘小龙译）

艾略特在此缅怀三百年前生活于小吉丁地方的宗教组织，寂静的英格兰这时传来悠远的历史回响。四海为家者矢志于没有根基（根基就是“现在和英格兰”）的世界主义，他们反而难登“道”的堂奥。

艾略特回到祖先居住的国度，并曾对自己的英国文人之名作了一番不甚必要的解释。可是“二战”后一些沉潜于本土传统的英国诗人有时仍视艾略特为来自美国圣路易的闯入者。菲力浦·拉金一生安居于英格兰一隅，他甚至对《观察家》杂志采访他的记者说，离故园越远越悲惨。浪迹天涯的“世界公民”的名声对他无异于一张耻辱的招牌。[1]（另一位英国诗人、批评家唐纳德·戴维说：“我们崇高地自称‘世界公民’时，我们实际上是使自己断绝于今日多数同胞公民乃至为数更众的已故祖先。”）如果威廉斯试图在美国历史和身边的日常景物里捕捉“地之灵”，拉金则以平实、细致和克制的诗风叩响以哈代为代表的现代英诗传统之门。他展现的“英格兰灵魂的四季”（戴维语）不是那种挥舞米字旗、高唱“不列颠称霸海上”、把英国民族利益作为普遍真理在世界上强行推销的帝国主义。在当今英语诗歌界出类拔萃的爱尔兰诗人显默斯·希内曾以他卓绝的语言敏感性点评拉金等三位英格兰诗人的异同。他在《心智的英格兰》一文（收入1980年出版的文集《急务》）中精辟地论述了三人的文人之名：他们都试图重新审视本土的经验，再次聆听故乡的声音；他们各自的英格兰并非如出一辙，但是他们的诗作里都镌

[1] 比较：“春天是没有国籍的，白云是世界的公民。”——北岛《真的》

刻有特殊的历史、地理和社会的场景。最难能可贵的是他们以大致代表了英语演变轨迹上的三个阶段的不同语言风格“庋藏并维系心目中真正的英格兰”。拉金、泰德·休斯和杰弗里·希尔对英格兰风物抱有虔敬之情，“他们都希望保存当地传统，使来自过去的想象力的给养线畅通无阻，……并确认处于威胁中的文化身份”。

在这些文字里，希内仿佛是借评述三位诗人的英格兰之名来探求自己的爱尔兰之名。在爱尔兰作家中，他的楷模不是以消解一切为己任（因而深得“后结构主义者”青睐）的贝克特，而是欲以民族的历史感使爱尔兰文化如松柏枝叶青青相承的叶芝。希内的目光因长于比较而更加深邃、集中：“我们没有遮拦的乡土 / 是在旭日和夕阳之间 / 不断硬结的泥沼。”在这片贮存了爱尔兰文明的柔软、黑色的沼地上，“拓荒者们不断地 / 向里向下进击”（《泥炭沼地》，傅浩译）。希内也像“拓荒者”那样向纵深处“进击”，在此过程中他的文人之名慢慢形成、显现。他在《挖掘》一诗中写道，父亲在砾石累累的田里挖白薯，爷爷在沼地里挖泥炭，而他要用新的方式克承祖业：“在我食指和大拇指中间 / 那支粗壮的笔躺着，/ 我要用它去挖掘。”（袁可嘉译）1982 年，《企鹅英国当代诗歌》收入希内的作品，他发表诗体公开信一封拒绝“英国”的冠冕：“绿色是我的护照。/ 我们从来不为 / 女王祝寿干杯。”[1] 他

[1] 绿色是爱尔兰的象征。

要在自己的家园俯仰自得，“居留于它固有的名称”。希内绝不仇恨英国文化，不会高呼自由的口号或发表媚俗的政见博取共和派的掌声。他仅仅是希望像自己所尊敬的英格兰诗人那样“确认处于威胁中的文化身份”。

也许希内可以被称为一个通达的民族主义者。他的民族自尊心是不具侵略性的，因为他能将心比心，为英格兰诗人的民族本土意识而感动。但是当今世界上煽扬民族优越感的言论仍屡见不鲜。英国历史学家保罗·约翰逊在近作《醒来吧，不列颠！》一书中竟称“生而为英国人是在生活的彩票中抽得头奖”。与这怪论相匹配的是近来已显露头角的汉字沙文主义和关于“龙的传人”的神话。另有一种更可畏的扩张性的美国式民族主义，即神学上的民族主义：某民族把自己的立国看成圣灵感孕的结果，它是上帝的选民，因而时时处处都得到天佑神助；它相信既然天降大任于己，就应该以地缘政治为手腕消除差异性，使自己的标准通行天下。如果这样的民族真的执世界之牛耳，礼运遗篇的理想大概就算实现了。随着似乎没有民族片面性的世界文学的出现，文人之名分明是明日黄花。

这是不是歌德的设想？可不可以把歌德的世界文学的概念理解为一部色彩绚丽丰富、需要由众多各具特殊音质的乐器来演奏的交响曲？如果巴松、长号、提琴和定音鼓经过一番电子混合处理后发出同一种不伦不类（取该词中性意义）的声音，那么交响乐岂不成了单一乐器的合奏？这个比喻或许是不妥的，因为民族文学和民族性都是历史的产物，它们在多种因素的作用下渐渐形成并不断纳新，不具超越历史的浑然天成、亘古不变的绝对音质。但是在多种文化共同繁荣的今日，差异性既是客观存在的，又是不可或缺的。近几十年来兴起的拉美魔幻现实主义文学不是得益于20世纪中叶拉美的“寻求民族特性”运动和魔幻般的非欧洲文化（包括几被欧洲人彻底摧毁的阿兹特克文化）吗？拉美文化固然有混杂和多样的特点，甚至语言也是舶来的，但是从葡萄牙和西班牙连根拔起的语言在拉美扎下根后与当地社会一起生长变化，它的文学不是消极被动的。深爱欧洲文化的墨西哥诗人帕斯提醒欧洲中心论者，拉美各国的文学“很快就不再是大洋彼岸的单纯反映：有时它们是对欧洲文学的否定，更多的时候则是对欧洲文学的反驳”。赋予哥伦布以前的墨西哥以生命的神灵度过了种族大屠杀的劫难，而作为一位墨西哥作家，帕斯感到有责任与那个世界的神话、传说、共同生活的方式以及民间艺术交流会晤，并把它们表述出来。当代墨西哥历史的教训就是帕斯的文人之名：“对现代的寻求使我们发现了古代，发现了我们民族掩藏着的面孔。”（见《世界文学》，1991年第3期）

七十年前，梁启超谆谆告诫即将赴美国留学的清华学生，将来要以做中国学者为务。康有为、梁启超那一辈晚清文人为“神州万里风泱泱”而振作，为“虎豹交横弱肉求”而愤慨。仅凭这种可贵的感情还无法获得中国学者或文人之名，因为它曾驱使一些爱国爱得激狂的热血青年投身名目各异的“文化大革命”，以民族文化的自杀来求民族文化的新生，结果使根深干伟的中华文化元气大伤。在19世纪30年代号召美国学者独立自强的爱默生曾在《论自助》一文里谈到游学问题，我们不妨参考他那失之偏激的言辞来推敲梁启超当年的耳提面命在今日中国的意义。爱默生称美国人迷信到意大利、英国和埃及游学是因为缺乏自我修养。“灵魂不是游客，智者不离桑梓。遇有必要或因职责而必须走出家园，进入外国领域时，他们仍不脱本色。”爱默生希望同胞在海外要像“智慧和德行的使者”，而不是“无照商贩或仆从”。那些对欧洲文明心仪已久的美国人则意识到职责就在脚下，像地轴般立足本土。爱默生显然也在呼唤美国的文人之名，但是他坚信立足本土者才能当此重任。随着时代的变迁和文化交流的需要，文人之名已难以一概地用居留的地点来确定。楚人钟仪羁囚于晋，操琴不忘楚曲；越人庄舄仕楚执珪，病中犹尚越声。更何况目前海外的华人学者传播建设中国文化用力甚勤。至于国内的学者文人，大概可以记取历史的教训：任何宗教或主义，若忠实移入而不改其貌，必将归于消沉。在吸收外来学说时，必须如陈寅恪所说“不忘本来民族之地位”。文人之名的前景就在广搜东南西北中的古音新声，荟萃熔铸，不失故我。

（原载《读书》杂志1995年第1期）

于嬉笑诙谐之处

李渔道："于嬉笑诙谐之处包含绝大文章，使忠孝节义之心得此愈显。"此说暗合这样的理论，即喜剧笑话寓庄于谐，旨在表现或暴露生活中的乖谬，故而有激浊扬清的作用。其实很多嬉笑不合大道，只是偏见和恶的本性的展露而已。笑声殷殷处可能独不见淳朴敦厚的社会风尚。时下流行笑，各式笑星登台亮相，说笑逗乐的文丑，也勉强做作地游戏起人生来，以为风雅。强调嬉笑诙谐背后势利、自矜高明乃至残忍的一面，或许可以救偏讥弊。

笑声常常遮掩世道的不公和人事的参差，于是陋习代代相传，成见变为天经地义。在古希腊喜剧《云》里，苏格拉底坐在悬于半空的篮子里作荒诞不经的清辩，他那些苍白消瘦的门徒或翘起屁股研究天文，或低头苦思寻找玉葱。观众笑得前仰后合之际，苏格拉底的名声和他孜孜不倦的求索精神却蒙上了一层污垢。笑声和掌声后来竟演变为公众狺狺的指责。苏格拉底在柏拉图的《自辩篇》里称《云》剧是他自己厄运的肇始。[1] 伏尔泰如此谴责《云》的作者："寡廉鲜耻的审判官准备好了毒药，用以毒死希腊的一位德高望重的人。"作为无神论者的伏尔泰，若看到剧中的苏格拉底因对诸神似有失敬之处而受到调侃挖苦，定然笑不起来。

与人同乐同笑可以比与人同悲同哭更难。庄子妻死，他的朋友惠子往吊，不期遇庄子又作狂奴故态，"方箕踞鼓盆而歌"。惠子对他的怡然自乐之态不以为然。如果这故事稍欠极端，再看一则笑例：《红楼梦》第九回中，李贵听贾政说要剥他的皮，吓得跪在地上。他告诉贾政宝玉读书用功，已念到"第三本《诗经》，什么'呦呦鹿鸣，荷叶浮萍'"。这时候在座的众清客相公哄然大笑，原来他们知道"荷叶浮萍"为"食野之苹"之误，于是知识的力量突然迸发为笑声。且不论这是否缓解了紧张空气，李贵无缘无故见笑于众，大概会觉得自己实在太卑微。如果座中一位谦谦君子对李贵颇多同情，且明白学而知不足的道理，就难以随诸位大人作萧萧马鸣——虽然他的正襟危坐又会被笑李贵的读书人理解为无知而受到耻笑。

其实，什么事物可以侈目解颐或取笑揶揄全由各人的立场好恶而定。嬉笑诙谐，还随时代和地域而变。《淮南子》上有"于古为义，于今为笑"一说；而幽默故事到

[1] 从柏拉图的《会饮篇》看，《云》的作者阿里斯托芬与苏格拉底交情不薄。阿氏可能只是循当时旧喜剧的惯例，在《云》剧中以社会名流为讽刺对象。他本人对苏格拉底大概并无恶意。

了异国他乡，常常引起误解。英国作家奥威尔曾遗憾地提到一个印度人把英国小说家伍德豪斯视为反英作家，缘由是他作品里英国贵族的行为乖张可笑。奥威尔指出，英国人绝对不会认为伍德豪斯反英或反英国的上层社会。他叹道，文学作品漂洋过海后，其诙谐精妙处往往不被理解。奥威尔还可以加上一句，也许正是英国人相互之间的默契，使他们忽略了英式幽默背后偶尔显露的并不足以引为自豪的心理。我们可以观赏一个细节，并稍作分析。

英国作家考林·苏伯伦在游记《长城背后》(1987)中记述了他于80年代中叶到中国二十多个省市的游历。虽然书名带有几分冷战的俗味[1],《长城背后》与西方其他的中国游记相比还是有观察细致、文笔老练机智等优点。1988年，在西方知识界影响很大的英国广播公司海外台连续广播全书。苏伯伦在书的起首提到飞北京途中邻座的中国姑娘。她还算漂亮，只是长相与打扮缺少特色。另外，“她的牙垢使人想到她有一段比她的衣着所示更为寒酸的历史”。这位被作者居高临下地描绘一番的姑娘问他到中国哪些地方旅游，苏伯伦自称，想到中国人难得有机会云游四方，深感愧怍，只得以无伤大雅的谎话虚应故事：“我要去北京和上海，可能再沿长江而上，然后到广州……”这回答说明作者善于曲体人情，还是待人接物不

[1] 书的原名是 *Behind the Wall*。“冷战”时常有“铁幕背后”“竹幕背后”的说法。

够真诚？此时出现几行不无诙谐幽默的文字，以姑娘的笑开始：“她终于微微一笑。或许她在纳闷这个外国人对她的国家究竟能了解到什么——这个背了土头土脑的旅行包（我先前不慎把包掉在她的脚上）的西洋人，居然不能随团旅游。”

显然姑娘在提问时心中已在怀疑。听到回答，更证实了那是一条走马观花、毫无新意的标准旅游路线，“终于”展开微笑，鄙薄之意溢于言表。但是读者知道她被貌似木讷平庸的作者蒙在鼓里，她的笑反而衬托出作者的旅行计划（东起山海关，西至嘉峪关）相当不俗。紧接着这一笑，苏伯伦试图追随姑娘的思绪：“或许她在纳闷……”后面那实质上是否定的结论对笑的原委作了直接的解释。这位似乎有羞愧之心的英国游客在以自嘲（据说自嘲是幽默的最高品位）为武器，以姑娘的明笑带出自己不动声色的一笑，并邀请他的读者与他同笑。为什么旅行背包“土头土脑”？是姑娘在符号世界里读出了它的社会属性，还是它曾鲁莽地侵犯了她的脚？是不是作者有意表现姑娘的矜持拘谨？苏伯伦独自出游，又受到姑娘指责（“居然不能随团旅游”），仿佛只有成群结队地出现在著名风景点才符合常理。是她好群居的习性（典型的中国人！）还是愚昧使她有此成见？须知在西方，有文化修养的人士从来不屑于让旅行社来把他们置于一个往往俗不可耐的旅游团里，一揽子安排各种参观访问。善游的，是那些为体验别人无法重复的经验不畏风险和困苦的只身孤行者，他们在一个陌生的世界里从容不迫，随遇而安。中国姑娘自以为是地笑这个“西洋人”，但是她的笑和暗含的评断标准却被巧妙地用来显扬被笑者的优越。贺拉斯说：“在适当之处装傻是乐事。”苏伯伦回答问题时装傻，诱出姑娘（实际上是作者凭自己成见虚构）的失望，以为乐事。这过程中有藏而不露的幽默，也有几分能与读者分享的得意。

姑娘笑人，却见笑于人。看来要笑还得具备非常的资格与实力。卓尔不群的通人达才，冷眼观世，以一笑小天下。对这样的人物而言，常人的笑大概都可笑。不过这种笑人之笑就如苏伯伦笑中国姑娘之笑，会给嬉笑诙谐里的有失公允之处添上一点模糊。钱锺书先生在评《毛诗传笺》中“人之耳聋，恒多笑而已”一说时发挥道：“今谚则不言聋子，而言‘瞎子趁淘笑’，如赵南星《清都散客笑赞》记瞽者与众共坐，众有见而笑，瞽者亦笑，众问：‘何所见而笑？’瞽答：‘你们所笑，定然不差。’”钱先生敏锐地指出，郑说于“观物态、考风俗者有所取材”，《笑赞》里的那则笑话当然更是如此。

“瞎子趁淘笑”不知是否从南宋时即有的“侏儒观戏”演变而来（即侏儒观戏，人笑亦笑，问其故，谓众人决不误我）。两者都以残疾者为笑的对象，这在民间笑话中并非鲜见，大概与常态有异最易成为笑柄。西谚云：“健全的精神寓于健全的身体。”也许基于这个道理，《圣经》里称残疾者“天性凉薄”，其实“凉薄”这词用来描写社会更加贴切。残疾者之病往往被用作他们的名字，但是人们对所亲所敬的残疾人士不会以解剖学或生理学的标准来界定他们作为人的特性。两则笑话的基础即是瞽者和侏儒与众人身体上的差别。不知瞽者长期以来是否养成了战战兢兢做人的习惯，他与众人同坐，心中未必坦然。众人大笑之际他若无所反应，他的沉默必然变得格外响亮。在随人笑时，他可以感到成了集体中与人平等的一员，乐而忘忧。为了淡化或消隐自己的有异于人处，预防因沉默而招致羞辱，不如人笑亦笑。这是瞽者下意识的自卫，是弱者对强者无可奈何的反抗。瞽者不笑，自己觉得孤独和尴尬；笑了，却又令众人对他大动干戈。众问："何所见而笑？"这与其说是设问，毋宁说是侮辱性的讥刺，目的是使瞽者无地自容，等于"你见得到什么？有何资格发笑！"在修辞学上，众人之问称反诘（rhetorical question），提问者并不期待答复。不言而喻，瞽者盲目的笑和胁肩低眉的回答又给众人一次欣赏自己的高明的机会。若与众人一起笑瞽者之笑，与欺侮弱小无异。施痛于人竟能带来如此难以抵挡的快感，我们本性如何，自不必讨论了。柏拉图早在《斐利布斯篇》里说过，人们见到左邻右舍的灾祸觉得畅快。这成了喜剧心理学的发轫。

笑瞽者不瞽，然而并不明通。他们如善于推己及人，此时必然会在瞽者的笑里听到他生活中的凄楚，进而悚然动容，自省自修，绝不会在瞽者的创口撒把盐取乐。同理，戏场里的八尺汉子，听到身后侏儒的笑声，会感到世风的窳败，赶紧把他送到前排，以让他"有见而笑"。

当然藐视物象世界的哲人又会作出不同反应。庄子以为“胶离朱之目，而天下人始含其明”。既然万物齐一，就没有什么值得一笑。原子论创始人德谟克利特甚至抉目以求思想明晰。他又以“大笑的哲学家”著称，最好嘲笑世人的愚昧。瞽在他绝非自卑的源泉，而是超凡脱俗的洞察力的象征。古希腊传说中失明的帖瑞西士被神赋予预知未来的能力。原来达人以凡夫不具之眼观物外之物。假设他们与笑话中众人同坐，众有见而笑，他们会鄙夷地责问：“何所见而笑？”

瞽者人笑亦笑，被众人这么一问后可能会随众人自鸣得意的讥笑再笑。备受凌辱的残疾者也有断然不容耻笑、奋起反抗的时候。读到下面这段记载，我们会发现一些令人深思的新问题：

平原君家楼临民家。民家有躄者，槃散行汲。平原君美人居楼上，临见，大笑之。明日，躄者至平原君门，请曰：“臣闻君之喜士，士不远千里而至者，以君能贵士而贱妾也。臣不幸有罢癃之病，而君之后宫临而笑臣，臣愿得笑臣者头。”

（《史记·卷七十六》）

平原君当时感到“以一笑之故杀吾美人，不亦甚乎”。不料美人不杀，宾客舍人竟纷纷离去。平原君与孟尝君同有爱士的美名，他们之间“方争下士，招致宾客，以相倾夺，辅国持权”（《史记·卷七十八》），所谓的“喜士”并非没有功利的目的。平原君门人离去，意味着自己势力的衰薄，于是他立斩美人头，“自造门进躄者，因谢焉”。此后门下宾客“乃复稍稍来”。从躄者的陈诉里我们不难得知，那时“爱色而贱士”者比比皆是，既然风俗如此浇漓，他的残疾大概常常为人取笑，美人之笑还不至于十恶不赦。躄者利用了平原君的爱名之病，逼迫他杀美人以明贵士之志。平原君慑于利害，顺应了躄者的要求。如果躄者不明白要实现道德理想不能不考虑方式是否允当，平原君杀美人就和吴起杀妻求将（见《史记·卷六十五》）一样卑劣：美人和妻不过是随时可资利用的工具而已。太史公记载这则故事时笔端有无流露出欣赏之意？不知杀美人后众宾客是否笑逐颜开？当时的游士中有人待价而沽（俗话说“有奶便是娘”），以能折节待己者为贤，仿佛他们自己就是贤的化身。他们充满了自爱，故而好以一己的荣辱或本阶层的利益来评断是非得失。《史记》上没提及平原君杀美人时众士上前劝阻。

以爱士著称的孟尝君和躄者一样不愿见笑于人。他过赵时“赵人闻孟尝君贤，出观之，皆笑曰：‘始以薛公为魁然也，今视之，乃眇小丈夫耳’。孟尝君闻之，怒。客与俱者下，斫击杀数百人，遂灭一县以去”（《史记·卷七十五》）。有如此贤君，便有如此贤士：孟尝君失位，众宾客皆去。照那位当初“弹剑作歌奏苦声”[1]的冯驩来说，

---

[1] 见李白《行路难》之二。李白在这首诗的起首写道：“大道如青天，我独不得出。”这“出”无非指功名利禄。脱略形迹的谪仙也好“奏苦声”。

这尽在情理之中，犹如市朝日暮时物尽，众人掉臂不顾。这种两相利用、没有道德内涵的关系，深谙权术的冯驩知道得最为清楚。

笑瞽、笑躄、笑孟尝君都是伤人的——虽然笑者结局不同。羸弱如瞽者，只得随众人冷酷的笑再笑；权势煊赫如孟尝君者，则可以率宾客杀伐行威。人处社会之中，发笑还得看一看对象。王国维在《人间嗜好之研究》一文里称，“虽遇可笑之事，然非其人为我所素狎者，或其位置远在吾人之下者，则不敢笑”。虽然这里有令人失望处（他大概会随众清客笑李贵，随众人笑瞽者，但不敢笑地位当在他之上的孟尝君），王国维考察笑的出发点却值得注意。脱离伦理谈论谑浪笑傲的所谓“审美”或“艺术”特征恐怕难得要领。

三四十年代时，苏联文学理论家巴赫金曾在《拉伯雷和他的世界》（英译书名）及长篇论文《小说中的时间和时空值形式》中对《巨人传》里狂欢任诞的笑以及污言秽语（scatology）作了独到的分析。巴赫金把广义上的所谓官方的、权威的语言都看成是对现实的扭曲，而拉伯雷则从民间传说汲取营养，以无所顾忌、老大不敬的欢笑颠覆原有的价值观念与序列。巴赫金认为，像狄更斯那样的作家的诙谐不具很强的破坏力，因为他们脱离了劳动人民没有矫饰的粗犷的生活。笔者怀疑，巴赫金出于一种简单的政治教条，把民间的一切都看得美好健康，把社会中一切规矩方圆都当作镣铐桎梏。小人物在狄更斯的世界还找得到同情与热心，他们在巨人的天下往往无名无姓，只配溺死在庞大固埃们的滔滔巨尿里。拉伯雷式的大笑常由恶作剧引发。虽然德廉美修道院里“为所欲为”的人们听从妇女的意志行事，妇女在《巨人传》中大都因“深明生生不绝之道”被作者百般笑骂。为达到目的不择手段、颇有文艺复兴时期英雄气派的巴汝奇，调戏巴黎贵妇不成，遂宰杀一条发情期母狗，将其下体剁成细末撒到贵妇身上，不久满城公狗对她围追堵截。巴汝奇的类似行止不一而足。近来西方学界常注意到文学与阅读过程中的伦理问题。美国学者韦恩·布斯在近作《愿交之友：小说伦理学》(1988) 里提到拉伯雷的笑。他指出，妇女才是这种恶魔般狂笑的牺牲品。这样的笑声如何动摇那占统治地位的意识形态与语言？从伦理角度出发，我们无法随拉伯雷或巴汝奇的笑而笑，为什么巴赫金对这般粗劣的笑话如此宽容？

见识独到的巴赫金有此盲点不足为怪，还有不少学养不在他之下的论师也忽略了笑声后面的恶势力。王国维在上面提及的文中还写道：“夫能笑人者，必其势力强于被笑者也，故笑者实吾人一种势力之发表。”[1] 这和英国哲学家霍布斯关于笑的理论相似（即笑是“突然荣耀感”，见

[1] 比较英国小说家菲尔丁在《约瑟·安德路传》序言中这段文字：“一个人能够把貌丑、体弱多病或是贫苦的人看作嘲笑的材料，他的心灵一定是畸形的。……天生的残疾更不宜于成为嘲笑的对象。”但是菲尔丁还说，如果穷人装腔作势地摆阔，或瘸子作矫健状，他们也会引我们发笑。

朱光潜《文艺心理学》第十七章)。霍布斯那段出自《论人性》的文字后还有一句朱文中未曾译用:“再说,这是一种虚矫自负的荣耀。把他人的弱点引为自己逞能争胜的依据,实在于理不通。”他在《巨鲸》(或译作《利维坦》)第六章里还说,好耻笑他人实在是胆怯的症状,为什么要强使自己自我感觉良好?

这和霍布斯的性恶论有没有某种联系?写到这里,该请法国诗人波德莱尔《论笑的本质》一文登场了。有志于构建关于嬉笑诙谐的理论体系的人士读一读那篇文字必有益处(见《波德莱尔美学论文选》,郭宏安译,人民文学出版社,1987)。这位《恶之花》的作者在文中阐发了“智者发抖的时候才笑”这一命题。波德莱尔居然说,笑是邪恶的,所以是深具人性的。人只有堕落了,才意识到自己的优越,于是笑得忘乎所以。这优越意识是魔鬼的意识,是夏娃偷食的禁果里的籽仁。由此看来,这“虚矫自负的荣耀”暴露了我们自身的贫弱。正因如此,“智者发抖,是因为他笑了;他害怕笑,正如他害怕尘世的景象,害怕欲念。他在笑前停步,正如他在诱惑前停步”。

我们都是普通的人,难以在诱惑前停步。不过我们仍可以希望在嬉笑诙谐之处听到或看到中正和敦厚。

(原载《读书》杂志1992年第7期)

神圣的疯狂

数学家、哲学家怀特海曾说，音乐和数学一样，体现了人类精神中神圣的疯狂。音乐离不开和声、对位以及秩序感，确是知性的创造，然而因其神圣的疯狂，它又是超越知性的游戏冲动的表现。在古典美学里，游戏就是心不为形役，就是自由。在游戏——神圣的疯狂——里，永远知足者“使闲散与淡泊成为值得羡慕的神境的命运”（席勒）。不言而喻，神圣的疯狂有别于世俗的疯狂。当旋转彩灯在俗丽的台上绘出光怪陆离的鬼符，当打击乐器和超大功率喇叭发出“钢铁的爆炸”（英国诗人戴维语），当早该陨落的“巨星”带了跟班像群魔般疯舞狂吼，我们知道那是以发泄为主旨的世俗的疯狂。通过神圣的疯狂，个人为某种难以言喻的伟大事物所攫获，于是在有限的经验里体悟到无限，进而精神抖擞地意识到个人的渺小。这疯狂不啻是宁静致远的境界。通过世俗的疯狂，个人在欲望的消费里无限地膨胀，不久又在疲乏中期待下一次刺激。这是以个人为中心的疯狂，是“让我一次爱个够”，乃至“过把瘾就死”。还有另一种形式的世俗的疯狂——逃避到音乐里寻找个人生活的涟漪，把旋律和节奏贬为一己的感情的投射。

作曲家、演奏家是神圣的疯狂的创造者和诠释者，他们一拿起乐谱，内在的耳边就响起了天籁。由此可以推知，播放音乐的器具并不是神圣的疯狂的本源，拥有最先进的设备并不等于得到音乐的神髓。我们要谨防爱乐者的世界沦为音响销售商的天下。同时，我们不必以搜罗最新录制的DDD激光唱片为时尚，这绝不意味着我们对新作品、新演出存有成见。在一个浮躁不定、“解放思想”的时代，珍爱旧唱片或许还有补偏的功用。

还是让《爱乐》杂志来慢慢展现极其丰富而又复杂的神圣的疯狂。

（原载《爱乐》杂志1995年创刊号）

走向世界与认识自我

说到“走向世界”这个话题首先想到湖南。改革开放后不久，钟叔河先生发掘整理了很多珍贵的晚清史料，辑成一册册的“走向世界”丛书，并在《读书》杂志上发表系列相关文章。学界在这些著述中不仅看到了晚清中国士人首次走出国门后的见闻，还对本土经验或者说中国社会的世俗人心有了新的认识。外部世界仿佛是一面镜子，让我们看到了自己。1984 年 11 月，丛书第一辑（十册）由岳麓书社出版，它见证了湖南对于中国本土经验走向世界所做出的巨大贡献。

鸦片战争后，魏源的《海国图志》使中国士人“睁眼看世界”，这是一般教科书上都提到的。另一位湖湘人士的贡献可能在魏源之上，他就是近代中国第一位驻外使节郭嵩焘。那时的中国士大夫非常不愿意去“夷狄之国”，他们担心，与洋人打交道出力不讨好，有辱名节。郭嵩焘也有类似的顾虑。他在光绪二年（1876）的日记中记载，慈禧几次召见他，要他“一味替国家办事，不要顾别人闲说”。郭嵩焘到了英国后，当地的统治程度之高让他发出由衷的赞叹。他以新奇的眼光观察国外的风土人情，对社会的组织和种种科技的发明尤多属意。收入“走向世界”丛书的《伦敦与巴黎日记》就是他留给我们的宝贵文献。

上海世博会召开前，不少关于世博会历史的材料都提到陆士谔如何在未来小说《新中国》（1910）描述上海博览会场景。其实郭嵩焘早在光绪三年（1877）的日记里就多次说到他与几位英国人商议在上海设“博物馆”，并从日本驻外使节处了解日本参与世博会的经验。郭嵩焘把现代意义上的博物馆（museum）称为“妙西因”或“画馆”，所以他提到的“博物馆”不是存放古物或文物的，而是一个举办国内外“赛会”即博览会的场地。

《伦敦与巴黎日记》中很多章节现在读起来还非常有新鲜感和震撼力。比如郭嵩焘记载了这样一件“小事”：伦敦一位马车夫在车内发现一把雨伞，记得是一位到中国驻英使馆的客人留下的，于是把伞交到警察局，警察再把伞送到使馆。显然，郭嵩焘意识到“小事”不小：在广大民众配合下，政府在这种事情（即“失物招领”）上可以大有作为。他还注意到警察局对拾金不昧的行为有一些详细的规定，一一抄录。实际上他在自问：为什么晚清中国没有这种有益于整个社会的设施？是政府之过还是支配大众行为的价值观不能为这种制度提供保证？我们知道，“失物招领”和无偿献血等制度后来也成为我国公共生活的一部分，是否成功又当别论。

从上述例子可见，本土经验不是永远不变的。光绪年间，像郭嵩焘那样的先觉者真正站在了我国文化界的前列，他们看了海外的世界以后，能够用新的角度看待本土经验，意识到某些重要的欠缺和盲点。正是在他们的努力下，我们逐渐认识到什么是公民社会和公共精神。任何社会都有一定的稳定性，但是又不断变化，有着发展、变形的潜质。假如本土经验是原材料的话，那么它的动态的“定型”需要大家（批评家乃至整个社会）用雕塑的工具使它略具鲜活的形状。我们永远是通过想象力和价值观来建构、形塑我们丰富、复杂而且多元的本土经验。

郭嵩焘到海外以后，对中国习俗有了新的看法。既然如此，那么异邦人士所描写的中国社会也是非常值得我们阅读的，也是我们走向世界的必要环节。一个人在自己的家乡住久了，未必能准确而深刻地描述家乡的特色，游历外部世界的经历反而能帮助他发现一些习而不察的问题。为了加深对自身文化的理解，我们必须走向世界，必须有想象上的飞跃和多重的视角。我们存在于潜意识中的价值观念决定了《孽海花》里赛金花的故事的写作和接受，因为我们假定晚清或民国时期腐败中国官员的行为模式普世适用。一方面是没有失物招领处的社会现实，一方面是德国将军瓦德西在紫禁城寻欢的虚构故事，两者是不是一个铜板的两面？一旦对本土经验里有些潜藏不露的东西有所警觉，我们就会想，稍微变一变不也挺好吗？

我们对本土经验有浓厚兴趣，同时又希望超越它。本土经验需要我们带着比较的眼光去发掘、认识。我觉得这种对自己的社会既热爱又保持距离的态度有助于本土经验获致普遍意义，有助于我们更加全面地认识自我。本土与世界其实早就搅和在一起了，难分难解。一个多世纪以来，我们走过一些弯路，但是我们又在不断地纠偏，不断地摸索，不断地塑造一个更加灵活开放、更加成熟厚重的自我。

向世界介绍中国当然极其必要，然而能否成功最终取决于我们选择性地介绍的文化是否具有亲和力，取决于我们是否具备比较的眼光和自知之明，而后两者都来自对别国的文化和价值观的了解。现在的社会崇拜8（“发”），这是畸形时代畸形欲望的生动体现，把对“发”的崇拜推向世界又将如何影响中国的形象？据《现代汉语词典》的定义，“发”是“因得到大量财物而兴旺”，与“发财”的意思是一样的。公正，仁慈，诚实，信义，这些才是体现价值的伦理观念，而“发”则不是，强盗小偷，赌棍毒枭，谁不想“发”呢？把“发”定为追求目标，是把我们的民族去道德化，去伦理化，这还不是最可忧虑的吗？政府追求善政，办好遍布全国的失物招领处，人人都急人所急，这才是一百多年前郭嵩焘的梦想。认识自我，在细处用心用力，这是我们在提出诸如“走向世界”之类宏大口号的同时切切不可忘怀的，也正是重读“走向世界”丛书的意义所在。

（本文发表于2011年2月8日《湖南日报》）

《美丽的新世界》赏析

述 要

在19世纪的英国大学里，文科占绝对主导地位。随着工业革命的发展、深入，实用科学技术的重要性渐渐凸显。《天演论》的作者、达尔文的“斗狗”托马斯·赫胥黎于1880年在伯明翰作影响十分深远的演讲《科学和文化》。他声称，在大学教育的课程设置中，科学应取代古典文化，因为科学不仅为实用的年代提供实用的知识，它还是未来伦理的基础。数年后，著名英国批评家马修·阿诺德作题为《文学和科学》的演讲，针锋相对地提出，也许科学能证明我们的祖先为猿是无可争辩的事实，但是生活的意义在于人类对美的追求和对操行、品德的关心，广义上的文学最能满足人的这些需要。

以赫胥黎和阿诺德为代表的两种文化在20世纪继续交锋。赫胥黎之孙、英国小说家奥尔都斯·赫胥黎（1894—1963）对科学的发展显然不像他祖父那么乐观。他在小说《猿与本质》（1949）中竟把科学的未来比为两个任人摆布的爱因斯坦，他们像狗一样在敌对营垒的首领唆使下相互吠叫扑咬。赫胥黎对科学和未来的悲观在他的反乌托邦小说《美丽的新世界》（1932）里表现得最令人震惊。

故事发生在福特纪元632年，即公元2532年。原来公元1900年时，美国人亨利·福特创立汽车装配线，引发起一场生产革命。自此，福特公司所象征的文明与生活方式征服了全世界，公元天经地义地改为福特纪元，而这位汽车大王成了人人敬奉的上帝。在这“美丽的新世界”里，人都由孵育中心根据社会的需要有计划地生产，只有保留区的野人（即美国残留的印第安人）才从娘胎出生。随着家庭的消亡，“父亲”“母亲”等表示血缘关系的名词听起来很奇怪，甚至有点粗鄙。从试管制造出来的新人并非一律平等。阿尔法加最为高贵，大都是从事相对独立工作的“知识分子”，埃普西隆减智商最低，身材最矮，他们和伽玛、德尔他等地位卑微的属类都受过一种叫布卡诺夫斯基程序的处理。

这个以垄断资本家为上帝的社会虽然等级森严，但又简单划一。“及时行乐”是安定社会、同化各色人等的口号。过去和未来都使人难耐，只有此时此刻才是众人的关心所在。那里的男男女女不知爱情为何物，因为解裤子的游戏自幼就玩得十分熟练。散步、谈天和阅读思考太乏味，早被淘汰；看刺激感官的电影或女子重量级摔跤才是文明的消遣。（美国已经有一些专供着泳装的女子摔跤作

“秀”的场所，据说生意不错。）既然福特教民有追求幸福的天赋人权，任何形式的痛苦都是洪水猛兽。他们人人备有一种叫索玛（soma）[1]的药物，据说它兼有基督教与酒精的长处，而无它们的缺点，略感烦恼时服用一颗，保管产生飘飘欲仙的感觉。索玛药瓶是全社会永恒的需要，欢悦的源泉。

身为阿尔法加的伯纳德·马克思似乎与人不同，据传他还在试管里的时候工作人员不慎在他的人造血液里略微多掺了一点酒精，使得他的感性与鸿蒙未开的自然人接近。一天，他携女友列妮娜飞赴现美国境内的新墨西哥州参观野人保留区。福特纪元前人类的生活方式使列妮娜深感恶心，但一位名叫约翰的白人青年引起她的注意。她为约翰居然沦落到有一个母亲的地步感到不幸。林达多年前也是文明世界的公民，她随男友到保留区游玩，不慎跌入深谷，男友竟弃她而去。幸亏野人的精心照料，林达保全了性命。当时她已有孕在身，当地没有打胎设施，她只得蒙受奇耻大辱，生下约翰。光阴荏苒，母子俩渐渐习惯了保留区的生活。小约翰偶尔发现一本残损的莎士比亚全集，被书中人物和剧情吸引。他像《暴风雨》中的米兰达

[1] 再版补记：唐代的曲牌“苏幕遮”又作“苏摩遮”，是波斯人的侑神之曲。苏摩是一种有毒的蔓草，梵文作“soma”，“遮”本自“yast”，是曲的意思，苏摩遮即波斯人供奉“苏摩神之曲”。岑仲勉教授在《唐代戏乐之波斯语》一文（载《东方杂志》第40卷17号）对此有所考证。奥尔都斯·赫胥黎对各种能致人迷幻的毒品素有研究。

一样，渴望回到外面“美丽的新世界”。林达则时时怀念可以消弭一切苦恼的索玛。伯纳德的感性还没被享乐原则磨出一层厚厚的胼胝，好奇心尚存。他邀母子俩回伦敦，想观察他们在科学极权社会作何反应。

林达和约翰在伦敦的出现使得把一切都玩腻了的文明人激动非常。原本声名不佳的伯纳德成了上层社会的座上客，约翰被带来带去，供人观赏。林达一心要追回逝去的幸福，吞服索玛过量，昏迷不醒，以致不治。约翰去医院探望母亲，非常难过。但是周围的文明人对此大惑不解，原来他们对死一直无动于衷，眼泪更是前所未见。约翰大概受莎士比亚的毒害太深，无法忍受这个失重的、只有廉价的享乐主义的社会。他向列妮娜表白了爱情，不料长得天使般的姑娘竟急匆匆地宽衣解带，她所知道的爱的定义就是做爱。约翰终于明白在这有欲无情的世界自己完全是陌路人。他认定索玛是万恶之源。它剥夺众人经受痛苦的权利，使他们沦为感官的奴隶。为了救赎世界，恢复人性，他到索玛分发处大声疾呼，斥责索玛为肉体和灵魂的毒药。约翰被押送到玛斯塔法·蒙德的书房，这位世界元首骄傲地向野人解释了福特哲学。他说追求快乐和幸福的社会本来就是平庸的，在致力于制造更多汽车和迪士尼乐园的世界里，高贵和英雄主义又有何用？真与美无法使大规模生产的轮轴转动。莎士比亚的作品之所以被摒弃并非因为它们不好，而是因为它们太陈旧。新，是新世界里美好事物的特征。蒙德这一系列观点全部来自他的圣经，福特的自传《我的生平和著作》。[1]

约翰逃到一座已被废弃的灯塔离群索居。为抵制福特哲学，他从痛苦中寻求慰藉。当他在灯塔外鞭打自己的时候，被人发现，看热闹的人纷至沓来，新闻记者像老鹰扑向腐尸似的赶到现场采访。约翰挥鞭驱赶唯恐天下不乱的记者，得到了数日的安宁，列妮娜也前来看他，似乎萌发了爱情，但被处于癫狂状态的约翰鞭打致死。约翰神志清醒后对往事不堪回首，上吊自尽。伯纳德的好奇酿成这么大的悲剧，新世界与人的激情实在水火不容。

选　文

天气热得使人喘不过气来，远处传来雷声。他挖了一上午的地，正伸开四肢躺在地板上休息。他想到列妮娜，突然间她真的出现了，赤裸着身体，伸手可及，说道："亲爱的，搂住我！"——她只穿了鞋袜，散发出香水味儿。无耻的娼妓！但是呵，啊，那勾住他脖子的双臂，那高耸的胸脯，还有那张嘴！永恒就在我们的唇间和眼睛里。列妮娜……不，不，不，不！他一跃而起，半裸着跑出屋去。石南旁边长着一丛灰色的刺柏。他纵身往它们跳去，怀里拥着的不是他渴望的柔滑的身

[1] 美国的工业巨头确有著书立传的习惯。克莱斯勒汽车公司老板艾柯克的自传《直言不讳》在我国已有几种译本。

体，而是一大抱绿色的针叶。无数的针叶刺入他的皮肤。他尽量想着可怜的林达，他发了誓要铭记在心的可怜的林达：一声不响，断了气，双手紧握，眼里充满了无可名状的恐惧。但是列妮娜的身影依然纠缠着他。他答应过要忘掉她。刺柏针叶挑戳下的肉体仍旧切实感到她。“宝贝儿，宝贝儿……如果你也需要我，你为什么不……”

鞭子就挂在门旁的一根钉子上，随时可用来对付前来的记者。野人发狂般地奔回屋里，抓起鞭子抽打自己。打了结的绳鞭啮咬着他的肌肤。

“娼妓！娼妓！”他每抽一下就大叫一声，仿佛猛抽的就是列妮娜，白皙、温暖、抹了香水的下贱的列妮娜。（他不自觉地狂热希望就是她！）“娼妓！”然后他以绝望的声音叫道，“啊，林达，原谅我。原谅我，上帝，我坏，我邪恶。我……不，不，你这个娼妓，你这个娼妓！”

在三百米外的树丛中，达尔文·波拿巴，感觉电影公司最擅长拍摄大猎物的摄影师，躲在小心搭建的藏身处，注视着整个经过。耐心和技巧终于得到报偿。他已在一棵假橡树的树身里苦候了三天，并在石南间贴地爬行了三夜才把麦克风藏在金雀花丛中，把电线埋在松软的沙土里。七十二个小时难挨的困顿。伟大的时刻终于来到了。当达尔文·波拿巴在他的设备间爬动时，他还有闲暇去想，自从他拍了那部关于猩猩婚礼的号叫声不断的立体感觉电影后，就数这次机会最为难得。“妙极了！”他把望远镜头对准目标——紧跟着移动中的目标；按下高速度，拍到了狂野而扭曲的面部特写；（令人羡慕！）然后扳到慢速度半分钟（他向自己保证，极妙的喜剧效果），同时静听着全录在胶卷边缘音轨上的鞭击声、呻吟和咒骂，声音放得略大点儿（对了，好得多）；真惬意，还能在短短的间歇中听到令人心醉神迷的云雀；希望野人转过身去，让他拍到背部鲜血的特写——霎那间，（如此好运！）这个善解人意的家伙真的转过身去，他拍到了一个美轮美奂的特写镜头。

“哎，了不起！”大功告成后他自语道，“实在了不起！”他擦擦脸。到制片厂把它们配上感觉效果，这是一部极佳的电影。达尔文·波拿巴想，它不会比《抹香鲸的爱情生活》逊色，福特为证，那可就是一笔横财！

……

达尔文·波拿巴影片的效果立竿见影。首映次日下午，天上一大堆直升飞机打破了约翰蛰居的孤寂……从一架直升飞机中走下一位女子。

野人一看到那年轻女子大吃一惊，脸色苍白地往后退去。

年轻女子站着，朝他微笑——一种迟疑的、恳求的、几近卑下的微笑。一刹那，她的双唇翕动了，她在说什么；但是她的声音被看热闹的人反复不断的呼声淹没：

“我们——要——鞭子！我们——要——鞭子！”

那年轻女子双手支在左腰，像玩偶娃娃般漂亮的桃红脸上出现一种奇怪的不协调的神情，一种渴求的忧苦。她的蓝眼睛似乎变大变亮了。突然，两滴眼泪滚落双颊。她又说话了，一点儿也听不见，然后她急切动人地张开双臂，朝野人走去。

"我们——要——鞭子！我们——要……"

瞬间他们如愿以偿。

"娼妓！"野人像疯子似的往她扑去。他像疯子似的用以小绳打了结的鞭子抽打她。

她惊恐地转身要逃，却被绊倒在石南丛上。

……

"小贱货，淫荡，小贱货！"野人又疯狂鞭笞。

他们聚在四周，推推搡搡，就像槽边饥饿的猪。

"啊，肉体！"野人咬牙切齿。这回鞭子落在他自己肩上。"杀了它，杀了它！"

他们被这痛苦的恐怖深深吸引，那先天设定的、深植于他们内心深处的合作的习惯以及要求一致和满足的欲望驱使他们模仿野人狂暴的动作，每当野人抽打自己顽逆的皮肉或在他脚下苦苦挣扎的那堕落的丰腴化身，他们也互相击打。"杀了它，杀了它，杀了它……"野人继续喊道……

最后一架直升飞机飞走时，已过午夜了。索玛使野人浑浑噩噩，感官的长时间疯狂刺激更使他疲惫不堪，野人躺在石南丛里睡着了。醒来时太阳已升得老高。他躲了一会儿，像怕光的猫头鹰般迷惑地眨着眼睛，他突然记起了一切。

“哦，我的上帝，我的上帝！”他用手遮住眼睛。

那天黄昏越过豪格斯贝蜂拥而至的直升机群黑压压一大片，长达十公里。前一晚赎罪的疯狂景象已见诸报端。

“野人，”首先到达的人群一下机就叫道，“野人先生！”

没有回答。

灯塔的门微开着。他们推开门，百叶窗关着，里面半明半暗。通过房间另一头的过道，他们可以看到通往楼上的楼梯的底部。拱门顶端悬着一双脚。

“野人先生！”

缓慢地，非常缓慢地，这双脚摆向右边，就像两根不慌不忙的罗盘指针；北，东北，东，东南，南，南偏西南；停住了，几秒钟后，又不慌不忙地向左边摆去。南偏西南，南，东南，东……

（译自《美丽的新世界》，伦敦格拉纳达书局，1980）

赏 析

《美丽的新世界》作为一部思想小说有主题先行的痕迹。赫胥黎崇拜莎士比亚，在艺术创作上却与莎士比亚化还有相当距离。在小说的第十六、十七两章，约翰和蒙德在后者书房里激烈争辩，他们的对话是两种断然不同的世界观的对抗。作者把两者的哲学表述得淋漓酣畅，但这种直陈式的表述毕竟过于抽象。上面这段译文（摘自小说最后一章，即第十八章）以强烈的戏剧性和具体入微的描写见长，堪称小说的精华。

野人约翰虽然有丰富的感情，但由于小说主题的需要，他往往作为福特教民的对立面出现，性格失之简单，不是英国小说家福斯特在《小说面面观》一书中所说的“圆型”人物。他嘴里塞满了莎士比亚的诗句，一举一动都显得十分机械。但是细读这段译文不难发现约翰性格上复杂，甚至分裂的一面。他对列妮娜的爱情其实极不成熟。列妮娜被理想化成圣母，高踞云端。他所爱的并非列妮娜本人，而是他投射到列妮娜身上的理念。这样的“爱”无法统一精神与肉体的各个层面。约翰数次坚拒列妮娜的诱惑，但是对她依然存有肉欲的渴慕。他劳累不堪之际产生幻觉，列妮娜赤身裸体地出现在眼前。在极端的苦修哲学驱动下他一跃而起，以拥抱刺柏来克制他下意识的欲望。他的皮肉之苦不能驱散在他耳际响起的列妮娜动人的声音“宝贝儿，宝贝儿”。绝望的约翰冲入屋内取下鞭子时，已清楚地意识到他要抗拒的不仅是新世界可恶的享乐主义，还有在自己身上萌动的欲念。如果新世界的生活方式已无人情味可言，那么约翰的苦修呢？当伯纳德和列妮娜访问保留区时，他们目睹了不无血腥味的求雨仪式，祭师把一位青年鞭打得血肉模糊，昏倒在地。约翰为未被村落首领选为鞭笞对象深感遗憾。在这英雄主义背后有无其他成分一时难以断言，正如我们难以确定中世纪的修道士在斗室里无情鞭打自己的动机。赫胥黎并没有在小说中为读者提供一种非此即彼的选择：蒙德的乌托邦里的生活固然畸形病态，约翰的原始苦修与赫胥黎的自由主义理念也相去甚远。

奇怪的是，福特教民看来并不是永远不变。阿尔法们身上还有可使人性复苏的火种。通过和约翰的交往，列妮娜慢慢产生了爱的能力。她看到备受折磨的约翰时眼泪竟夺眶而出，这在禁绝痛苦的新世界是极为罕见的，标志着她在本质上的转变。她感到痛苦时也尝到了真正的幸福，流泪前的她像“玩偶娃娃”般漂亮，流泪后的她却楚楚动人。在小说前一章，约翰向蒙德指出，“你们真正需要的是一种以眼泪换来的事物。这里一切都太便宜”。可是激狂之中的约翰全然不顾列妮娜眼泪的价值，就在她初次体认到既苦涩又甜蜜的爱的瞬间，约翰竟挥鞭相向，把她毒打致死。这眼泪的细节里当然有作者良苦的用心，它使小说的结局多了一层嘲讽意味。

在《美丽的新世界》里不断出现的表现技巧，是叙事语气、角度的变换和对比。紧随约翰白热化的激狂而来的是三百米外的达尔文·波拿巴冷冰冰的算计。就在约翰诅咒列妮娜和自己的邪恶，忘乎所以地自笞的时候，感觉电影公司的摄影大师正在踌躇满志地记录这惊心动魄的场面。叙事语气的突兀变化取得了强烈的讽刺效果。摄影师的大名是科学巨子达尔文和独裁君主拿破仑·波拿巴的结合，是科学专制的象征。波拿巴式的记者在西方商业社会屡见不鲜，迫不及待地拍摄别人别国的悲剧为自己打知名度的大有人在。他们所服务的财团通过向观众读者提供耸人听闻的标题（big story!）和廉价而又够刺激的消遣无形中使观众读者潜移默化，控制他们的生活情趣和政治倾向，把他们贬为服服帖帖的新闻消费者。把这位有能力影响大众行为规范的摄影师称为波拿巴恐怕并不过分。赫胥黎对波拿巴们的戒惧有增无减。他在《重访美丽的新世界》（1958）里指出，由于宣传费用巨大，西方的大众传播工具实质上受少数人操纵。在个别大国，政客在心理学家和行为分析家的帮助下通过电视等传播工具诉诸选民的热情与偏见谋求私利，竞选已与商业产品的包装销售无异。

小说里语气和叙事角度的突然变换所造成的讽刺中往往还带几分苦涩的幽默。赫胥黎的这种幽默有别于自以为失去天真的黑色幽默。后者似乎暗含了这样的前提：世界本来就是如此荒唐，大惊小怪无济于事。《美丽的新世界》中幽默的讽刺却带有强烈的批判意识。那一夜的折腾之后，前来看望约翰的人群又蜂拥而至。这时读者随着叙事者的指引，跟众人进入灯塔里面，看到“拱门顶端悬着一双脚”。在一片昏暗和空寂中响起了彬彬有礼的呼声：“野人先生！”然后读者看到那双悬在空中的脚缓缓摆动。随即而来的比喻，即双脚就像两根不慌不忙的罗盘指针，突然冲淡了悲剧气氛。此时的视角，已是那些在试管里就被注定将来对死亡无动于衷的福特教民的视角。文明人凝神屏息，静观这一野人们看到会黯然神伤的奇异景象。赫胥黎对生命的同情不是表现为狄更斯式的多愁善感（《老古玩店》里的耐儿之死），他从新世界居民的角度对死者双脚自北往南，再由南往北的摆动作了冷静细微的观察。这令人啼笑皆非、全然不合时宜的对方位的专注，形象幽默地表现出他们身上人性的泯灭。全书到此结束。确实，此时“无情胜有情”。

再版补记：

在20世纪上半叶的英国文学中，《美丽的新世界》是与奥威尔的《1984》齐名的反乌托邦小说。《1984》描绘“老大哥”绝对统治下的恐怖社会，似有服务“冷战”之嫌，但是“新语”依然存在，正在往更高的阶段发展，2011年北约对联合国安理会1973号决议的奇特解释以及随后对利比亚旷日持久的轰炸就是一例。相比而言，《美丽的新世界》所发出的警告也许更加现实。以追求所谓“效率”与“幸福”为指归的福特哲学更险恶，它渐渐逼近，用迷魂药麻醉并扼杀人性，竟不大有人察觉。